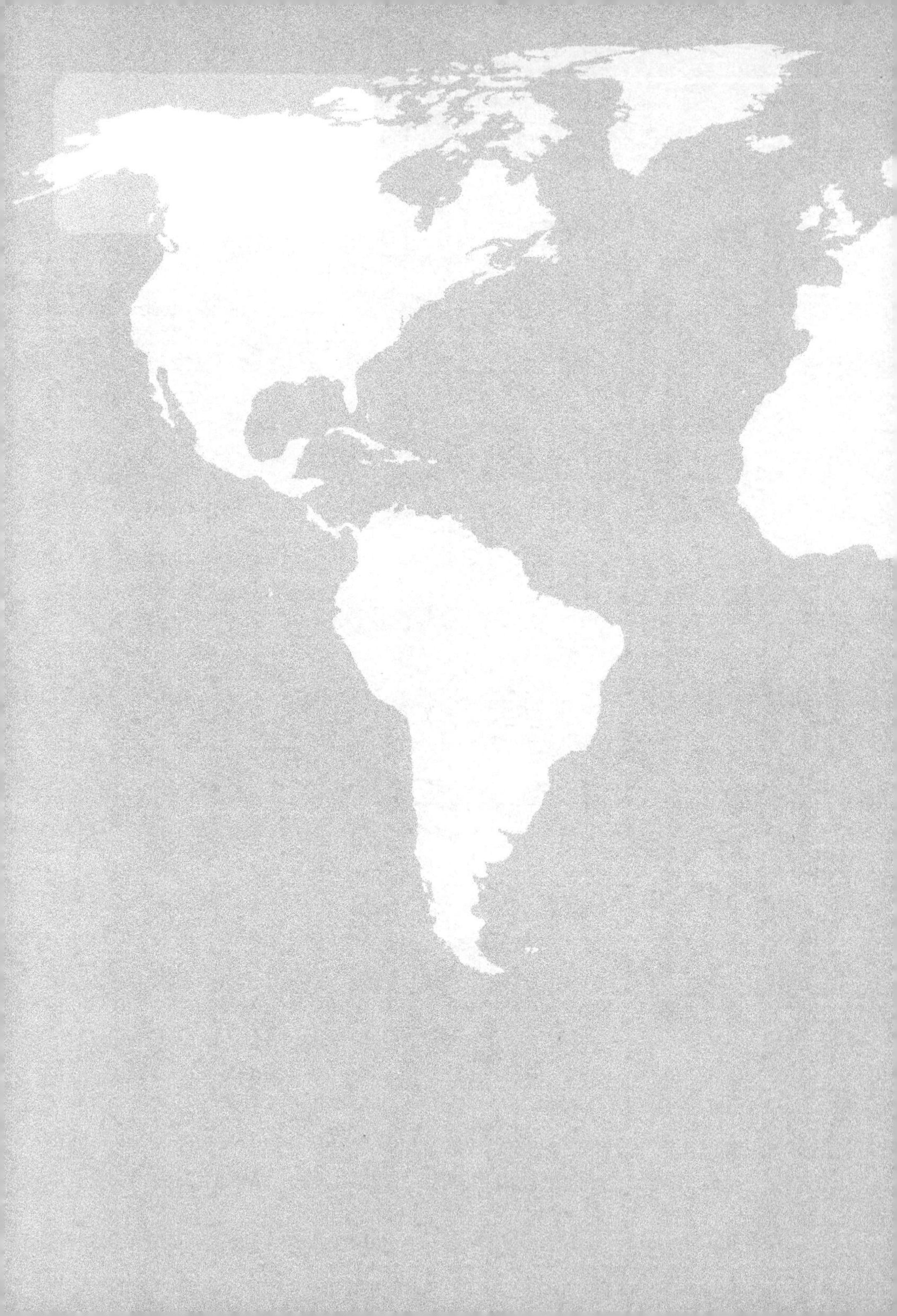

黄小兵 刘林明 罗昇丰 著

中国元素看新闻

·綫装書局·

图书在版编目（CIP）数据

中国元素看新闻 / 黄小兵，刘林明，罗异丰著 .--
北京：线装书局，2017.4
ISBN 978-7-5120-2738-1

Ⅰ.①中… Ⅱ.①黄… ②刘… ③罗… Ⅲ.①新闻—
文学评论—中国—当代 Ⅳ.① I207.5

中国版本图书馆 CIP 数据核字(2017)第 090130 号

中国元素看新闻

作　　者： 黄小兵　刘林明　罗异丰
责任编辑： 宁　静
装帧设计： 南宁佳彩广告设计有限公司
出版发行： 线装书局
地　址：北京市丰台区方庄日月天地大厦 B 座 17 层（100078）
电　话：010-58077126（发行部）010-58076938（总编室）
网　址：www.zgxzsj.com
经　　销： 新华书店
印　　制： 虎彩印艺股份有限公司
开　　本： 710 mm × 1000 mm　1 / 32
印　　张： 8
字　　数： 200 千字
版　　次： 2017 年 4 月第 1 版第 1 次印刷
印　　数： 0001—1000 册

线装书局官方微信

定　　价： 33.80 元

内容提要

中国新闻界历来使用的是西方引进的“经典”新闻理论。在实践中，特别是在改革开放后的新闻实践中，中国新闻界的业者、学者都感觉到西方“经典”新闻理论与中国现实的不适应性，都在做实践和理论上的探索和研究。2016年2月19日，习近平主持召开了党的新闻舆论工作座谈会，在涉及新闻内容的创新方面提出了“时度效”理论，激起了业界探索的更大热情。《中国元素看新闻》就是在这样的背景下进行的一个中国新闻理论创新的尝试。

《中国元素看新闻》用“天地、人事、奇正”的中国元素，尝试搭建一个中国新闻分析评价架构，以适应中国新闻的实践。

《中国元素看新闻》还尝试融入习近平提出的“时度效”理论精华（具体见第一章第一节《天时》、最后一章最后两节《正度》《正效》），与业界同仁一道研讨中国新闻理论发展可能的模式。

《中国元素看新闻》分析的案例，选自代表中国新闻最高水平的奖项——中国新闻奖近几年的获奖作品，即党的十八大以后刊播的获奖作品，有较强的代表性。案例分析的内容以本书内容框架为引领，以中国新闻奖《参评作品推荐表》中《创作过程》等内容为依据，权威可靠。

序

养一双慧眼，学会看新闻

现时的现实，谣言满天飞，假新闻泛滥。这些现象的“普及”，跟新闻常识的“不普及”有很大关系，是负相关的关系。

常见到听谣听假者，轻信还轻传，还觉得自己做了“好事”“正事”，因为他认定这消息是“真的”。这也罢了，更有“自证不清白”的。常见到编谣造假者，低智还低技，还觉得自己作了篇“好文”“妙文”，因为他认定那创作是“真像”。而在有新闻专业修养的人看来，就像是在看一些社会混混在恶作剧。

确实，对新闻的真和假，要没有受过新闻常识教育的人进行分辨，是个过分的要求。然而，造成这种现象的，并不是他们的错误，社会应该让每个人从小就懂新闻。虽然新闻并不高深，不比写记叙文难学，但是，现时的人如果没有读过大学，没有读过这个专业，就容易“编都不会编”，但却“信就容易信”。这是社会的悲哀，更是时代的不该。

我们中国人从小学语文，学写作文，一开始就是学写“记叙文”，大一点又要学写“论说文”或称“议论文”。年长以后，能考入新闻专业的同学才有机会学到写新闻，大多数同学则可能一辈子都不知道怎么“标准”地写新闻，更不知道怎么“专业”地鉴别新闻。世人不识玉，青石走大街。低劣谣言假新闻嘚瑟，也就不足为奇了。

其实，无论从社会需求，还是个人需要来看，都应该从小普及新闻常识。

从社会需求来看。新闻，是我们这个社会上产量最大、传播最多的产品之一，世界各大专业媒体、新闻通讯社、多如牛毛的网站，时时刻刻都在生产着海量的新闻。如果再加上浩瀚如海的自媒体，新闻产品的生产更是没完没了。海量的产品，需要“识货”的客户。

从个人需要来看。新闻，是我们的生活中使用率最高的工具之一，从时事财经，到天气预报，都在入眼入耳；从趣闻转发，到自晒生活，都在出文出图。如果以时间计算，一个人一天中同新闻类信息打交道的分量要占到前三。勤快的工具，喜欢“懂行”的主人。

现实正是：世上没了新闻，社会就会心梗；人们不懂新闻，社会就会中风。

然而，这世界上人人天天都在“玩”新闻“弄”新闻，却不会有超过十分之一的人敢说自己懂新闻，这与新闻的江湖地位太不相称了。

其实，无论从技术可能，还是身边条件来看，学会新闻鉴别和写作都很简单。

从技术可能来看，新闻是我们生活中浅易度最高的文体之一，一点也不比记叙文难学，小学生一学就会，根本不用到大学才懂。简单点说，写新闻，只要抓住三点，就可十分钟速成。（一）“六味俱全”——何时、何地、何人、何事、何因、何果。（二）“倒金字塔”——重要的事说前面！然后再交代这情况是怎么来的。（三）“真客两确”——真实、客观、准确、明确。掌握了这三点，学习了写，也就学会了看其他的作品，渐渐也会了鉴别。再看到那些“六味不全”的谣言，就会知道它的不专业，就容易识得真假高下了。

从身边条件来看，新闻是我们生活中贴近度最高的文体之一，一点也不缺素材题材，不要以为只有在时政大事层次、只有在“专业狗仔”手上才能出新闻。新闻，有种种对应范围对应层面的新闻，有世界新闻，也有本市新闻，还有本班新闻，还有自家的新闻。我们身边，家事班事个人事，很多都在相应的范围里有自己的新闻价值，素材题材不缺。看看身边，不用说小学生，就是还在幼儿园的孩子，都会“报道”新闻。比如：孩子回到家大喊：“妈妈！今天我得到了一朵小红花！”“是吗？”“是！下午做游戏的时候，老师的玩具掉了，我帮老师收集起来，老师表扬我，还给我的红花栏上贴了一朵小红花！”这孩子喊出来的，就是一篇新闻——有导语：“今天我得到了一朵小红花”，有时间、地点、人物、事件、缘由、结果，妥妥的。即兴的创作，自家的新闻。新闻其实最跟小朋友的习性相通，留心一下身边的“小子说事”，常常会感受到他们那新闻创作的“天赋”。看到这样的孩子，我们还忍心继续限制他们的天性，让他们苦读苦作那些不好玩不亲民的“八股”吗？我们还安心继续埋没他们的天赋，让他们缺课最该学最易学的知识技能吗？

现在，每个人到哪都揣着一个“新闻媒体”，辛勤“发稿”“审稿”，硬件还越来越高端，就是新闻常识“软件”的更新换代跟不上。常见到，有的人转发的是“昨天的”消息，有的人发送的“新闻”看不出是什么时候发生的，有的人传递的信息没有确切的源头，等等，造成世上不“切实”、不“准确”、不“确切”的消息满天飞，浪费了大量的物质资源和人的精神精力资源。一流的硬件，不给力的软件，应该更新升级；如何养一双慧眼，来正确看新闻，是时候了。

黄小兵、刘林明、罗异丰撰写的《天地人，正奇事——中国元素看新闻》，用中国的元素构建中国特色的新闻视角，为我们从一个全新的角度看新闻提供了一种新的途径，在这个呼唤新闻常识普及的时代中，有其特别的意义。希望这是一方引玉之砖，希望今后社会能有更多这样的普及努力。如此，中国幸甚，新闻幸甚，后学幸甚！

是为序。

广西新闻学会会长：

前 言

新闻，是我们的社会中体量最大的文体之一，在充斥于现实空间的电波中，在滥溢于虚拟空间的网站上，“新闻”都无所不在——不管真的假的。

新闻，是我们的社会中活跃度最高的文体之一，在世界上的每一个角落，在现实中的每一分钟，“新闻”都无时不生——不管长的短的。

新闻，是我们的社会中贴近度最高的文体之一，人一睁开眼，很容易就“被看到”新闻，人一张开耳，很容易就“被听到”新闻——不管是直接的还是间接的。

新闻，是我们的社会中浅近度最高的文体之一，人人从小就会听新闻看新闻，人人也都有可能“走进”新闻——不管是主动的还是被动的。

然而，现实中，新闻，还是我们的社会中“透明度”最低的文体之一。每一位新闻采制者都“懂得”写新闻，都想把自己采到的信息真实、准确、完整地记录下来，传播出去，但即使他很“忠实”，也往往会留下“没讲全”“没讲对”的遗憾；每一位新闻消费者都“懂得”看新闻听新闻，但即使新闻“讲全了”“讲对了”，他真的就能掌握一则新闻的全部信息吗？

新闻怎么看？新闻的背后还有些什么？

想“学”新闻者苦读几年十几年，能用“几眼”参透新闻背后的真相吗？

想“编”新闻者，苦寻的“独门利器”，到底有没有？

本书以近几年中国新闻奖获奖作品为标本，用中国元素的视角，和你一起看看中国新闻的“背后”。

目 录

第二篇 “人事”眼

第三篇　“正奇”眼

绪　言

长足发展的当今中国新闻实践

改革开放,38 年过去,时代前行,岁月流淌,中国这方土地上在悄然或不悄然地发生着天翻地覆的变化,各族人民日夜辛勤劳作,各项事业不断丰富发展,演绎着蔚为大观的人间正道,形成了占世界人口五分之一的民族迅速崛起的历史奇观。

一路上的风雨兼程,一路上的座标建树,当今中国新闻都真实记录在案。一路随行,一路成长,当今中国新闻事业自身,也在中国特色社会主义事业发展的激励和历练中,迎来了长足的发展。

一、长足发展的当今中国新闻创作。

改革开放 38 年来,随着中国特色社会主义实践不断发展,当今中国新闻——中国特色社会主义新闻的实践也在不断丰富和发展,每天,都会产生巨量的公众关心的新闻;每月,都会产生或多或少的公众关注的热点新闻;每年,都会产生受到多方认可的获奖新闻。这些作品,告诉着我们中国特色社会主义事业发展的现实的存在、变化轨迹和缘由;这些作品,记录着巨人前行的一道道足迹,镌刻下大国崛起的一卷卷史册。这些作品,占据了同期世界新闻的很大比重,是当今世界新闻中有份量、有特色的重要组成部分。

二、独有韵味的当今中国新闻特色。

当今中国新闻实践获得长足发展,还有一个明显的特点,就是形成了自己的特色,自己的韵味——中国特色,中国韵味。

在当今中国新闻日常的采、制、编、报的行进过程中，为更好地契合社会发展和受众认知的需要，采用了适合中国现实的中国元素的表达方式，形成了独具韵味的中国新闻特色。

即使非新闻传播行业的新闻受众，也会觉得，不同于国外的新闻，当今中国新闻，有着自己的特点，自己的味道；而对新闻传播的从业者来说，还会觉得，不同于国外的新闻，当今中国新闻，更有着自己独特的新闻视角，自己独特的新闻价值观，自己独特的新闻评价方法。

三、“离经背典”的当今中国新闻视角。

当今中国新闻实践获得长足发展，还有一个明显的特点，就是自己的新闻理论探讨和创新也获得了较大的发展。

西方新闻界的业者、学人最早认定、归纳、表述了有关新闻理论，主要有新闻定义说、新闻要素说、新闻价值理论等。

新闻定义说，常见的有“事实说”“报道说”“传播说”“信息说”“目的说”等各类定义。比如“信息说”的一种定义就是：“新闻是异常活动的信息”。

新闻要素说，即新闻构成有六个要素，五个 W 一个 H：What——何事，Who——何人，When——何时，Where——何地，Why——何因，How——如何。

新闻价值理论，即关于新闻价值要素及其作用认定的理论，不同的学者归纳有所不同，有的将其要素归纳为五项，有的归纳多到十几项，这其中的内涵有的是互有交叉的。比较有概括力的一般是五六项要素，以六要素分，主要有：时新性、重要性、显著性、接近性、趣味性、人情味。

这些关于新闻的学说、理论，虽然也有一些缺憾，如有机械片面性、过于强调人的欲望、系统性略欠等，但不妨碍它在各国的从业者、学者的运用、生发中，形成了相当的共识。虽然从公认的确立年代——20 世纪 20 年代到现在还不到 100 年，但已成为业界公认的“经典”新闻理论。

当今中国新闻报道和新闻评价，有很多不同于西方新闻的特点，有着自己独特的新闻视角，自己独特的新闻价值观，自己独特的新闻评价方法。

比如，当今中国新闻的一个重要特点是更重视社会公义的担当。当今中国新闻不是纯粹追逐仅仅满足于“受众需求”，或者直接说是满足于媒体自身的“抢眼球需求”“发行(收视率)需求”等“商业需求”的需要，更重视社会公义的需要。当今中国新闻，不仅重视受众对现实事实中的“趣味性”“人情味”等“人类兴趣”的欲求，还更重视公众对现实事实中的社会发展态势、公共事务动态等“公众应知”的权力。当今中国新闻，在重视以受众为主体的“经典”的新闻价值理论要求的同时，更重视社会公义的担当，更重视社会公义的需要，更看重是否“值得传播”。这，就形成了中国对西方“经典”的新闻价值理论要求的一定程度的“背离”。我们还可以说，当今中国新闻，不只看“新闻价值”，还要看“公义价值”。

又比如，当今中国新闻的又一个重要特点是更注重对“实质真实”的把握。当今中国新闻媒体在进行报道的选择时，不单要看报道的具体真实情况，还要看报道的“实质真实”成分(见第三篇第六章第一节《正实》)。

如此等等的这些“中国特色”理论说法的较多存在，形成了当今中国新闻实践跟西方“经典”新闻理论相背离的现状。这种相背离的状况，实质就是当今中国新闻视角、新闻价值观、新闻评价方法，乃至新闻理论的创新探索。

习近平在2016年2月19日党的新闻舆论工作座谈会上的讲话中说：“随着形势发展，党的新闻舆论工作必须创新理念、内容、体裁、形式、方法、手段、业态、体制、机制，增强针对性和实效性。”“要抓住时机、把握节奏、讲究策略，从时度效着力，体现时度效要求。”(转引自中国网：《习近平在党的新闻舆论工作座谈会上发表重要讲话》http://home.china.com.cn/shitoutiao/2016-02-20/a988868.shtml)

展阅近几年来中国新闻的一些有代表性的作品，我们发现，当今中国新闻一些作品，如果用西方“经典”新闻理论的新闻价值标准来衡量，如果从是否“合格”的角度来看，其肯定评价有时可能会比较模糊、勉强；如果从是否“优秀”的角度来看，则更难说能获得认可了。例如，像《火车站见证兰考经济变迁》《老红军和他的三个兵》《丰收稻谷堆成山 卖与不卖好着急》《老伴——听龚全珍讲甘祖昌的故事》《绝对忠诚》《一水激活万水流》这样的作品，如果用西方“经典”新闻理论的新闻价值标准来衡量，肯定都不优秀，有的甚至都不及格。但是，在当今中国，许多这样的新闻作品，不但会认定“合格”（通过“三审”流程进入传播领域），而且屡屡被评优评奖。可见，我们的同行、当今中国新闻的实践者们没有“唯经典论”，而是用自己的探索和创造，形成了我们自己的新闻评价方法，形成了我们自己的新闻价值观，而且正越来越成熟地运用于自己的实践中，其成果（问世的新闻作品和获奖的新闻精品）也得到了社会的广泛认可。

本说

当今中国新闻分析评价模式的思考与探索

中国新闻"另搞一套"的实践,在助推我们事业发展的同时,也让我们面临一些新的问题。比如,面对一则以"经典"新闻理论来看"没价值""不合格""不优秀",而在中国来说又"很有价值""很合格",甚至"很优秀"的作品,应该怎么去分析和评价?如此等等。

中国,应该探索一下适合自己的新闻分析评价模式了。

受一直前行一直突破的同行们的启发和鼓舞,更在同行们大胆实践、探索和创新的基础上,我们也尝试进行一番探索,从中国的实用角度,提出我们的对中国新闻的一些分析和评价的思考。

既然是探索中国新闻的现象,用中国的视角,那么,使用中国元素进行分析和表述,也就成为当然的考量。

在中国传统文化中,有许多自己独特的哲学思辨体系、元素系列和概念符号,自成一统,其中不少包含了中国先人的对事物发展规律的探索和归纳。"三才""天地人"的说法,就是其中常见的一种。比如,中国人讨论一些"事"和形势,常常在"天地人"的框架中分析。说一些"事"面临的形势不错,常会说这"事"占有"天时、地利、人和"(的有利条件)。在这里,"天""天时"有时间、有利时机、占得天理道义的含义,"地""地利"有空间、有利地形地势、有利地缘方位的含义,"人""人和"有人群、民意和顺,或军心凝聚、和衷共济的含义。

在中国传统文化中,又有"正奇"之说,"正""奇"分别被用来表示常态和异态。"正奇"是一对矛盾的统一体,就像"阴阳""虚实"等系统一样。"正""奇"互为矛盾对立的两个方面,互相对立,又互相统一,并且在一定条件下可以互相转化。这组元素受中国古代哲人和兵家所重视,曾做出过一些讨论和表述,如"守正出奇""以正合,以奇胜""奇正相生”,等等。

中国传统文化认为,很多事物及事物的运动、发展中,都有“天地人”的因素在里面,都有“天地人”的因素在起作用;中国传统文化认为,很多事物及事物的运动、发展中,还有“正奇”的因素在里面,还有“正奇”的因素在起作用。我们借用中国传统文化中的这些思想精髓和轨迹,加上让新闻所以成为“事学”的“事”的元素概念,组成“天”“地”“人”“事”“正”“奇”一组六种元素,或者说六种视角的框架,尝试探索分析和评价当今中国新闻现象和作品的可能的新视角。其中,我们把“天地”作为一组组合,“人事”作为一组组合,“正奇”作为一组组合,分别进行探讨,融入我们的“中国风”。

在本书中,我们以近几年获得全国新闻奖的新闻作品为例,与读者一道研读和探讨,一道感受我们新闻的“中国风”,以抛砖引玉,就教于各位专家和同行。

第一篇 “天地”眼

在“天地”这组元素中,“天”主要依托着时间的概念范畴,“地”主要依托着空间的概念范畴。分析评价一则新闻,可以从时间和空间的视角去分析,也就是用“天地”眼去看。作为新闻作品,就是要观天和察地。

“天地”眼,又可进一步分为“天”眼和“地”眼,分别进行分析。

第一章 “天”眼

讲“天”，观“天”，记录“天”，是当今中国新闻的一个特点，我们也可以把它作为分析当今中国新闻的第一个视角。

“天”，中国传统中多有“天时”的说法，表示的是时间的概念范畴。

时间可分为时点和时段。

时点有远有近，远的有过去，近的有最近。新闻中，常用的远的时点常常并不远，有“上周”“此前”等，近的有“昨天”“今天”“刚刚”等，都是相对消息透出的时点而言的。

时点可以转化为时段，很多的时点按顺序串起来，就形成了时段；很多短的小的时段按顺序串起来，就形成一个长的大的时段。时段短的有“这周”“本月”，长的有“时期”“时代”等。时段也有近有远，已经过去的时段中，有的离我们比较远，如“19 世纪 60 年代”“青铜器时代”等；有的离我们比较近，如“辛亥革命以来”“‘六五’时期”等。

新闻不同于历史，新闻表现的是当下。但是，新闻表现当下，并不是说新闻不理会过去，只关注当下的这个时点。新闻表现的当下，跟过去有着这样那样的联系，因此，新闻也关注“当下的过去”，关注当下与“当下的过去”有什么相同点或不同点，关注当下与“当下的过去”有什么联系点或断裂点。更具体点说，新闻关注的“当下的过去”，实际上是“‘当下的过去’直到当下”的这个时段，这是一个还在进行着的时段。这个还在进行着的较长较大的时段，常常被称为“当今时代”。

时间，还可以带上一些机会性、机遇性的色彩，如“大好时机”“恰当的时机”等。

时间，还可以带上一些有着特殊意义的“特性标签”“主题标签”，如

“生死瞬间”“改革开放时代”等。

“天”,我们可以把它分为“天时”“天机”“天道”三个元素、三个视角来看。“天时”的元素和视角可以分析考量新闻对时效的把握,“天机”的元素和视角可以分析考量新闻对时机的把握,“天道”的元素和视角可以分析考量新闻对时代本质、时代走向的把握。

第一节·天 时

“天时”的元素和视角可以分析考量新闻对时效的把握。

“天时”,是时间的概念范畴,也是我们可对新闻价值进行考量的第一个视角。“天时”的概念,时效的概念,是新闻价值中一个最重要的概念。

新闻是“一次性消费品”,新闻的生命力在它作为最新的信息被受众第一次获取的那一瞬间绽放,新闻价值在它作为最新的信息第一次被受众消费的那一瞬间升华,所以新闻要力争“最快”“最新”。新闻在时间、时效的争夺中,在“最快”“最新”的竞争中赢得胜利,我们就按我们先人的说法,称它占得了“天时”。

“天时”可分为三种情形:1. 第一发布周期的时间;2. 比其他媒体快,但没有快出一个发布周期的时间;3. 与事件进行同步的时间。

1. 第一发布周期的时间。

一个新闻事实发生后,到媒体把它报道出来,怎么样才算是“第一时间”呢?传统来说,就是媒体在第一发布周期发布出来,就算是“第一时间”发布了。纸媒在这方面看得比较清楚。对日报来说,它的发布周期就是一天。今天发生的事,因为当天的报纸已经出版,没法发布出去了,所以它发布的“第一时间”只能是明天。如果是周报,它发布的“第一时间”往往是下期的报纸出版日。可见,这种情形的“第一时间”,是媒体自己跟自己比的。广播、电视有不同的专栏,负责不同的新闻方向和类型,要看具体的栏目时段,但是精神是一样的,就是力争能发布的“第一时间”。现在的网络和移动网络,技术上可以即时更新,一般也不受栏目时段限制,它们的“第一时间”就可以大大突破传统。这点下面还要谈到。

2. 比其他媒体快，但没有快出一个发布周期时间的时间。

业内常说，只要比其他媒体快，就是胜利。这种情形的“第一时间”，是媒体跟媒体比的。在技术异常进步的今天，有时你哪怕只比人家慢了几秒钟，你的报道就已失去新闻价值，归零。所以各个媒体都在不断地改进自己的技术手段，不断地争取最靠前的“机位”，不断地提升自己报道的简洁性、快捷性，就是要争夺有时是只快出几秒钟的“第一时间”。

这么说，应该是越快越好，快出其他媒体一个甚至几个发布周期怎么不是“第一时间”呢？

当然，快出其他媒体一个甚至几个发布周期的时间更好，就是因为好，好到从量变到质变，变成“独家（突发性事件性）报道”，我们就把它归入“天机”中。请参看下一节《天机》。

3. 与事件进行同步的时间。

现在的技术手段和技术环境，都让新闻报道“正在发生的事实”成为常态，与事件进行同步的报道，就是当然的“第一时间”。这种情形的“第一时间”，只能说是媒体跟现实比的。如果在同一个现场有多个不同的媒体，那就看谁的“机位”靠前，谁的表达最早“到位”。

近几年获得全国新闻奖的新闻作品中，很多就非常注重占“天时”之要，在众多的新闻作品中，因占有此“第一时间”的“天时”而拔得头筹。

案例分析：《解放军报创刊60周年 习主席亲手发微博向广大官兵祝贺新年》

这是2015年12月25日中国军网首发的网络专题代表作之一，主创人员为王士彬、洪文军、冯凯旋、高飞、郑文达、姚远。作品获得第26届中国新闻奖网络专题一等奖。

2015年12月25日下午，中共中央总书记、国家主席、中央军委主席习近平视察解放军报社并发表重要讲话，期间，在军报微博平台亲手发布微博，向广大官兵祝贺新年。这条微博消息发布后，产生强烈反响，仅在新浪微博平台阅读量即超过 1 亿，转发超过 34 万，评论 5.2 万余条。及时推出的相关专题，广受关注。

习近平在视察解放军报社现场，首次以发布微博这一新媒体传播方式向广大官兵祝贺新年，这一新闻事件的发生与在网络上的消息传播同步进行，是最快的时间。它还将是载入史册的新闻瞬间，意义重大。

作品体现了新媒体的即时性特征，具有鲜明的时代烙印。

案例分析:《山东平邑“12.25”石膏矿垮塌事故第六天发现 8 名被困矿工 救援加速推进》

这是 2015 年 12 月 30 日中央人民广播电台首发的广播消息，主创人员为王成林、刘华栋。作品获得第 26 届中国新闻奖广播消息二等奖。

山东平邑“12.25”石膏矿垮塌事故发生后，记者立刻奔赴零下 18 度的野外矿难现场，日夜坚守，实时报道救援进展。第六天，井下 215 米处发现被困人员，记者迅速报道，先于其他广电媒体，使这一“救援重大转折”的现场声音率先在中央电台播出。

山东平邑“12.25”石膏矿垮塌事故救援是我国首例、世界第三例采取垂直地面打孔成功救人的案例，是 2015 年备受关注的焦点新闻事件。为了采录生命探测仪第一时间搜寻井下情况的现场音响，记者头天晚上就开始蹲守在救生孔口，紧抓核心当事人，完整清晰地记录了发现被困矿工时方方面面的反应，采集到真实生动的现场救援音响。随着消息音频的推进，受众可以感受到现场发生、发现的情况不断地进展，如开始以为发现的被困人员是 3 个，后来才知道是 8 名幸存人员，现场欣喜的气氛真实感人。

现场报道，时效性强，富有冲击力。

案例分析:《谁关闭了 120 名职工的“生命之门”?》评析

这是 2013 年 6 月 5 日《工人日报》要闻版一版刊登的文字新闻通讯,作者彭冰、刘文卷、李一平。作品获得第 24 届中国新闻奖广播文字新闻通讯二等奖。

2013 年 6 月 3 日,吉林宝源丰禽业公司发生火灾致 120 人遇难、77 人受伤。灾难事故发生后,面对扑朔迷离的灾难原因,作者抛却其余、单刀直入,突破种种采访障碍,直抵事故核心;在火灾第三天,即深刻揭示出事故背后的人祸、偶然当中的必然,切中要害,反应迅速,时效性强。

火灾发生后,现场旋即被封锁。记者为第一时间摸清事故深层次原因,从中汲取深刻教训,辗转长春市与德惠市的几所接治医院,通过对诸多轻伤员工扎实、翔实的面对面采访,掌握了大量一手资料。为确保信息的真实准确,记者又想方设法采访到参与救援的消防官兵,经过多信息源互证,确定了现场的关键细节。最后,又通过对工会劳动保护专家的采访,使稿件在客观严谨的基础上,更富权威性。尽管白天的采访极具挑战性,工作相当紧张,记者还是连夜动笔,披露这一突发重大事故背后值得深思的“人祸”因素,神速、重磅。

案例分析:《2014 年 12 月 17 日〈财经夜行线:卢布危机〉》评析

这是 2014 年 12 月 17 日 21 时整上海广播电视台第一财经频道播出的电视节目,作者:集体。作品获得第 25 届中国新闻奖电视编排一等奖。

12 月 17 日凌晨,卢布对美元汇率再次暴跌超过 15%,当年卢布对美元跌幅已经超过 50%。卢布暴跌深刻影响俄罗斯经济政治以及大国关系,给全球汇市和大宗商品市场带来震动,也间接的影响到中国的宏观经济和 A 股走势,引起投资者的高度关注。第一财经作为上海广播电视台的专业财经媒体,迅速反应,在 17 日当晚立即制作了一档全方位解读卢布暴跌的新闻专题节目。节目按照内容逻辑分为三个板块,第一板块真实反映卢布危机下,俄罗斯经济和民众生活的现状、全球各要素市场的即时反应。第二板块讨论卢布危机会否波及中国经济,除了各领域详实的调查，还采访了宏观经济学家、能源贸易专家和俄罗斯副总理，从各层面专业角度展开分析。第三板块分析事件对市场和未来投资的影响，连线纽交所记者，对硬币的另一面——美联储利率决议的相互作用展开分析。

节目收视表现抢眼，节目平均收视率稳定在0.9左右，多个连线时段峰值1.1，创下了《财经夜行线》栏目的年内新纪录，这也客观上体现了节目组在时间紧迫的情况下的专业表现。节目播出之后，无论是从节目的社交媒体渠道获得的来自普通关注的反馈，还是节目组获得的专业人士的反馈看，均对节目体现的第一财经频道的专业定位和追求都给予了高度评价。

因为重磅，所以显得快速；因为快速，所以更显重磅。如此的重大事态，如此的报道体量，如此的专业质量，尤其是如此的反应速度，在全国电视媒体中非常难得，深得占“天时”之妙。

案例分析：《关注雅安地震特别直播》评析

2013年4月22日11时05分福建广播新闻综合频率《特别直播》首播，主创人员阮怡、冯媛媛、刘学、张向荣、李薇、李栋柠、项佳、林露。作品获得第24届中国新闻奖广播直播三等奖。

2013年4月20日8点02分，四川雅安发生7.0级地震，福建新闻广播在周末录播节目时段，迅速组织起突发事件的现场直播，在震后仅1个小时内即推出《关注雅安地震》特别直播，第一时间传递雅安震区的信息，是福建省内唯一一家连续四天现场直播抗震救灾进展、并派出记者奔赴抗震一线采访的广播媒体。

在四天的直播节目中，福建新闻广播通过大量连线前方记者，充分报道救援进展、传递救援信息、讲述救援故事，普及抗震知识、记录感人瞬间，呼吁爱心公益。完美呈现了前方记者、后方主持人、编辑的配合联动，体现了广播人在突发事件面前快速反应、善打硬仗的优良新闻素质。直播之外同步进行的“为雅安祈福”公益活动，为直播增添了浓浓的爱心和人文关怀。

重大事件发生后迅速介入是媒体责任以及媒体传播力和影响力的重要体现。福建新闻广播连续4天的地震直播节目,成为福建听众了解雅安地震信息的重要窗口,受到听众广泛的关注和好评,取得了良好的社会反响,许多听友打来热线或在微博留言,表达对直播的关注与好评、对灾区同胞的祝福与支援。

第24届中国新闻奖送评的节目节选了四天直播中的一个小时节目。

案例分析:《剧毒河豚丢失　全城紧急寻找》评析

这是2014年4月4日20时00分至4月5日1时30分台州交通广播(FM102.7)《突发事件即时直播》首发的广播新闻现场直播,作者胡舜文、杨育杨、章健、周静、何颖文、孙晓明、蒋寅莎。作品获得第25届中国新闻奖广播直播三等奖。

该直播是针对一起河豚丢失、危及人身安全的意外事件而展开的直播报道,广播牵线,全城联动,终于化险为夷。

4月4日晚间19点多,台州交通广播接到警方求助:椒江区发生一箱剧毒河豚(当地俗称河豚鱼或天狼)丢失事件,希望交通广播帮助寻找。交通广播在台州广播电视台编委会指挥下,快速反应,进行直播部署:立即并反复播出河豚丢失信息,提醒听众注意并及时提供线索帮助警方查找;马上派出两路记者,全程跟随参与追寻工作,提供现场直播支持;在台州交通广播微信、微博平台刊发相关消息,并联合台州市公安局椒江分局官方微博、微信,与现场直播互动。

台州交通广播在20点正式开始直播,此后一直不间断以现场记者连线、播报现场记者发回的最新音频等方式,生动、直观、及时地直播寻找过程的艰辛曲折和惊心动魄,彰显了媒体在突发事件面前的高度社会责任感和人文关怀精神。现场直播收到良好效果,很多市民用热线、微博、微信等方式,相互提醒、提供线索,引发了一场全城紧急搜寻剧毒河豚行动,为整个追寻工作提供了积极的支持,体现了一座城市的温暖,传达了社会正能量。

作品充分发挥广播即时、现场、互动等优势,完整地记录了追寻剧毒河豚的全过程,展现了媒体在突发事件中的高度责任感和责无旁贷的担当。

面对剧毒河豚丢失这一突发公共危机事件,警方第一时间利用媒体及时、公开、透明、互动发布,并且借助广播现场直播,抢占第一落点,效果良好,是善用媒体应对突发事件的成功案例。

——报道“正在发生的事件”,还是突发公共危机事件,原来“第一时间”发布还有信息公开、透明的好处。

案例分析:《轿车高速刹车失灵,上演真实版生死定速》评析

这是2012年11月19日18时00分浙江人民广播电台播出的一期广播新闻现场直播节目。作者魏娜、余洋、高音鸣。作品获得第23届中国新闻奖广播直播二等奖。

当天傍晚,G92杭浦高速嘉兴段往上海方向南北湖出口附近发生一起突发事件:一辆小轿车突然刹车失灵无法制动。由于正值晚高峰时段,高速公路上车流量很大。刹车失灵的轿车是否会导致连环相撞?有什么办法让车子停下来?其他司机有没有危险?这一突发事件牵动着大家的心。

从事件发生开始,到因路况复杂导致情形严峻,到高速交警采取措施,到安抚当事人,再到通过嘉兴和上海两地高速交警联合行动,最终小轿车撞中央护栏后制动成功、车内司机没有大碍,事件圆满解决,浙江人民广播电台交通之声晚高峰节目《直播晚高峰》全程录报了这一事件。

接到高速报警求助电话后迅速反应,交通之声第一时间将原有晚高峰节目拉通,对此突发事件做出特别关注。直播节目牢牢把握住事件的各个时间节点及最新进展,导播室通过反复连线驻守在省高速总队的记者高速007,反复刷新当事车辆最新位置,通过连线指挥室民警、卡口处民警第一时间掌握管理部门最新应对措施,通过用微信和短信平台与听友互动，第一时间为当事人支招、表达关心关注和祝福，又在最后通过连线现场带路交警追到当事车辆最后制动成功那一刻的现场描述。

直播节目内容安排紧凑有序，布局全面，状态积极。节目设计上有专业权威的警官预判、支招，有消息灵通的高速007路况关注，也有充满正能量的听众的支招和问候。

该直播节目引起所有晚高峰在路上尤其是在相应高速上的车友的关注，当事车辆、听友、记者、交警多重角色全面直击，直播室、现场、指挥室全方位联动。一人有难八方支援。节目充分体现出媒体的人性关怀、公信力和沟通桥梁作用，利用广播的快捷性、互动性、广泛性等特点，很好地将事件当事人、管理部门和听众三者黏连在一起。

——报道“正在发生的事件”，在跟现实比肩的“第一时间”。

案例分析：《四小时广播大救援　被劫持的姐终脱险》评析

这是山西广播电视台FM88山西交通广播2013年3月14日16时00分的新闻现场直播节目，作者崔韶辉、王天峰、宋怡苇。获得作品获得第24届中国新闻奖广播直播二等奖。

2013年3月14日，正准备直播的山西交通广播主持人少辉，在离节目开始不到20分钟的时候，忽然接到了出租车司机杨师傅的电话，称一位的姐被劫持。他立即进行简短询问确认情况，并且立即和相关部门沟通，决定用直播的方式来帮助寻找失踪的的姐。直播节目从发布信息开始，4小时里全程记录和呈现了救援全过程：全城的哥的姐们自发组织，集结救援；社会车辆积极参与，献计献策；交广主播记者多方联系，为救援竭尽全力；涉案地公安交警周密部署，全力营救；被劫持的姐勇敢机智，历经艰险，最终获救。

没有备好的“剧本”，没有事前的“彩排”，每一条信息都是最新消息，信息与信息迭代，新闻中生新闻，受众随“天时”的演进“浏览”、参与，作品随“天时”的演进逐渐煅就、闪光。一次闪电的形势判断，沉淀了多少新闻素养的累积，一个果断的“直播”决策，承载了多少社会公义的担当！

案例分析:《李克强首次回应冒险访问尼日利亚原因 强调保护海外中国公民安全问题》评析

这是2014年5月9日18点30分中央人民广播电台中国之声《全国新闻联播》播出的一则广播新闻消息，作者刘乐、郭亮、冯悦、邢斯嘉。作品获得第25届中国新闻奖广播新闻消息二等奖。

2014年5月李克强访问尼日利亚并出席世界经济论坛非洲峰会。出访前，尼首都发生多起恐怖袭击事件，多国政要取消访尼行程，外界一度传言李克强可能也会取消。李克强访尼行程的发布让传言不攻自破，由此引发各家媒体评论、解读：李克强为何冒险访问尼日利亚？各种猜测很多，但始终没有核心人物总理本人的回应。当地时间5月8日（北京时间5月9日）李克强出访期间在一场座谈会上首次回应为何冒险访问尼：除了中非友谊，更重要原因是为了中国海外公民的安全。后者在之前的各种评论和解读中未曾涉及，这是最权威也是最核心的回应。记者当时随李克强总理出访，意识到新闻价值所在，立即抓住这一“天机”，挑选并剪辑出李克强总理本人在座谈会上的同期声，精编了导语来体现新闻背景，用简洁明了的记者口播来串联两段同期声，用最短时间完成这篇质量较高的稿件，第一时间独家播出，时机恰到好处。

稿件在中国之声《全国新闻联播》独家首播后，又陆续在当天多档重点新闻节目播出，听众和媒体同行给予高度评价。稿件文字第一时间发央广网。由于稿件具有很强的权威性，且快速独家首发，多家重点新闻网站和商业网站都进行转载，部分网站还将稿件放在网页头条或首页要闻区位置。网友对该新闻的评论积极。

独家首发，权威重大。稿件思路清晰，语言简练，采用李克强的两段同期声作为核心内容，成为最权威的独家首发。

第二节·天　机

“天机”的元素和视角可以分析考量新闻对时机的把握。

“天机”,也涉及时间的概念,与“天时”不同的是,“天机”,更主要表达的是新闻事实中蕴含的意义跟现实时间节点的关联性,是新闻发布时间的适合性、巧合性。

对“天”的元素的深一层把握,就是识得“天机”,也就是对时机的处理拿捏恰到好处。

新闻的策划,新闻的发布,除了要快,要争取“第一时间”,有时还要把握一定的时机,或说适宜的时机。这个适宜的时机,也有一定的先机。这个适宜的先机,就是我们所说的“天机”。

“天机”,可分为“天赐良机”“独家突发性事件报道”“揭秘性报道”三种情形。

1.“天赐良机”。

新闻喜欢“巧合”,这是人类对新奇事物希望了解的社会心理作用使然。新闻讲究时间,时间是新闻的立命之点。所以,时间的“巧合”,对新闻有着特别的意义。

时机,不一定是“最早的时间”“最快的时间”“第一时间”,但一定是“最适宜的时间”“最巧的时间”,是“天赐良机”。

说是“天赐良机”,是因为它往往是可遇不可求的。然而,有的人就能把握瞬间即逝的“天赐良机”,而有的人却面对“天机”措手不及、束手无策,甚至不能发现、视而不见。究其原因,有没有一颗时刻准备着发现机遇、抓住机遇的心,是根本问题。“人不能踏入同一条河流。”时机稍纵即逝,如果把握“天赐良机”的意识不强,准备不足,能力不够,纵有“天赐良机”,也难免眼睁睁看着它于瞬间消遁于无形,徒唤奈何。

跟随当今中国新闻业者实践的足迹，体味他们躬耕的真意，我们能感受到，在一些优秀的新闻作品中，有对“天时”的重视，还有对“时机”的把握，套用一些常用的说法，就是“来得早，不如来得巧”“占得天机，先人一步”“得天机之妙”，等等。具体到每则新闻作品，相对“天时”的元素可以力争而言，“天机”的占得与否，更在于坚实的准备，用心的把握。

2. 独家突发性事件报道。

时机，有涉及时间概念范畴的成分，这个好理解。“独家”，又有什么涉及时间概念范畴的成分呢？

“独家”，不一定代表“第一时间”，甚至有可能是过了一段时间的事实了，有别于日常操作中的新闻，不宜称其为“天时”。但是，“独家”一定是“先机”。“独家”有一层肯定的意义，就是在发出报道这个时间点上，它的报道相对于其他媒体来说是唯一的。唯一，在当时也就是第一的。其他媒体就算是后来报道得再多，也不影响第一个独家报道的“先机”地位。

“独家”这个“天机”，有时是可遇也可求的。但还是那个道理，机遇往往青睐有准备的头脑。

值得注意的是，我们所说的，是针对“突发性事件报道”的独家。如果不是“突发性事件报道”，当然也可以去争取“独家”，但是对“天机”的意义而言，非“突发性事件报道”的“独家”，与“天机”就没有太大的关系。这一点，在后面《奇应》的《奇特的策划》一节中也可体会得到。

3. 揭秘性报道。

揭秘性报道，跟独家事件性报道一样，也有涉及时间概念范畴的成分。因为两点原因，我们也把它归入“天机”之中。其一，既然是“揭秘性”的，在第一时间上必然是“独家”的；其二，既然是“揭秘性”的，往往因为常规常态中这“秘密”无缘揭晓，有朝一日揭秘，往往有其因缘先机。尽管它不一定是一般意义的事件报道,但"秘密被曝光"本身也可以算是一个事件。所以,我们也把揭秘性报道归入"天机"这点之中。刚巧古时说的"天机",也多有"秘密"意思的成分,把它归入"天机"之中,也算是"天作之合"。

近几年获得全国新闻奖的新闻作品中,一些优秀的新闻作品也得以以"天机"之锐给人留下深刻的印象。

案例分析:《中共中央党史研究室主任披露　7常委参观〈复兴之路〉出行不封路》评析

这是刊登在《长江日报》2012年12月6日22版国内聚焦的一篇报纸新闻消息,作者瞿凌云。作品获得第23届中国新闻奖文字新闻消息一等奖。

2012年12月5日,新华社播发中央政治局出台"改进工作作风、密切联系群众八项规定"的重要信息。次日,《长江日报》在全国独家首发消息《中共中央党史研究室主任披露　7常委参观〈复兴之路〉出行不封路》,此稿敏锐捕捉到中央传达出的"改进工作作风、密切联系群众"这一新闻点,把握时机迅速推出,用政治局七常委率先垂范的事实,迅速、鲜明地传递出新一届中央领导集体的政治新气象。报道在关键的时间点播发,迅速被网络和传统媒体转载和评论,引发国内外舆论广泛关注,持续热议。新华社评论分析认为,"不封路"释放出多种改革信号。

案例分析:《"藏粮于土"箭在弦上》评析

这是2014年12月5日7时36分黑龙江人民广播电台新闻广播《早餐前后》首发的广播述评,作者杨晶、李皎、高祥、牟维宁。作品获得第25届中国新闻奖广播评论一等奖。

2014年,中国粮食产量实现"十一连增",粮食总产、单产、人均粮食占有量分创历史新高，但在增长背后，各地耕地总面积、高质量耕地和人均耕地面积逐年下降。中国农业远未摆脱以透支生态为代价的粗放生产模式，高增产背后，是资源的高消耗。在“中国粮仓”东北黑土区，土地掠夺式经营已显现出恶性发展态势。黑土地在长期超负荷开垦下严重“失血”、不堪重负，国家粮食安全正遭受严重威胁！

习近平指出，粮食安全是一切工作重要之基，而粮食生产根本则在耕地。如何守住“中国粮仓”产粮之本？评论通过大量数据分析及权威专家访谈，深刻思考并给出明确答案。评论以同日公布的两份数据为切入口，通过“一增一减”“一喜一忧”对比，剖析经济活动与资源环境承载力的作用冲突，提出粮食安全新视角——由“囤粮于仓”转型“藏粮于土”，呼吁国家尽快调整战略，更多关注农业生态系统安全，增强粮食生产潜力，实现农业可持续发展。评论观点有新意、前瞻性强；内容引人警醒、发人深思。

报道在社会激起强烈反响，黑土流失等长期被忽视的生态安全问题得到更多人重视，并引发相关部门对经济发展方式的重新审视。随后召开的中央经济工作会议(12 月 9 日)、中央农村工作会议(12 月 23 日)中，“建设资源节约、环境友好农业”成为会议关键词。转年发布的中央一号文件和国务院政府工作报告里，“耕地质量保护与提升行动”更被明确提及。“东北黑土地保护试点”也被写入中央一号文件，黑土地迎来大规模治理保护的春天。

——一篇述评，也能赶上这么巧的时机，作者的功力让人不得不服。

案例分析:《只有荒凉的沙漠 没有荒凉的人生——保定学院 2000 届毕业生新疆且末县执教纪事》评析

这是《中国青年报》1 版 2014 年 5 月 3 日至 5 日首发的文字新闻系列报道，作者樊江涛、刘健、高山、王素洁。作品获得第 25 届中国新闻奖文字新闻系列报道二等奖。

这是采、写、编各环节切实践行“走转改”要求的一组佳作。已扎根且末执教14年的14位2000届毕业生是保定学院西部支教群体中开该校西部民族地区支教风气之先的代表。作为首个赴且末实地采访这一群体的记者,作者往返行程1万多公里,乘长途客车横穿塔克拉玛干沙漠,来到南疆民族地区进行了9天深入采访。其间与在且末的保定学院历年毕业生共24人全部一一座谈,在采访他们的家人、学生、同事和有关领导的同时,还到琼库勒乡克亚克勒克村走访民族学生家长,到阔什萨特玛乡了解了当地农村教育情况。

这组报道用时下青年习惯的视角、读者喜欢的语言报道其同龄人的感人故事,真实可信,没有高谈阔论,却有催人泪下之功。正如作者所说,作品只有先感动了自己,才能打动读者。这才是该作品最成功的地方。

这组在"五四"期间连续三天刊发的青年典型报道具有极高的新闻价值。报道刊发前,由于乌鲁木齐火车南站发生了暴力恐怖袭击案件,新疆民族团结、维稳工作备受舆论关注。这组报道见报后,新疆巴州团州委授予在且末执教的保定学院毕业生"巴州青年五四奖章集体"荣誉称号;团河北省委授予他们"河北省五四青年奖章集体"荣誉称号。以他们在且末执教事迹为题材创作的话剧《胡杨·红柳》2015年已上演,创作的电影《大漠青春》2015年也已开机。

这是中青报2014年推出的一个重大青年群体典型。该系列首篇刊发当日,恰逢习近平同志给保定学院西部支教群体代表回信,勉励青年人让青春之花绽放在祖国最需要的地方。看似是"有心插柳",其实是无意中的"天作之合"。两者形成呼应,增加了报道的分量。

案例分析:《为了永不忘却的国家记忆·日本寻证》评析

这是2014年11月17日至12月2日《新华日报》刊发的揭示从日本本土搜寻到的日军侵华以及南京大屠杀证据的系列文字报道。作者周跃敏、陈钢、陈炳山、于英杰、余萍、丁峰。作品获得第25届中国新闻奖国际传播(文字系列)二等奖。

首次南京大屠杀死难者国家公祭是2014年的大事,作为主祭地南京的主流媒体新华日报精心策划，赴日采访反映日本战争罪行的10多个纪念场馆，访问致力揭示历史真相的日本历史学家、参与过南京大屠杀的侵华老兵、原子弹爆炸幸存者。报道用日本的证据和研究揭示日军侵华暴行，批驳日本右翼否定历史、加速军国主义化的险恶用心，也传递日本民间正视历史、爱好和平的声音，引导读者理性对待历史和当今与日本的关系。呈现形式图文并茂，报纸刊出视频二维码，与网站、微博、微信等组成全媒体矩阵同步推出。

报道在海内外的中文读者中被大量转载，还被翻译成英文、日文、韩文，通过报纸、网站、微博等社交媒体在海外广为传播。新华网、人民网、腾讯网、凤凰网、联合早报网等海内外各大中文门户网站第一时间将报道置于显著位置。用百度搜索“日本寻证”有11万多个网页。《欧洲时报》和北美发行量最大的中文报纸《世界日报》转载了部分稿件。美国《侨报》称赞报道特别有意义，用特别供稿的方式连载。台湾旺报更是报纸、微博全方位转载。中国日报和中新社的英文网站刊载了报道的英文版。在日本发行的杂志《人民中国》将稿件译成日文，在网站、APP和官方推特上刊发。韩国《全北道民日报》也翻译刊登了部分报道。中宣部462期《每日要情》提及报道被韩国联合通讯社等多国媒体转载，“取得良好传播效果”。读者打来电话、发来短信对采写本组报道的记者表示敬意。日本友人国家公祭日当天打印数十份报道随小礼物赠送友人。

报道罕见集中揭示从日本本土搜寻日军侵华以及南京大屠杀证据及细节，有独家揭秘的性质，因而有较高新闻价值。

案例分析：《跨国取证16年——侵华日军731部队老兵证词实录 Japanese World War Ⅱ veterans recall horrors of Unit 731》评析

这是2014年8月14日19时30分在CNC World China View《中国观察》首播的一部电视专题。新华社得到独家授权播出，揭露侵华日军731部队罪行。作者王敬中、倪瀚琳、王爱华、何山、马迪。作品获得第25届中国新闻奖国际传播（电视专题）一等奖。

侵华日军731部队罪证陈列馆馆长金成民16年来20多次前往日本，专访了20余名731部队原队员，搜集整理了200多个小时的取证视频资料。这些日本老兵的供述视频珍贵难得，铁证如山。他们对于战争罪行的明悟忏悔，亲口证实了曾经被日本军国主义严令“必须要带进坟墓”的绝密，充分证明日本军国主义“国家犯罪”的本质。

到2014年8月，接受过金成民专访的731部队原成员已经全部过世，这些视频资料愈加珍贵。

新华社黑龙江分社音视频部敏锐地察觉到这些视频素材的重要性以及这一题材的重大意义。经过反复争取，金成民签署授权，同意由新华社对他“跨国取证”的相关研究成果进行首次独家权威发布。

在之后几个月的时间里，记者反复观看了近百小时的视频资料，翻阅了数千页的第一手文献书证资料，拍摄了大量静态、动态的视频画面，按照人物身份，分类整理了731部队成员犯下的累累罪行，并与编辑反复沟通，挑选出具有代表性的日本老兵的证言。作为侵华日军的核心成员，他们直接接触了活体解剖、细菌试验、押送受害者等行为。

期间，分社还多次与金成民馆长进行长时间的沟通交流，并进行视频专访。专题片将日本老兵的忏悔证词和对金成民的专访串联起来，两条故事线相辅相成，画面丰富、冲击力强。

稿件在“8•15”前一日播发，在海外产生了广泛正面的影响。专题片上传世界最大视频分享网站YouTube后，点击量三天突破一万，并且持续上涨。视频被其它网站转发后，观看率进一步提高，影响范围进一步扩大，唤起了更多人反思历史、拒绝战争、祈愿和平的心声。

该案例中，新闻首发的时机很恰当，又有“独家”和“揭秘”的元素，真是“得天机”之作。

案例分析：《怀化芷江首次对外公布日本投降原始视频》评析

这是2014年7月7日19时35分怀化市广播电视新闻综合频道《怀化新闻联播》首播的电视消息，作者田连友、张继、滕健、谭仕光。作品获得第25届中国新闻奖国际传播(电视消息)二等奖。

卢沟桥事变后,1937年7月7日就成为中国人民不能忘记的特殊的日子。2014年7月7日,正逢卢沟桥事变77周年。作者作为一名新闻记者,时刻关注着这一时间节点的重大事件。记者得知位于芷江的中国人民抗日战争胜利受降纪念馆多年来在世界多方寻找,找到有关“芷江受降”视频,将首次对外公布。得知这一消息后,记者第一时间赶到现场采访。

视频中,侵华日军中国派遣军最高司令官冈村宁次的代表今井武夫一行在芷江洽降,交出了侵华日军的兵力配置图,在投降备忘录上签字。参与签字的日军代表目光呆滞,不停擦拭汗珠。记者紧扣这一历史性的新闻点,采取视频资料加专家现场解说的形式,抓住鞠躬、擦汗等细节,制作成消息,在新闻节目中第一时间予以报道。

节目播出后,社会反响强烈。湖南卫视、湖南经视、中央电视台先后播出了这一新闻,部分外媒以及国外网站进行了转播和转载。

作品依托卢沟桥事变77周年和中国人民抗日战争胜利69周年的历史大背景,抢抓日本投降视频首次对外发布的历史时刻和新闻事件,运用第一手原始视频资料,第一时间客观、真实地揭秘日本投降的历史场景,具有极强的历史和现实意义,很高的新闻价值。

案例分析:《李连成:查办刘铁男案》评析

这是2014年12月14日21时30分中央电视台新闻频道《面对面》栏目播出的访谈节目,邀请刘铁男案专案组负责人谈刘铁男案查办过程。作者沈公孚、董倩、黄瑛、王忠仁、王扬、张士峰。作品获得第25届中国新闻奖电视访谈二等奖。,

2014年12月10日,刘铁男受贿案宣判,刘铁男一审被判无期徒刑,剥夺政治权利终身。4天后,这期节目播出。

作为十八大之后第一位被“双开”的省部级高官,刘铁男案具有极高的关注度。该节目独家专访刘铁男案专案组负责人李连成,是近些年来少有的呈现检察人员查办大案、要案为主题的节目。通过对刘铁男案层层剥茧式的解析，除了揭示刘铁男身为发改委重要岗位负责人与企业进行钱权交易的利益链条之外，还剖析了刘铁男对儿子刘德成错误的教育方式，通过描述刘铁男如何教育儿子的细节和关键点上所犯的错误，给人以警醒。

该节目首次披露大量案件侦查阶段的细节，刘铁男被送往秦城监狱，提审询问刘铁男的忏悔，木樨地公寓的曝光，最高检办案人员的神秘面纱也被揭开。节目播出后，各大媒体、网站都以“央视披露刘铁案提审细节”等标题进行转载，体现了媒体和公众对揭秘式新闻的关注。

案例分析:《解密“狱中八条”》评析

这是 2014 年 12 月 29 日中央电视台新闻频道《午夜新闻》播出的一篇揭秘解放前革命前辈狱中秘事的电视新闻专题。作者王平、唐巍、陈扬、杨光、李琳。作品获得第 25 届中国新闻奖电视新闻专题二等奖。

2014 年 12 月，正值新一届中央领导集体提出“八项规定”两周年之际，中央电视台推出了走基层特别节目《解密“狱中八条”》。“狱中八条”是解放前关押在重庆渣滓洞、白公馆的 200 多位革命者在牺牲前对党提的八条意见，被一位大屠杀脱险志士记录并保存了下来。节目以“狱中八条”为线索，带观众回到了 65 年前，人们发现当年的“狱中八条”与今天的“八项规定”精神相通、使命相连。

一、防止领导成员腐化；

二、加强党内教育和实际斗争的锻炼；

三、不要理想主义，对组织也不要迷信；

四、注意路线问题，不要从右跳到“左”；

五、切勿轻视敌人；

六、重视党员特别是领导干部的经济、恋爱和生活作风问题；

七、严格进行整党整风；

八、惩办叛徒、特务。

《解密“狱中八条”》第一次尝试采用揭秘式的“走基层”模式报道历史题材,从故纸堆里翻出历史,再从历史跟现实的呼应中找到的新闻。用从未完整公开的历史真相和跌宕起伏的故事吸引人、震撼人、教育人。

节目一播出,立即掀起了受众的讨论热情,并引发了社会各界群众和共产党员们的强烈关注及思想共鸣。“感慨”“震撼”“引人深思”成为了网友们刷屏热议的关键词。

习近平总书记多次对此节目予以高度评价,并在2015年1月13号中央纪委第五次全会上的讲话中又一次提到说:“白公馆、渣滓洞的烈士们牺牲前向党提出了八条意见,第一条就是防止领导成员腐化。还有一条,是对上级也不要迷信,这都是血的教训。”

刘云山同志批示:“历史题材,当下解读,《解密“狱中八条”》报道以史鉴今,有现实意义。”

《解密“狱中八条”》揭秘历史,呼应当下。用现实关切看历史,读懂过去;用历史眼光看现实,启迪未来。把有棱有角的八条融进有血有肉的人物中,把尘封已久的期盼融进惊心动魄的故事里,在特别的时间捧到受众面前。

案例分析:《代号“221”——原子城往事》评析

这是一篇2014年9月25日20时青海省海北电视台综合频道播出的揭秘我国第一颗原子弹研制地和研制故事的电视纪录片。作者秦岭枫、朱新征、张超、董海安、孔军。作品获得第25届中国新闻奖电视纪录片二等奖。

青海“金银滩”是王洛宾歌曲《在那遥远的地方》里唱颂的美丽草原。然而,很少人知道,这里还是中国第一个核武器研制基地,被称为“原子城”。1958年开始,先后有1.5万多建设者和科研人员在这里,无私奉献着青春岁月。为了国家的光荣与梦想,这片代号“221”的土地和数万前赴后继在此扎根的人们,一起隐姓埋名30多年。本片以现实的重访与历史的讲述有机对接,揭秘第一颗原子弹研制的细节,挖掘科研攻关背后的感人故事,诠释“两弹一星”的精神,让历史照进现实,让历史告诉未来。

青海省海北电视台借原子弹爆炸50周年之际,联合山东广播电视台拍摄制作了揭秘第一颗原子弹研制的纪录片。在全国各地纪念建国65周年和纪念原子弹爆炸50周年之际,海北电视台和联合山东广播电视台、青海电视台播出此片,同时在山东手机台、青海网络电视台同时播出《代号二二一　原子城往事》,收到了良好的效果。

案例分析:《做好事“潜伏”27年“炎黄”终于找到了》等系列报道评析

这是一组由一个偶然发生的事件引发的文字新闻系列报道,于《无锡日报》A1版2014年11月22日首发,至2014年12月30日全组发稿5篇。作者杨建、钱英洁、胡琦。作品获得第25届中国新闻奖文字新闻消息一等奖。

1987年6月28日,一位化名为“炎黄”的汇款人在无锡汉昌路汇款1000元资助祝塘敬老院,从而开启了一段延续27年的爱心佳话。在当地,“炎黄”是个家喻户晓的名字,有关“炎黄”事迹的新闻报道这些年来并不少,但本人却从未公开露面,甚至如侦探高手般躲过了一次又一次的寻找。27年来,人们都在寻找着这位做善事不留名的好人,但始终未有结果;就在2014年11月20日,一个偶然的机会,神秘的“炎黄”终于浮现在人们视线中——当天下午2点左右,在张家港市人民路中国邮政储蓄银行,一位刚向云南鲁甸灾区汇去1000元善款的老人突发脑梗,晕倒在银行营业大厅里。接警后赶来的民警发现,老人身上携带有三张汇款单据,上面的汇款人写着“炎黄”和“黄炎民”。被人们苦苦寻找27年的“隐秘好人”“炎黄”,就这样露出了真身。

得到线索后,无锡日报在所有纸媒中首发新闻;接着第一时间联系本人推出后续报道,之后步步深入,在各类媒体中无论报道角度和深度都步步领先,前后共推出5篇报道,引领和推动了媒体报道的进程。

系列报道刊发后,通过报网融合引起了强烈的社会反响。无锡日报官方微信、微博和无锡观察APP分别推出了同步专题报道,从讲述人物故事、宣扬“炎黄精神”,到“大爱无锡”,不断引领网络舆论热点。虽然“炎黄”本人拒绝任何形式的学习和表彰活动,但在无锡当地仍自发形成了学习热潮。“炎黄”报道同时引来中央级媒体的关注,央视《新闻联播》于12月3日作了相关报道,“炎黄”更是入选“感动中国”2014年度人物。

——先发,就是当时的独家,深度,就是有所揭秘,占得“天机”,价值更增。

案例分析:《主席点赞的安徽小伙张宝》评析

这是2014年7月18日安徽广播电视台新闻综合广播《阳光公益行动》节目首播的一则应“天机”的广播专题人物报道。作者杨雪雷、汪菲、甄臻。作品获得第25届中国新闻奖广播专题二等奖。

2014年7月4日,习近平主席在韩国首尔大学演讲,点赞安徽小伙张宝,使一段尘封已久的感人故事进入公众视野。

这段跨国捐赠的故事究竟有着怎样的波澜?捐献者为何一直保持沉默?安徽新闻综合广播记者造访张宝,揭开一段曾被人忽视的故事,讲述一个普通中国百姓对大爱无疆的诠释。用平实的视角,引导人们一步步了解领导人点赞的普通中国人的情怀——不一定是惊天动地,却是人类最珍贵的情感——善与爱。

第三节·天　道

“天道”的元素和视角可以分析考量新闻对时代本质、时代走向的把握。

“天道”,也涉及时间的概念,与“天时”不同的是,它涉及的时间是一个比较长的时段,就是前面说的“当今时代”。

“天道”,还涉及意识的概念和发展趋势的概念,还表达在一个比较长的时段的现实中存在的时代精神、基础民意和发展趋势。当今时代相比过去的时代有许多不同,有自己的特质,有自己的基础民意,有自己的发展趋势。“天道”可分成三个方面来看:1. 时代精神。2. 基础民意。3. 社会发展趋势。

1. 时代精神。

当今时代相比过去的时代有许多不同,有自己的特质。这个特质的表现可能有物质更丰富、历史积淀更厚重、科学技术更发达、社会意识更多元、人的视野更开阔、民众更关心和参与社会事务,等等。

当今时代有自己的特质,就会有相比过去时代不同的时代精神。时代精神是时代特质的意识化表现,时代特质是时代精神的现实基础。当这个时代的某些意识代表了当今时代的典型特质时,就被人们称为“时代精神”。

有的新闻事件,或这事件中的人物,表现出“时代精神”的某些方面的意义时,人们会把它称为“体现了时代精神”。我们把它作为“天道”的第一种情形。对这样的作品,我们可以说它是应合了“天道”。

2. 基础民意。

当今时代相比过去的时代有许多不同,有自己的基础民意。与时代精神一样的是,基础民意也是一种意识的概念范畴。与时代精神不同的是,时代精神反映(代表)了时代的典型特质,而基础民意代表的是时代的基础特质。另外,时代精神是间接反映出来的意识的形态,基础民意是直接表现出来的意识的形态。

当今时代的基础民意,以及由此形成的社会公义,也有着自己的特质,它之所以产生和存在于当今时代,有着其必然性,我们也把它归入“天道”。在这里,“天道”和“人道”是相通的,“天道”也是“人道”。

有的新闻事件,或新闻作品本身,表达了基础民意的某些认识或愿望,我们也可以说它是应合了“天道”,把它作为“天道”的第二种情形。

3. 社会发展趋势。

当今时代相比过去的时代有许多不同,有自己的社会发展趋势。一些较大的新闻事件的发生,往往包含着历史偶然性与必然性。某事件在哪个时点发生,人们可能无从得知,是“偶然性”,但到了一定的时期,一定的阶段,在一定的条件下必然会发生这样的事,便是其“必然性”。这样的新闻事件,以后就会载入史册,成为历史事件。在这里,我们就可以看出,它的“必然性”中,表现出这个时代的社会发展趋势。有的新闻事件,或新闻事件显示的趋向中,表现了与当今时代社会发展趋势的趋同,我们也可以说它是应合了“天道”,把它作为“天道”的第三种情形。

值得注意的是,有时作品中表现出来的“天道”,不只有一种情形,有的可能会是两种情形有重叠的情况。

有人说,讲“天”、观“天”、记“天”,是当今中国新闻的一个特点。这里说的“天”,就是“天道”。

展阅近几年获得全国新闻奖的新闻作品,让人感受到,一些优秀的作品中,不单让人获得一个时点的信息,还让人感受到时间的纵深和时代的走势,中国的评论往往还会说作品题材“以小见大”,我们也可以说是应合了“天道”。

案例分析:《习近平在参观〈复兴之路〉展览时强调　承前启后　继往开来　继续朝着中华民族伟大复兴目标奋勇前进》评析

这是2012年11月29日19时01分中央电视台新闻联播首播的电视新闻消息。作者:集体。作品获得第23届中国新闻奖电视新闻消息一等奖。

2012年11月29日,习近平总书记和中央政治局常委李克强、张德江、俞正声、刘云山、王岐山、张高丽等来到国家博物馆,参观《复兴之路》展览。中央电视台于当晚19:00的新闻联播中播送了该报道。

此次活动是党的十八大后,新进中央政治局常委们的首次集体亮相。整个新闻突显了中央新一届领导集体以史为鉴、立足当下,展望未来的坚定决心。习近平的讲话用同期声形式展现:"中华民族的今天正可谓'人间正道是沧桑'。""中华民族的明天可以说就是'长风破浪会有时'。""中华民族伟大复兴的梦想一定会实现!"这些语句,掷地有声地宣示了实现中华民族伟大复兴实现"中国梦"的宣言,给人以极强的视觉震撼和听觉震撼。这则新闻不仅报道了客观事实,还准确传达出新一届中央领导集体的发展理念和坚定决心,向社会发出了明确的信号。新闻播出后的长时间里,"中国梦"一直成为社会热议的焦点,引起强烈关注。所以说,新闻报道传达出的新一届中央领导集体的发展理念,抓住了当今民众的民意基础,这则新闻也成为应合"天道"之作。

案例分析:《一场不谈成绩　只谈问题的座谈会——十八大后李克强首次与地方官员共谋经济发展》评析

这是2012年12月21日7时12分中央人民广播电台中国之声《新闻纵横》播发的广播新闻消息。作者冯悦、王磊(大)、郭亮。作品获得第23届中国新闻奖广播新闻消息二等奖。

这篇广播消息报道的会议,是典型的改进会风的范例。记者在参加李克强主持召开的经济社会发展和改革调研工作座谈会上,敏锐地捕捉到新领导工作会风的改变,个性语言颇具新意。在没有通稿的情况下,得到上级的允许后，撰写了这篇特写式的录音报道，并于 2012 年 12 月 21 日在中央人民广播电台中国之声中播出。

消息中写道：“记者：这是一场有关经济社会发展和改革调研的座谈会。在会议的一开始，李克强直截了当，开宗明义。”

“李克强：‘我们开这次会议换个方式，大家不汇报情况，或者说最多在讲问题的时候简要汇报情况。请你们来对明年的经济工作以及推动长远经济社会发展所遇到的一些紧迫的、关键性的问题，向国务院包括中央有关部门提意见和建议。你们向我们提建议，我们向你们提问题。’”

“在这样的鼓励下，‘问题’和‘建议’成为了每位发言者贯穿的主题词。”

报道选取了三个现场片段都是对话形式，用声音真实地还原了当时的会场，给人以身临其境的感觉。

报道最后引用一位参会者的话点题：如同对经济增长“实实在在、没有水分”的要求一样，这次座谈会的“水分”也被实实在在地“挤干”了。

十八大提出改进党的作风，新领导身体力行，彰显了时代新风。记者嗅觉敏锐，捕捉到了这次会议传达出来的更大的新闻价值，以特别的形式表现出来，超越了众多的稿件，脱颖而出。

案例分析：《一天陪洗八次澡 迎来送往该改了——来自基层的中国民生见闻》评析

这是一篇新华社首发于 2012 年 12 月 19 日的文字新闻通讯通稿，作者：集体。作品获得第 23 届中国新闻奖文字新闻通讯二等奖。

当时，记者参加了新华社总编室为贯彻落实党的十八大精神，组织的“奋进中国”采访调研小分队。记者在调查中发现，基层接待任务非常繁重，群众意见很大；基层干部忙于接待根本无暇顾及本职工作，更是苦不堪言。当时恰逢中央八项规定刚刚发布，明令要求厉行节约。稿件中提到的基层干部却忙于接待，导致出现“一天洗八次澡”“一天陪吃四次早饭”“一个办公室一年买十台打印机”这样具有典型性的问题。

稿件一播发便成为网络热门话题，大量网民关注并引发强烈共鸣，以“县长一天洗八次澡”为关键词的新闻网页达到94万个。平面媒体采用达到近百家，《新华每日电讯》《中国青年报》等刊发评论，希望“一天陪洗八次澡”止于“八项规定”。

新华社记者从内蒙古、陕西、北京、湖北、广东等地历时半个多月深入采访，分别采访了政府官员、司机、饭店工作人员、专家等，敏锐地挖掘出接待浪费在全国存在的共性问题。稿件积极响应中央改文风的要求，选取典型，用简练语言反映基层接待浪费的真实情况，彰显了时代新风。

案例分析:《小村大事》评析

这是2013年11月25日11时30分河南人民广播电台新闻广播《新闻深一度》播发的记录一个小村三年变迁的广播新闻专题报道。作者张蕾、齐鹤、朱璐。作品获得第24届中国新闻奖一等奖。

在报送参评作品推荐表的《作品评介》中说:“该作品以小见大，从一个村庄的变迁，探索现阶段农村一种新的发展之路。”

2013年11月21日，中央人民政府网站公布首批“美丽乡村”名单，河南省信阳市平桥区郝堂村入选。25日，河南人民广播电台在新闻广播《新闻深一度》了这篇报道，评介说，这个村庄的变化，是对城市化大潮中的农村、农业、农民问题的一个深入探索。

走基层时，记者在郝堂村捕捉到村民大会等生动的现场。郝堂入选中国最美村庄后，记者再次深入采访。以“小村”变化为切入点，来解析“中国乡村良性发展之路”这一“大事”。两条线索并行，主线通过对改革参与者现阶段三农问题者的深入思考实践，体现“发展和建设要尊重规律、尊重人”这一理念，辅线则是以白描式的写实记录郝堂村、郝堂人的变化。

被多家主流媒体转发转载后，郝堂村的示范效应开始凸显，全国各地考察团来此参观学习，络绎不绝。

该作品以小见大，深入浅出，从一个小村的变化，探索现阶段农村一种新的发展之路，展示“田野生机勃勃，邻里守望相助，乡村文明复兴”的一种农村发展新趋势，使报道层层深入递进，彰显时代特色。正像作品最后一句所说：“从郝堂，我们感到了中国农村的希望。”

案例分析：《“一号文件”：一个村庄的“金矿”——隆安县那桐镇定江村十年发展印记》评析

这是在 2013 年 4 月 1 日的《广西日报》要闻一版首发的一系列文字通讯之一。作者甘毅、覃宇扬、袁琳。作品获得第 24 届中国新闻奖深度报道二等奖。

文章发表之际，正是当年“一号文件”全面贯彻落实、全国春季农业生产进入高潮之时，向外界传递出强烈的信号——重视“一号文件”，对于“三农”工作具有十分重要的意义。稿件主题大，切口小。围绕新世纪以来连续十个中央“一号文件”聚焦“三农”这一重大主题，采用“解剖麻雀”的手法，脉络清晰地呈现一个行政村的十年发展变化，折射我国“三农”政策实施的成就。

本报道报道的采访对象众多，事件的时间跨度长达十年，无论是人物、事件，都具有广泛代表性。善于捕捉采访对象富有个性、特色鲜明的话语，通过平实、通俗的群众语言，生动反映出十年来农民思想观念的巨大转变。

在写作上，打破通讯“三段论”窠臼，全文分为十部分，以片段式的场景，镜头式的语言，讲故事，有情节，见人物，摆事例，节奏明快，行文流畅，内容丰满而不累赘，人物众多但不凌乱。最终形成文章在布局上，以十年“一号文件”主题为主线，采用编年体倒叙的方式，形式新颖，很好地传达了文中蕴含的“天道”信息。

案例分析：《机器换人改变浙江制造》评析

这是 2013 年 5 月 8 日至 5 月 10 日浙江人民广播电台浙江之声《浙广早新闻》播出的广播报道。作者施晨燕、余敏、毛晓琼、陈吾升。作品获得第24届中国新闻奖广播新闻系列报道三等奖。

比尔·盖茨曾预言,机器人将重复个人电脑崛起的道路,成为下一个改变世界的技术。事实上,近年来机器换人在浙江的迅猛发展似乎正印证着这一预言。2013年5月8日到10日的浙江之声《浙广早新闻》通过系列报道的形式报道了这样的处境。随着经济的发展,东南沿海城市普遍面临大面积的用工荒,而浙江还面临着三个70%的困境——70%的劳动力为初中以下低素质人员,70%的河水断面为劣三类水质,70%的产业为粗放低效的传统产业。为打破这70%的魔咒,浙江省委省政府提出"机器换人",尝试走出一条可持续发展的浙江之路,为全国做出表率。

该系列报道从人、环境、产业三方面入手,表现机器换人带来的减员增效、减能增效以及背后蕴藏的巨大商机,分析了机器换人在有效解决用工荒的同时,也对环境改善起到推动作用,更是整个工业良性循环的催化剂。整租稿子不仅展示了成效,也分析和例证了机器换人在推进过程中遇到的困难,以及当前政府如何积极应对的举措。

为完成这一重大选题,三路记者在5月初对全省的机器换人情况进行了摸底,分别赶赴海宁、绍兴和杭州、永康,采访了大量工业企业和装备制造业企业,还采访了分管机器换人的省经信委负责人以及专家学者。稿子从一个个企业入手,很好的展现了机器换人的进程和实效,同时展现了"机器换人"的美好前景——改变浙江制造。

稿件事例丰富生动,语言通俗易懂,让老百姓对当前政府在做的工作、经济发展方面的变化和成效都有了很好的了解。每篇稿件都是当天浙广早新闻的头条,同时,还被中央人民广播电台中国之声采用。

报道这样的新闻事实,既符合当前环境压力下的经济发展趋势,也呈现出预言成真的历史必然,应合了"天道"的客观规律。

案例分析:《中央纪委监察部网站上线20天　网络举报达15253件　日均逾760件》评析

这是2013年9月23日中国纪检监察报一版刊发的文字新闻通讯。

作者陈春江。作品获得第24届中国新闻奖国际传播(文字消息)三等奖。

反腐,是当下中国占据主流语境的议题之一。而作为反腐主力军,纪检监察机关在公众眼里历来罩着“神秘的面纱”——受理什么样的信访举报、举报之后会不会“石沉大海”等等,都是问号。2013年9月22日,中央纪委监察部网站公布了“中央纪委监察部信访举报工作程序流程图”。23日,《中国纪检监察报》一版在报眼位置即刊发此报道。

因势而谋、应势而动、顺势而为——这则消息,是记者捕捉到一个社会热点事件之后,凭借独具慧眼的新闻敏感性主动跑出来的重磅独家消息,传播力、公信力、影响力堪称“一石激起千层浪”。

这篇不到600字的独家消息,通篇“用数字说话、用事实说话”,被中外媒体、网站铺天盖地转载、采用。

消息见报并经过中央纪委监察部网站等二次传播以及大量传统媒体和新媒体(报纸、广播、电视、网站、微博、手机报、新闻客户端)的立体传播后,受到社会各界和广大网民的强烈关注,很快成为舆论热点。据不完全统计,有300家以上的境内外媒体转载或播发这一消息。9月23日至26日,新浪、搜狐、网易、腾讯等国内门户网站及新华网、人民网、中国日报网等中央重点新闻网站先后将相关消息内容放在首页头条(置顶)或突出位置。新华网“舆情在线”监测系统显示,9月25日“中纪委网站20天接15253件举报”排在当日热点新闻第四位。短短一周时间,百度相关搜索结果就达400多万条。

该报道内容还被翻译成英文、俄文、朝鲜文、蒙古文等多种文字。BBC中文网、CNN中文网、新加坡联合早报网、美国中文网、欧洲时报网、俄罗斯中文网、香港南华早报、香港文汇网、大公网、香港头条日报、香港成报、香港商报、澳门广播电视电台新闻、亚太日报、联合日报在线等境外媒体或其所属网站,转载、引用、采用源于该报的消息内容。

2013年12月,中国廉政研究中心和社科文献出版社联合发布反腐倡廉蓝皮书《中国反腐倡廉建设报告No.3》,其中引用该报消息内容“9月2日,中央纪委监察部网站开通,9月2日—9月21日的20天内收到网络举报15253件，日均超过760件”。蓝皮书称，网络反腐为政治发展、民主参与和腐败治理注入了活力。党和政府重视网络监督举报作用之外，着力发挥其倒逼公共权力透明运行、公共服务规范增效等功能，运用科技手段治理不勤不廉行为。蓝皮书指出，中国廉政研究中心课题组问卷调查显示，78.7%的受访者认为目前党和政府的反腐败工作效果明显，比2012年上升14.6%。

报道不仅在时间上抢尽了天时，同时向公众展示出当前政府职能机构作风的转变，以及主动采用新媒体新工作方式的革新，同时占有“天道”的因素，凭仅仅600字就大获成功。

案例分析:《“呼格案再审”系列报道》评析

这是2014年11月20日至12月31日新华社首发的新闻通稿。作者汤计、张丽娜、罗沙、徐硙、陈磊、刘江、杨丽萍。作品获得第25届中国新闻奖文字新闻系列一等奖。

备受社会关注的“呼格吉勒图案”，从宣布启动重审到定性冤案，从再审判决到国家赔偿，新华社“新华视点”专栏记者持续跟踪报道，通过新华社记者独家掌握的一手调查内容，分别于2014年11月20日、12月15日、31日发出三篇翔实、准确、客观的调查性报道，回应读者关切。

较其他媒体，新华社记者较早掌握了再审信息，提前对采访进行了策划，并在外围进行充分采访，待到法院宣布重申消息时，记者在第一时间发出报道。

记者采访了多名与此案相关联的业内人士，并且捕捉到了多个独家的现场画面，这些经过打磨的深度调查稿件内容在网络上及新媒体终端上铺天盖地。尤其是对多个不实消息进行了及时辟谣，体现了新华社权威发布作用。

这组报道更重要的是从维护正义、坚守良知的角度出发，真切描述“呼格案”从再审到宣判的关键时刻，稿件追根溯源，梳理再审难点、昭雪的因素，深刻反思了司法制度和司法运作中存在的问题，彰显司法纠错的勇气和决心，引导读者思考“呼格案”改判无罪对维护法律尊严和社会公平正义里程碑式的意义。通过翔实、准确、公正的调查报道，为此案的重审、宣判和国家赔偿等重要节点，引导了正面的舆论环境，引起了较好的社会反响，体现了媒体的责任担当。在“呼格案”昭雪过程中，新华社记者汤计坚持九年追踪，推动了案件重审。从重审到宣判，新华社记者持续跟踪报道，体现了富有正义感、使命感的媒体和记者的铁肩道义。

稿件播发后，无论是在新媒体还是传统媒体，均引起了较大反响，传统媒体平均采用家次超过200家。媒体和社会各界高度赞誉新华社和记者铁肩担道义的情怀。他们认为，作为错案必纠、正义必到、法治必胜的典型样本，“呼格案”注定会被记入我国依法治国的史册，新华社记者推动“呼格案”的一些重要作品也必将载入新闻史册。这些，都应合了“天道”。

案例分析:《寻找22年前穿短裙的女孩——一张新华社老照片背后的改革信号》评析

这是2013年11月13日新华社社文专线(《新华每日电讯》头版)首发的文字新闻通讯，作者闫平。作品获得第25届中国新闻奖文字新闻通讯二等奖。

2013年11月初，新华社为配合十八届三中全会召开播发了一些反映改革开放进程的老照片，其中一张画面是几位大连市民在街上行走，当中一位身穿短裙的美丽时尚的女孩回眸一笑，动人心弦。《大连晚报》注意到这张照片的内容与大连有关，于是决定搞一个策划，想通过寻找这个大连女孩，并搜寻她的故事，来反映改革开放对大连普通人的影响。

记者采访作风扎实、深入、细致，不仅对穿短裙女孩陈晓露及家人、报道陈晓露的大连媒体的采编人员、老照片拍摄者等人进行了精心采访，还将新华社老照片与陈晓露22年前其他家庭照片进行认真对比、确认，确保事实准确，内容充分，细节丰富，意义阐发扎实有据。这一切都在很短时间内迅速完成，赶上了十八届三中全会闭幕的好时机。

稿件播发后，仅新华社统计范围内的媒体就有96家采用，新浪、搜狐、腾讯、网易、新华网、人民网等网站在首页突出展示，另有数百家其他网站转载，各方面好评如潮。

新华视点微博、央视微博等众多新媒体对稿件进行转载，转发、评论达数万条次。中央电视台、中国日报和辽宁卫视都进行了后续报道。新华网、人民网、新浪网等众多网站还围绕报道刊发评论。

稿件把改革开放和中国梦的报道很好地结合在一起，通过讲述一个引人入胜的故事，使人透过一张普普通通的照片，透过照片上时尚美丽女子的回眸一笑和她背后的故事，看到了改革开放对中国普通人的影响和他们生活的变化轨迹，让人看到了社会进步的大势。

第二章 “地”眼

如果说“天”可以表达时间的概念范畴,那么空间的概念范畴可以用“地”来对应。

“地”,我们可分“地点”“地缘”“地情”三个元素、三个视角去观察分析。“地点”的元素和视角可以分析考量新闻对所涉空间的有效性、恰当性的把握,“地缘”的元素和视角可以分析考量新闻对所涉地与其他地域的关联和影响,“地情”的元素和视角可以分析考量新闻对所涉地的情况和风俗风气特性的把握。

第一节·地　点

新闻的地点元素，直接是空间的概念范畴。

“地点”的元素和视角可以分析考量新闻对所涉空间的有效性、恰当性的把握。

过去，新闻所涉空间的形式相对比较单纯，就是实地的空间。随着时代的发展，现在我们的世界里已有更多的空间形式。在本节《地点》中，我们重点注意三个方面：1. 实体空间；2. 同一时空中的现场，即“第一现场”；3. 虚拟空间。

1. 实体空间。

新闻所涉的实体空间，可以是一般意义的地点，可以是映现的现场。

2. “第一现场”。

“第一现场”就是新闻发生时同一时空中的新闻现场。

“人不能踏入同一条河流”。“第一现场”里面有时间的因素，也有空间的因素，是时间条件和空间条件共同作用的结果。

集邮中有一种方式叫集“极限邮品”，就是在邮品发行的当天，将相关邮品拿到邮品所涉的地点投寄，获盖所涉地点邮所的邮戳，成为一种在时间条件与空间条件共同作用下形成的具有“极限性”的邮品，具有不可复制性。在新闻实践中，也存在这样的“极限性”的现场，具有不可复制性、不可再现性，这就是“第一现场”。在这里，“天”与“地”是合一的。

3. 虚拟空间。

时代在发展，现时互联网和移动互联网上也能发生新闻事件，它的地点就不能在实体空间上找到，它所涉的空间就是虚拟空间。这是一种新的W,其特点、影响还有待继续研究。在近几年获得全国新闻奖的新闻作品中,涉及这类空间的作品也还不多。

近几年获得全国新闻奖的新闻作品中,有的非常注意新闻事件的现场感,给受众身临实地的感受。作者是对新闻中的“空间优势”念念在心、运用得得心应手的有心人。

案例分析:《记者目击:兰州桃树坪隧道五名被困工人获救瞬间》评析

这是2012年12月22日21时00分甘肃省广播电影电视总台电视公共频道《百姓有话说》首发的电视消息。作者刘龙龙、邵通。获得第23届中国新闻奖电视新闻消息二等奖。

这是近年来第一次用电视的方式现场记录并见证大型隧道塌方救援成功的人员获救瞬间。兰渝铁路桃树坪隧道大面积塌方后,5名工人被困。记者第一时间赶到现场,在不影响救援的前提下,记者根据指挥部科学施救的方案敏锐作出判断,当把氧气、食物通过管道送进被困区域后,五名同胞一定能获救。报道团队提前谋划做准备,因为要记录5名工人出来的整个过程,而人员获救出来现场时间非常有限,可拍摄的时间不到10分钟,更不存在补拍的可能。报道团队经过深入思考,突出重点选取典型人物,选取身体条件允许接受采访,并且是有特点的,比如年龄最大、最后一个出来的人重点采访。还要首先关注工人的生命状态,在这些特殊采访对象身体和心情允许的情况下才采访。报道团队特别安排了控场能力好、擅长现场提问和把控情绪的主力记者采访。最终,报道团队重点采访了最后一个出来也是年龄最小的受困工人,在第一时间不间断记录了5名获救工人的生命状态、救援队伍的科学组织、坚持、不放弃;医疗队伍的精心准备和照顾。报道在甘肃卫视公共频道《百姓有话说》、中央台新闻频道《新闻直播间》播出。

在对这一优秀作品的鉴赏评价中，虽然用了很多表示时间的词汇，但人们会感受到现场的空间氛围的感染力，在此“第一现场”中，“天时”与“地点”的影响是共存的，是合一的。

案例分析：《飞跃南北——京广高铁全线贯通》评析

这是2012年12月26日8时30分——13时30分河北电台新闻广播、交通广播播出的新闻现场直播节目。作者：集体。作品获得第23届中国新闻奖广播直播三等奖。

这一广播新闻现场直播节目，是京广高铁全线贯通5小时大型直播，于2012年12月26日8时30分到13时30分在河北电台新闻广播、交通广播联合播出。石家庄是国内唯一通过整体搬迁客站方式迎接高铁时代到来的城市。高铁朝发夕至，纵贯神州南北的京广高铁，为河北和各地的经济社会发展都可提供强力的助推，它的全线开通无疑是一个历史性时刻。

该作品前后呼应，实时互动，以河北电台直播间为大本营，各台主持人轮流主持，邀请经济和文化学者对话，并与各路记者形成实时互动。跨越了地域限制，各个地点的直播报道，很好地体现了“第一现场”“极限性”的优势。

节目组分派记者驻守各地面站点，在高铁车组经过同时目击报道，形成一个动态播报链。这也是一种“极限性”“第一现场”。

同时，节目组还特设另一路“老京广”报道组——与高铁同时发车，通过新旧对比体现高铁的速度优势，增加节目的戏剧感和可感知性。

案例分析：《铁路系统“劳模”挥别铁道部》评析

这是2013年3月14日中国新闻社首发的新闻社通稿。作者刘关关。作品获得第24届中国新闻奖新闻摄影三等奖。

2013年3月14日，十二届全国人大一次会议在北京人民大会堂举行第四次全体会议，表决通过了关于国务院机构改革和职能转变方案的决定草案，铁道部不再保留。当月的一段时间里，人们怀着复杂的心情来到铁道部门前，与即将被摘掉的铁道部牌子合影留念。铁道部门口一时成为北京"新景点"。

在留影的人群中，一位胸前挂满奖章的老人吸引了作者的注意。他的神态、手势以及穿着与即将被摘下的铁道部牌子融为一体，让他成为200多万铁路系统职工，甚至整个国家特定年代里特定人群的缩影。

作者并没有拍摄老人在牌子前留影的常规照片，而是在老人留影之后抱拳的瞬间，按下快门。无疑，这个瞬间更能反映老人当时的心境。

撤并铁道部是力图尊重市场的体现，亦成为我国政府机构改革的里程碑。这幅照片以个人故事反应社会大变迁，记录下了只有在特定的时间才会出现特定的事件。

铁道部门口一时成为北京"新景点"，也是即将消失的"最后的景点"，时间、地点、人物，特殊的时空在这里定格。

案例分析:《洪峰袭来，五星红旗在祖国东方照常升起》评析

这是2013年9月3日7时45分黑龙江人民广播电台新闻广播《早餐前后》首发的广播新闻消息。作者任广镇、韩天。作品获得第24届中国新闻奖广播新闻消息二等奖。

2013年，百年一遇的洪水肆虐黑龙江全境，超百年一遇的洪峰将袭击回归祖国的黑瞎子岛的"东极哨所"，这将是一个特殊时刻、特殊地点、特殊意义的叠加事件。黑龙江人民广播电台于2013年9月3日的新闻广播《早餐前后》播发此稿。

作品选取了"洪峰达到历史极值"这一特殊时刻、"重回祖国的东极领土"这一特殊地点、"水中升旗"这一特殊事件，以典型选择突出了报道的重大新闻价值。

作品记录了"洪水中升旗"的全部音响，并以此为主线，巧妙插叙了黑瞎子岛汛情、被强占又回归的历史背景。"以前'东方第一哨'是祖国的最东端，现在是我们'东极哨所'、我们黑瞎子岛才是祖国最东端。"守岛军人的话音，道出了这一地点的特殊位置。

第二节·地 缘

“地缘”的元素和视角可以分析考量新闻对所涉地与其他地域的关联和影响。

“地缘”,也涉及空间的概念,与“地点”不同的是,“地缘”更主要反映的是新闻所涉地与不同地域的关联。有时,新闻所涉地的新闻或新闻素材,不单对本地域有影响,对另一地域的受众或部分受众也有关联和影响;有时,一个大地域范围的新闻或新闻素材,不单对整个大地域有影响,对其中一个较小地域的受众还有特别的关联和影响;有时,一个较小地域范围的新闻或新闻素材,不单对本地域有影响,对更大地域的受众也有关联和影响。对这种新闻或新闻素材,就可以用“地缘”的元素和视角进行分析考量。

“地缘”的元素和视角会有三种情形:1. 新闻所涉地与另一个地域的关联;2. 一个较大的地域与它的一部分较小的地域的关联;3. 一个较小的地域与它从属的一个较大的地域的关联。

1. 新闻所涉地与另一个地域的关联。

有时,新闻所涉地的新闻或新闻素材,不单对本地域有影响,对另一地域的受众或部分受众也有关联和影响。如果新闻作品注意挖掘新闻素材中的这种关联,作品在对本地产生影响的同时,还会在另一地域上收到更多的特别的关注,从而提升了新闻价值。例如,《上半年我市“外地郎”增多,其中五分之一来自 XX 市》的新闻,会在“我市”产生它本来的影响的同时,还会在“XX 市”收到更多的特别的关注。“XX 市”的受众就会多留心一下,想看看为什么会有这种情况。这样,由于作品挖掘了“我市”与“XX 市”在这方面的“地缘”关系,从而提升了新闻价值。

2. 一个较大的地域与它的一部分较小的地域的关联。

有时，一个大地域范围的新闻或新闻素材，不单对整个大地域有影响，对其中一个较小地域的受众还有特别的关联和影响。如果新闻作品注意挖掘新闻素材中的这种关联，作品在对整个大地域范围产生影响的同时，还会在一个较小地域上收到更多的特别的关注，从而提升了新闻价值。例如，《2016 年全省“见义勇为模范个人”出炉，我市新增“三条好汉”》的新闻，会在“全省”产生它本来的影响的同时，还会在“我市”收到更多的特别的关注。“我市”的受众就会多留心一下，想看看谁是“好汉”，是不是自己的相识。这样，由于作品挖掘了“全省”与“我市”在这方面的“地缘”关系，从而提升了新闻价值。

3. 一个较小的地域与它从属的一个较大的地域的关联。

有时，一个较小地域范围的新闻或新闻素材，不单对本地域有影响，对更大地域的受众也有关联和影响。如果新闻作品注意挖掘新闻素材中的这种关联，作品在对这个较小地域范围产生影响的同时，还会在一个更大地域上收到更多的特别的关注，从而提升了新闻价值。例如，《我市 X 剧团新编 X 剧〈洪荒之酿〉获戏剧“百花奖”，下月开始全省巡演》的新闻，会在“我市”产生它本来的影响的同时，还会在“全省”收到更多的特别的关注。“全省”的受众就会多留心一下，想看看什么时候会演到本地。这样，由于作品挖掘了“我市”与“全省”在这方面的“地缘”关系，从而提升了新闻价值。

近几年获得全国新闻奖的新闻作品中，有的作品注意挖掘新闻的地缘联系和影响，提升了新闻在相关地域的新闻价值。

案例分析：《边城三记 · 走读国家重点开发开放试验区》评析

这是于 2013 年 12 月 27 日到 31 日在广西日报、内蒙古日报头版与云南日报特刊联动刊发的文字报道。作者:集体。作品获得第24届中国新闻国际传播(文字系列)三等奖。

2010年6月,中央提出建设广西东兴、云南瑞丽、内蒙古满洲里三个重点开发开放试验区,3年多过去,这三座边城发展怎样?由广西日报发起,云南日报、内蒙古日报响应,三省区党报以三个试验区作为一场战役性报道来共同策划了这一专题,。

系列报道在三党报栏目名称一致,见报时间同步,既相互呼应,又“各显神通”。见报后邻国及相关国家媒体反响强烈,纷纷给予转载“落地”,实现了一场有声势有规模的跨国界传播。

作为区域性媒体,对相互关联的大事“联合作战”,集体发力造成巨大国际影响,三省区党报做了有益探索,在国内造成新闻影响的同时进一步形成国际扩散。

越南《广宁报》、缅甸《金凤凰》、印度尼西亚《国际日报》和美国《国际日报》等先后图文并茂转载;凤凰网、大公网、香港文汇报等境外知名网站转发;境内外、国内外媒体出现“集体联动”效应,形成一次有较大影响的国际传播。中国新闻出版报以《跨省区合作　跨国界传播》为题进行重点评介。

三省区在这次联合报道中不仅各自呈现了特色,也充分展示了在策划时对“地缘”条件的开拓,不仅很好地调动了三地的关注度,也对其他地区甚至是境外媒体产生了较大影响和扩散,获得了不错的报道效果。

案例分析:《家人等他吃团圆饭,他为救人献出生命——元宵夜,这家人最难熬的半小时》评析

这是2013年2月26日《重庆晚报》8/9版首发的文字新闻通讯。作者夏祥洲、张亦团。作品获得第24届中国新闻奖文字新闻通讯三等奖。

元宵佳节,家家户户都忙于团圆和团聚,而在广东省东莞市务工的重庆云阳县小伙子覃号兵,却为抢救落水者献出了自己年轻生命。这是广东省开始实施“见义勇为奖励和保障条例”后的第一个外地见义勇为者。

这篇独家报道，于 2013 年 2 月 26 日的《重庆晚报》8/9 版刊发，采用时空切换这一创新手法，聚焦于元宵夜这个特定时刻，将英雄家人焦急等待覃号兵回家团聚、与英雄舍身救人的两个场景，有机穿插和融合，生动展现了重庆青年见义勇为、舍己为人的高尚品质和光辉形象。

该线索来自记者深入基层时结识的云阳老乡 QQ 群。报社值班领导说：这正是我们这个社会需要的正能量，应当给予特别关注，同时也要给失去亲人的英雄家人舆论方面的安慰。于是，安排一路记者赶到英雄老家云阳，采访英雄家人和好友；另一路记者联系东莞当地媒体，采访目击者、始发地公安机关等，最终成稿。这篇独家报道见报后，新浪、搜狐、网易等各大门户网站纷纷转载。重庆小伙儿他乡救人牺牲的英雄事迹，在东莞当地、在英雄家乡都引起强烈反响。

在地缘上，英雄小伙儿引起了两地的强烈反响，对目标受众所在地的新闻关联度进行了关照，大大提升了新闻的关注度。

案例分析：《吉林人在抚州见义勇为》评析

这是 2012 年 4 月 18 日至 5 月 11 日在《吉林日报》要闻一版、社会广场五版首发的文字新闻系列报道。作者尹华、韩雪洁、马贺、刘巍。获得第 23 届中国新闻奖文字新闻系列报道二等奖。

2012 年 4 月 10 日，远在江西抚州打工创业的吉林人马久成，见到一女孩从 6 层高楼坠下，他不顾个人安危，伸出双手奋力一接，挽救了跳楼女孩的生命，马久成自己受伤骨折。

得知吉林人马久成在江西见义勇为的消息后，时任吉林日报社主管副总编尹华亲自采写了《好人马久成双手救下跳楼女》的报道，吉林日报社在第一时间派出 2 名记者远赴江西省抚州市，面对面采访并看望勇救坠楼女孩的吉林“最美爸爸”马久成，对救人及以后的事态进展和社会反响进行跟踪报道，对马久成的见义勇为精神进行深入挖掘。记者到抚州后，紧锣密鼓，通过再访现场，采访目击者及受伤女孩家属，连续采写了《帮助别人回报社会》《爱心包围“最美爸爸”》《最美爸爸情动抚州》等报道，把马久成多年来感恩社会、热心助人的事迹，以及他参与救人后在当地社会引起的巨大反响、人们对他的敬佩和感激之情全面深入地报道出来，并配发了评论和照片，扩大了马久成事迹的社会感染力。

吉林日报的报道在吉林、江西两省引起了轰动，吉林日报记者的采访活动及报道被刊发在抚州日报和抚州新闻网上。新浪、搜狐、百度、新华、人民、网易、中国吉林、中国广播、大众、中国文明、和讯、21CN、中国企业新闻等大型网站，纷纷转载马久成的相关报道，在社会上引起强烈反响。江西省级、中央媒体等又相继对平民英雄事迹进行了报道。马久成先后获得了江西抚州、吉林市见义勇为先进个人称号，并荣获吉林省第三届道德模范提名奖。

案例分析:《保加利亚，教我如何不想她》评析

这是中国国际广播电台在中保建交64周年策划的国际广播系列报道，2013年10月2日到4日在覆盖保加利亚和阿尔巴尼亚的6个频道播出。作者楚宁、张松慧、刘苏闽、侯奕光。作品获得第24届中国新闻奖国际传播(广播系列)二等奖。

报道以三位在不同时期分别在保加利亚学习声乐的中国歌唱家的跨度55年的经历为主线，讲述了他们的音乐人生，以及他们与保加利亚的不解之缘。通过三人对自己留学生活平实而动人的描述，以小见大，向听众展现了一部中保声乐交流的发展历史。

节目中，主人公们或演唱保加利亚歌曲，或讲述在保经历，很容易使保加利亚听众产生共鸣，有亲切感。节目首尾呼应，每篇与每篇之间相互衔接，体现了老一辈音乐人对年轻一代的深厚影响。胡宝善是马洪海景仰的前辈，而马洪海又是龚天卓的老师，这种巧妙的排篇布局使各期节目成为一个有机整体，使中保友谊和音乐情绪在其中重复延伸。

标题中的“教我如何不想她”是一首著名歌曲，贯穿全篇歌声中的这个“她”，既是歌唱家们怀有深厚感情的保加利亚，也是他们怀有浓厚感情的音乐事业，更是留洋归来报效的祖国母亲。

节目播出后，产生了强烈反响，保加利亚听众和网友纷纷留言祝贺两国建交64周年，表示很喜欢这个系列节目。保加利亚报业集团资深记者沃各莱诺夫发来邮件，认为可将这组作品改编为文字稿件，刊登在平面媒体上。节目成品发到国际在线保语网站和社交媒体，在受众中取得很大反响，关注度直线上升。页面浏览量大幅上升，连续两个月节目页面查看量均有50%以上增幅，流媒体增幅更是达到100%以上。

案例分析：《医疗卫生服务共同体延伸到老挝南塔》评析

这是2013年5月10日在西双版纳广播电视台《西双版纳新闻》栏目播出的电视消息。作者陶锐、李开连。作品获得第24届中国新闻奖国际传播（电视消息）三等奖。

此报道通过简洁凝练的文字、详略得当的表述以及恰到好处的人物同期声，反映了北京大学人民医院倡导成立的医疗卫生服务共同体，通过西双版纳州医院这个二级站点，首次走出国门这个新闻事件，传达出此篇报道的国际传播意义：西双版纳—老挝南塔医疗卫生服务共同体项目的建成，开启了中老双方医疗新型技术的合作，也深化了两国和两地边民的传统友谊。

通讯采写时间紧、路途远，任务重。记者于上午跟随西双版纳州卫生局等相关部门人员，统一乘车沿昆曼大通道至老挝南塔。在一小时内，通过和相关工作人员沟通协调，顺利地完成了揭牌仪式现场以及相关空景的拍摄，并请相关翻译，采访到了老挝方面的业务和行政官员，于下午就乘车返回，圆满地完成了此次走出国门的新闻报道。

此稿敏锐地捕捉到了医疗卫生服务共同体首次走出国门这一新闻点，并在文章后半部分加以深化主旨，表明了这一新闻事件开启了中老双方医疗新型技术的合作，也深化了两国和两地边民的传统友谊这一重要国际意义。新闻不仅在西双版纳当地播出，还通过网络同期传播，取得了很好的宣传效果。

案例分析:《院士的强国梦》评析

这是南京新闻综合广播频道 2013 年 12 月 16 日 18 时播出的一条新闻访谈。作者谢海翔、杨洋、张铭、葛晶、王璟。作品获得第 24 届中国新闻奖广播新闻访谈二等奖。

如何发掘重大事件的本地化题材,是地方媒体经常遇到的问题。这篇访谈是成功之作。记者在“嫦娥三号”成功登月后,获悉南京的一位中国工程院院士的研究成果与玉兔探月车的关系,进而迅速约访,通过节目讲述了一个血肉丰满、生动感人的老一辈中国科学家的故事。

整个访谈注意回避过多的技术专业内容,而把重点用在每一个普通人都有的情感、理想、性格、取舍等上面,听来极富感染力,最重要的是,从这些生活化的内容中展现出老一代科学家的爱国情怀,是对广大受众“中国梦”的生动示范。

此访谈特意选在赵院士的办公室和实验室中完成,也是为了让被访者在熟悉的环境中有更加真实的表现。稿件播出后,引发听众热烈讨论,在频道微博上的讨论多达上千条。南京地域又多拓出一条接上全国级新闻的“地缘”。

案例分析:《实地见证·雷锋正能量　全国寻访 25 任雷锋班班长》评析

这组作品是沈阳日报 2013 年 1 月 8 日到 3 月 1 日刊发的一组系列组合类报道,整个系列由 102 篇作品组成。作者伏桂明、佟丽霞、吕良德、王远、徐娜、周贤忠、刘军英。作品获得第 24 届中国新闻奖文字新闻系列三等奖。

沈阳是是一座有着丰富雷锋资源的城市。雷锋短暂的一生中,与沈阳相关的工作、学习活动时间占了 330 多天。

2013 年 1 月,是国防部命名沈阳军区雷锋生前所在的班为“雷锋班”50 周年,如何让鼓舞了一代又一代中国人的雷锋精神重焕活力?

1963 年 1 月 7 日,中华人民共和国国防部命名雷锋生前所在的沈阳军区工兵某团运输连二排四班为“雷锋班”。如何让雷锋精神再次撼动时空？《沈阳日报》策划了“全国寻访25任雷锋班班长”的报道活动，突破地域思维限制，坚守实地见证，原汁原味地再现了25位“雷锋传人”的人生故事，让人们对人世间“情感与信念”的持守和传承有了更直接的体验与认知。

《沈阳日报》2012年11月中旬开始策划，报道组先后赶赴辽宁、四川、重庆、山东、内蒙古、黑龙江等地寻访25任“雷锋班”班长，于2013年1月8日推出首期，历时3个多月，刊发20期、40块版、近15万字，合计稿件102篇。每期设“雷锋记忆”“班长故事”“沈阳回忆”“道德回音”等栏，特别是“道德回音”部分让历届沈阳市道德模范直接参与“报道”，形成多元化互动效应。报道始终保持这样的新闻架构和风格。

这组作品不单在沈阳当地引发巨大反响，还让“雷锋正能量”在各地在全国成为高频热词。新浪网、凤凰网等50余家门户网站设专题予以关注。全国各地的民间收藏者将其视为收藏珍品。江苏文艺出版社主动约请出书《雷锋正能量：讲述25任“雷锋班”班长的故事》，2013年3月上架发行，很快便濒临脱销。2013年3月4日《人民日报》刊发《25任“雷锋班”班长感染千万读者》，对该系列组合报道的情况与影响予以报道。2013年6月，由新闻战线“三项学习教育”活动领导小组办公室主办的《三项学习教育通讯》刊发《雷锋正能量是这样炼成的》，向全国新闻战线推介其经验。

报道组先后赴各地采访报道的策划，一期期的报道分别讲述了各“主人公”的故事，拓展了系列报道的“地缘”关联和影响，新闻价值大大提升。

案例分析：《寻访海上丝绸之路》评析

2014年10月15日至12月22日广东广播电视台广东卫星频道《广东新闻联播》播出的，以记者纪行的形式，对海上丝绸之路沿线国家的电视大型系列报道。作者翟俊垠、龚军、吴琳琳、傅群山、王茜、曾超。作品获得第25届中国新闻奖电视新闻系列报道二等奖。

2014年6月29日，“寻访海上丝绸之路”大型海外采访活动启动。广东广播电视台先后派出8组记者，分赴东南亚、南亚、中东、非洲、欧洲等20多个国家，寻访古代海上丝绸之路的历史印迹，记录中国与海上丝绸之路沿线国家日益频繁的经贸文化往来。前后采访了150多位外国政要、驻外使节、专家学者、华人华侨、当地百姓与企业家等，着重记录今日广东与沿线国家日益活跃的文化交流与经贸往来，并为广东参与建设“21世纪海上丝绸之路”问计寻策。

《寻访海上丝绸之路》对海上丝绸之路沿线国家进行全景式、全方位的纪实性报道。首篇报道于2014年10月15日推出，恰逢“建设21世纪海上丝绸之路”战略构想提出一周年之际，随后两个多月的时间内，共有35篇报道相继播出。整组报道贯通古今、视野开阔、点面结合，有助于观众全面了解海上丝绸之路沿线国家的历史、文化和经济社会发展现状。同时，生动有趣的小故事、立体饱满的人物形象穿插其中，又使整个系列报道很接“地气”。在采访中，记者以亲历者的身份去探访尘封的历史，感知鲜活的当下，小切口介入，故事化讲述，以娓娓道来的方式引领观众走近那些既陌生又熟悉的国度。无论是坚持传承中国文化的老华侨、热衷学汉语的各国青年，还是海外大项目的普通建设者、致力于与中国发展友好关系的政治家，都给人留下了深刻的印象。

报道的推出，得到了沿线各国政商、侨界和我国驻外使领馆及专家的高度评价。中国驻瑞典、马来西亚、肯尼亚等多个大使馆官网发布了节目组的采访消息，《中非日报》等多家当地媒体刊登了节目组的联合报道。在新媒体平台上，观众、用户纷纷留言点赞，认为该系列报道好看、耐看，在大家熟悉的欧美等发达国家以外，关注到了亚欧非的新兴市场和印度、伊朗、埃及等充满吸引力的文明古国，对企业寻找商机和民众出境旅游也是很好的指引。作为新闻，节目也拓开了更广阔的“地缘”。

案例分析:《中国军网“行进中国·精彩故事——南海纪行”为了那片海,为了那片天》评析

这是中国军网2014年12月28日首发的南海纪行内容的网络新闻专题报道,作者张海平、武天敏、曲延涛、何友文、姚远、姜紫微。作品获得第25届中国新闻奖网络新闻专题二等奖。

2014年,中国军网“行进中国·精彩故事——南海纪行”采访组走进南海舰队进行网络新闻专题报道。采访组兵分多路,与南海舰队官兵深入接触和交谈,一周多时间里采写9篇主稿,发布多个专题,网络新创作一个接一个推出,在互联网上引起极大反响。代表作《天涯有群欢乐的兵》《老兵不让看伤疤》《今夜,军舰都到哪儿去了?》被各大主要网站第一时间转载,在微博、微信等新媒体平台上引起热议,其中《老兵不让看伤疤》一文在广大官兵中引起强烈共鸣。

2014年,南海周边形势严峻,状况不断。3月31日,菲律宾正式将中、菲南海争端提交国际仲裁,引发局势动荡。中国军网采访组走进南海舰队采访报道,既呈现了南海特有的“地情”,又展现了海军官兵的“人性”,引来人们关注,特别是喜欢军事的网友的关切。在为报道接上“地缘”的同时,也吸引了“人脉”。

案例分析:《穆罕奈德的中国梦》评析

这是2014年10月19日19时30分金华广播电视台公共频道《爱生活周刊》栏目播出的反映一个普通阿拉伯青年在中国追寻自己人生梦想的电视专题。作者:集体。作品获得第25届中国新闻奖国际传播(电视专题)二等奖。

2014年6月5日,习近平主席在中阿合作论坛第六届部长级会议开幕式讲话中,提到了约旦商人穆罕奈德与中国姑娘喜结连理并在中国安家创业的故事,并给予了高度评价。从这一刻开始,穆罕奈德一家的生活悄悄发生了变化。本片的镜头就是跟拍了这一系列的变化,通过记录穆罕奈德在国际商贸城市义乌的创业过程和情感经历,生动反映了一个普通阿拉伯青年是如何把自己的人生梦想融入中国人民追求幸福的梦想中。

该作品通过浙江电视台国际频道《发现浙江》栏目向境外播出。浙江电视台国际频道在欧洲、北美洲、南美洲、大洋洲及东南亚40多个国家和地区落地播出,在海外华人华埠和华语观众中享有较高的知名度。

作品诠释出,中国梦与阿拉伯梦、世界梦,其实是相通的。一个阿拉伯青年在中国安家寻梦,带来了他的"地缘"。作品让世界观看他的故事,让自己走向更广的"地缘"。

案例分析:《"我们等着买习近平的书"——《摆脱贫困》、《习近平谈治国理政》在台湾热销》评析

这是2014年12月17日《福建日报》1版首发的文字报道。作者林娟、刘深魁。作品获得第25届中国新闻奖文字新闻通讯二等奖。

以报社本部记者和驻台记者联合采访的方式,及时详尽报道由福建出版发行机构推出的习近平总书记著作《摆脱贫困》《习近平谈治国理政》在台湾举办首发式并热销至脱销的盛况。从中透视台湾民众了解祖国大陆的热望及对习近平亲民务实作风的崇敬,反映他们对治国理政、反腐倡廉等议题的关注,也展现两岸进一步加强文化出版等各方面交流合作的必要性和可行性。

该文在纸媒刊发后,迅即被人民网、中青网、凤凰网、光明网、中广网等国内主流网站转载,在传统媒体和新媒体平台上均获极高点阅率,也引起台湾读者的关注,在两岸均产生良好的社会效果。

通讯通过扎实深入全面的采访,掌握大量新闻事实和细节材料,从而能将习近平著作在台湾热销的前因后果及良好社会反响做出生动的描述,从中透视出当下的两岸关系,以及岛内的民心民意民情。报道在两岸均引起极大关注,突显了福建在两岸交流中的作用。

第三节·地 情

“地情”的元素和视角可以分析考量新闻对所涉地的情况和风俗风气特性的把握。

“地情”,也涉及空间的概念,与“地点”“地缘”不同的是,“地情”还涉及一个地方的情况特点和风俗风气特性。

对“地”的元素的深一层把握,就是写活了“地情”,也就是对一个地方的情况特点和风俗风气特性的把握和表现比较到位。

国有国情,地有地情。一个地方,之所以成为“这一个”地方,除了地理位置、面积、环境等因素的情况特点,就是这里的风情风气有自己独特的个性,与其他地方有不同,有区别。惟有这个不同和区别,才更能表现它是“这一个”地方,是“唯一”的“这一个”地方。对此有认识有能力的作者,在新闻作品中能透出一个地方的独有的情况特点和风情风气特性气息,我们称它为写活了“地情”。这样的作品往往容易形成地方的自身的特色,也更容易走向更广阔的地域,这就是人们常说的“越是地方的就越是世界的”道理。

“地情”的元素和视角可以分为两种情形来看:1. 地方的基本情况特点;2. 地方的风情风气特性。

1. 地方的基本情况特点。

一个地方有一个地方的基本情况,地理位置、地形、面积、环境、交通、建筑、物产、经济,等等,有的与另外的地方大同小异,有的表现了自己的特点。新闻在需要的时候,可以表现这些情况和特点,其中的活用程度可以体现新闻表现的高下。

2. 地方的风俗风气特性。

一个地方有一个地方的风俗风气特性，与第 1 点不同的是，这时讲的是涉及人的精神、理念、习气的人群的精神层面上的现状和特性，有的与别的地方大同小异，有的表现了自己的特点。新闻在一定的时候，可以表现这些风俗风气和特性，其中的活用程度可以体现新闻表现的高下。

近几年获得全国新闻奖的新闻作品中，有的以表现“地情”见长，非常注意透出新闻所涉地的特点特性气息，给受众身临实地的感受。作者深刻了解“地情”对于新闻价值的重要性，是对其中的“空间优势”念念在心、运用得得心应手的有心人。

案例分析:《能说 7 国语言，化解社会矛盾，浙江首名外籍调解员诞生　义乌社区有了“洋委员”》评析

这是于 2013 年 12 月 11 日《浙江日报》海外版“今日浙江”第 8 版刊发的文字报道。作者骆逸群、章建民。作品获得第 24 届中国新闻奖国际传播(文字消息)二等奖。

义乌被称为“联合国”，常居外商 1.5 万人，不少社区外商与当地居民混居，在带来小商品城繁荣同时，社会矛盾也凸显。如何协调外商、义乌人的各种社会矛盾？义乌聘请“洋委员”参与社会自治，是中国社区治理的创新和突破，既是基层首创鲜活经验，更为全国提供了样本。

“创新社会治理体制”，是十八届三中全会提出的改革要点之一。该作品源于基层调研，作者三赴义乌，在与当地外商、社区干部、社区群众多次交流过程中，确定了“洋委员”参与社区自治的选题。此外，作者还与作品主人公哈米一起参与调解，获得了第一手材料。不足千字消息，巧择角度，精选材料；语言生动，写作精良，在简洁行文中涵藏丰富信息量。作品把“洋调解员”哈米的几个生活片断串连，生动展示了在义乌，外商参与社区自治带来的好处多多,“联合国”人可以和谐相处。作品回答了海外对中国社会治理改革的关切,向海外展示了中国基层民主开放的成果。

作品第一时间在海外媒体刊发,先后在法国《欧洲时报》、美国《侨报》、澳大利亚《华厦传媒》、波兰《环球周报》、加拿大《先枫报》等海外媒体转载。法国欧时网、美国侨报网、澳大利亚华厦传媒网、加拿大环球华网等海外网站同时转载,使此事在海外迅速传播,引起较大反响,合计点击率超过10万次。作品以生动事实回击了海外对中国基层社会管理的质疑,彰显了中国基层民主开放的形象,起到了很好的对外传播效果。

这样的报道对该地的地情特点把握非常精准,这样的作品就容易形成自身的特色,也更容易走向更广阔的地域。

案例分析:《立德讲理72姓氏相处怡然自乐 十都村唱响和谐“好声音”》评析

这是2013年8月29日《江西日报》要闻版A1版刊发的文字新闻消息。作者傅云、郑颖。作品获得第24届中国新闻奖文字新闻消息三等奖。

《江西日报》记者到广丰县最边远的山区采访,不经意间获悉有一个村通过“立德讲理”,让生活在其中的72个姓氏5000多村民和谐相处,成为江西最早一批零发案、零犯罪、零事故、矛盾零上交的“四零”村庄。作者感到这是件少有的事,新闻性很强,又与构建和谐平安社会、做好新时期群众工作的大主题相吻合,遂紧紧抓住了这一新闻线索,立即深入该村采访,写下这篇融思想性、指导性和可读性为一体的散文式消息,于2013年8月29日在该报要闻版A1版刊发。

作品900来字,既探究了该村立德讲理的浓厚氛围形成并不断延续的原因,又透露出“立德讲理”对化解最基层矛盾纠纷的特殊功效,深含着如何做好新时期农村工作和怎样对农民进行得法、有效思想教育的深刻寓意。在构建和谐平安中国进程中,十都村这个涌现出的典型,创造了经验，给人启发、值得借鉴。

此稿在采访第二天即见报，时效性强。在江西日报A1版刊登后，在社会上掀起了强烈反响。十都村通过立德讲理方式化解矛盾的做法得到江西省综治办的高度肯定，认为这对构建和谐平安江西具有很好的推广价值.省内外许多文明示范村络绎不绝到十都村取经。目前，该村的“道德讲堂”共开讲20余次，听众超过2000人次。由于古村唱响了和谐“好声音”，进一步扩大了影响，全村旅游经济发展迅猛，百姓生活得到很大改善。

但现实生活中，的确存在不少“以小见大”的消息，但是目前的困难是，那么多“小”的消息分散各处，犹如一尾活鱼难以捕捉。新闻工作者要通过不断训练，提高对新闻价值的敏感性，更加深入其中了解规律、努力而为，争取不漏掉这些“活鱼”。

案例分析:《一水激活万水流——吉林省“河湖连通”工程走笔》评析

这是于2014年11月4日《吉林日报》要闻版1版首发的一篇报道“河湖连通”工程启动后今昔对比的深度报道。作者李新民、李大川、高大伟。作品获得第25届中国新闻奖报纸文字新闻通讯一等奖。

“河湖连通”工程是2011年中央“一号文件”确立的国家重大水利发展战略。在推进这一重大战略进程中，吉林省率先“破题”实践，取得重大突破。

记者抓住这样一个带有全局性的重大题材，第一时间深入工程现场，大量采访了工程的组织者、管理者、建设者及当地群众，反复推敲，几易其稿，形成《一水激活万水流——吉林省“河湖连通”工程走笔》这一深度报道。报道在全国最先“发声”，第一次全景式把这一重大水利工程展示出来，具有很强的现实指导意义。

报道刊出后引起强烈反响，受到广泛关注和好评。人民、新华、凤凰、新浪、网易、和讯等大网站都进行转载，百度关键词搜索量达50多万条。

“河湖连通”不断扩大影响和认知,有力推动了这一重大工程深入实施。

这是一篇难得的重大主题深度报道,读起来气势磅礴,酣畅淋漓,优点很多。我们在此从“地情”的视角看看作品在这些细节处的功夫。

报道方式大胆创新,写作特色鲜明。每一部分开头都引用民谣俗语,既是今昔对比,又契合点题,极富个性色彩。加上对当地特有地情的展现,对当地群众干部语言行为的真实再现,当地的地情地情跃然纸上,具有很高的新闻价值。

案例分析:《义乌传奇再出发》评析

这是一则于2012年12月16日12时30分在加拿大温哥华华侨之声AM1320《今日浙江》栏目播出的介绍义乌国际贸易综合改革试点情况的广播专题。作者张星、吴一清、蓝柳丹、潘玲。作品获得第23届中国新闻奖国际传播(广播专题)三等奖。

曾几何时,义乌传奇闻名海内外。现时,义乌国际贸易综合改革试点作为浙江省三大国家级战略重点之一,新的历史节点又赋予义乌传奇新的内涵。

如何向海外传达这个重要信息?记者选取了一位在义乌做生意的叙利亚外商,从他的视角出发,以他的个性化感受为切入点,以他的商业经历为报道内容,用事实说话,用数据说话,把国家政策赋予义乌的机遇、活力,客观而又真实地呈现给海外听众。

这则广播专题有很多优秀之处,得体地引导听众感受义乌特有的“地情”,感受义乌的昨天、今天和明天,就是一个很有韵味的特色。

作品通过一位中文名字叫王中华的外商的口,介绍了以前他选择义乌的原因:“我记得1998年第一次来义乌,那个时候还在读书,来看这边的市场的,从那时候到现在,变化非常非常大,我们都知道,未来,义乌会更好的。中国发展得很快,一天比一天好的,我们也是做生意的,也是一天比一天好的……”说到对义乌现在的感受,他说:“……对啊,对啊,我们都是感觉到的,带来更多的方便和便利,收货、看货、装货都是很方便的。外国人来这边，感觉不一样的，跟别的地方不一样的，它给你很多方便。……我去过别的地方，然后又回来，又回来，我感觉，唉，还是义乌好(笑)。”

除了突出义乌对外商服务的“便利化”关键点外，作品还穿插了对义乌各种“地情”的介绍。如：“推出类似鼓励更多中外商人成为市场主体、参与国际贸易的政策。这些政策体现着这样一个宏大的蓝图——未来三年，义乌市要成为真正意义上的全球市场。”“义乌的贸易模式要实现出口、进口、转口贸易联动，若干年后让义乌从中国出口重镇转型为国际贸易桥头堡。”“通过若干年努力，经营主体到达十万的时候，里面有一万或两万的外资主体，我们的市场就更加国际化了，到那个时候肯定是全球市场啦。”“除了服务监管更加便利化，在外商眼里，四通八达的物流网络也是义乌的魅力所在。目前，义乌的铁路中转托运站连通全国20多个铁路大站，公路货运也直达国内320多个大中城市。”“作为中国第一个设立海关以及拥有民航机场的县级市，义乌还没有停止建设的步伐，新的‘义乌市场’以及投入32亿元人民币的内陆港口‘义乌港’还在建设当中。”

听完专题，能够感受到一个生机勃勃、积极进取、左右逢源、张开欢迎的双臂的新义乌。

案例分析:《中国面临的挑战 II：中国能实现和谐吗？》评析

这是2014年10月13日19时00分上海广播电视台首播的电视专题。作者：集体。作品获得第25届中国新闻奖国际传播(电视专题)二等奖。

《中国面临的挑战》由国际知名中国问题专家罗伯特·劳伦斯·库恩主持，是国内首部以西方人视角观察、研究、分析中国现状的社会现实题材纪录片，《中国能实现和谐吗？》是《中国面临的挑战》第二季中的一集。

《中国面临的挑战》聚焦中国实现富强、和谐、美丽、文明和现代化的进程中面临的挑战，以及中国政府和社会各界应对挑战的努力，向国际社会真实、生动、深入地阐释了“中国梦”的内涵。该节目总拍摄时间超过一年,行程43000公里。

《中国能实现和谐吗?》涉及了外来务工者落户城市遇到的瓶颈、留守儿童面临的教育机会不均等、城管这一特殊群体折射的城市治理困境,以及老龄化社会面临的养老难题等四个极具代表性的问题,探讨如何让每一个中国人享有平等的保障和公平的平台。在拍摄打工群体的生活时,编导对深圳上下沙、广州三元里、北京皮村几个城中村做筛选,最终确认了北京皮村,这里不但有城中村的典型特点,还有一个农民工的打工博物馆,而且还是广受打工者欢迎的“打工春晚”的诞生地。编导四次前往皮村,拜访了“打工博物馆”以及“打工春晚”的创办者孙恒,最具代表性的农民工家庭等。

城管的负面新闻多次见诸西方媒体,策划期间美方团队即建议摄城管执法的故事,并且希望能够拍到真实的执法画面。为此导演先后五次来到上海市松江区城管执法大队沟通,并与城管队员们一起执勤,重点跟拍了一位海归城管孟言超。节目真实客观地记录了城管的日常执法状态,比如城管与小贩不停的“猫鼠游戏”、城管大队定期与辖区内的商户和居民召开沟通协调会的场景等,都非常生动地向西方观众解释了什么是城管,城管问题的特殊社会背景以及政府的应对之道。

《中国能实现和谐吗?》深入基层,直面问题与挑战,以细腻的笔触记录人物命运和故事,并由此折射宏观层面上中国面临的问题和挑战,视野宽广、故事真实、开掘深入,是第二季《中国面临的挑战》的代表作。

《中国面临的挑战II》在美国公共电视网加州电视台(PBS SoCal)、美国国家教育电视协会(NETA)在全国的公共电视网内发行、WORLD频道播出,覆盖全美广阔的收视人群。PBS审看节目样片后,高度称赞了节目在“创意和技术上的高质量呈现”,认为节目“探究了实现中国梦过程中的创新突破以及那些艰难抉择”“不回避问题,虽然没有一蹴而就的解决方案,但正视问题就是一个好的开始”。该节目除了将在美国公共电视网络播出外,PBS Socal还将节目提交美国电视艾美奖的评选,这是美国电视业内非常重要的一个评奖活动。

此外,关于节目在 PBS Socal 首播的新闻甫一刊登,在南加州地区即有包括《洛杉矶日报》在内的 118 家媒体转载了新闻,阅读量达到了 830 万,影响广泛。

本片从西方视角,观察和思考了中国在实现中国梦过程中的机遇与挑战,这样题材的纪录片是非常稀少的。一是在于它能够直面以前外宣媒体较少涉及、但是海外主流社会又非常关注的中国政治社会生活领域的问题,例如环境污染、基层治理等,突破了以往的外宣模式;同时,片子从一个熟稔中国的西方人的角度展开,又有生动人物和真实案例客观呈现中国,能够更好地让西方受众了解和理解中国。该片播出后,在国内外收视平台都收到良好反响;专家、媒体和业界齐点赞;通过新媒体的传播,该片在视频网站的传播率也相当不错。这是一部同时得到国内、国外,官方和大众认可的纪录片,达到了全方位的宣传效果。

本片各方面优点很多,比如在呈现中国面临方方面面的问题的"地情"上,就表现深刻。

案例分析:《留给子孙万贯　不如良言一句　仇庄 61 户村民寻家风立家训》评析

这是 2014 年 12 月 30 日《北京日报》1 版首发的一篇反映和描述京郊农村注重精神文明建设、践行社会主义核心价值观的鲜活的文字新闻通讯。作者闫雪静、王健、陈冬菊。作品获得第 25 届中国新闻奖文字新闻通讯二等奖。

记者在通州区采访,听说有这么一个村,注重精神文明建设,村民团结、乡风朴实。更有意思的是,61 户村民立了家训。记者随即赶到这个村采访,发现村民对待"立家训"非常认真。不仅要召开家庭会议反复讨论"家风"是什么,还在村委会的帮助下请来国学专家讲解什么是家风、家训。在此基础上,每个家庭总结了各具特点的家训。更为可贵的是,家训挂在墙头,家庭成员要遵照执行,也接受邻里监督,真正起到了立身处世、持家治业的教导作用。

据此，采写了这篇独家新闻，从村民的故事中挖掘出乡风文明新面貌。

通讯刊发后引发热烈反响，人民网、凤凰网、网易新闻等多家网络媒体转载。随后，记者又以“来看仇庄村民家训，堪比古圣贤”为题制作了公众号微信，刊发在北京日报官方微信上，扩大了新闻的影响力。京郊、甚至外地很多村到仇庄参观学习。

通讯主题鲜明，所反映的事例具有典型示范意义。通讯行文流畅，主题思想贯穿于一个个生动的故事和细节之中，有让人身临其境的场面，也有画龙点睛的话语。把一个村庄农户们以“立身处世、持家治业”的乡风文明新事物呈现在读者面前。

第二篇 “人事”眼

在“人事”这组元素中，“人”主要涉及主体的概念范畴，“事”主要涉及客体的概念范畴。分析评价一则新闻，可以从主体和客体的视角去分析，也就是用“人事”眼去看。作为新闻作品，就是要读人和审事。

一些新闻理论著述中会写出这样一些“公式”——“平凡人＋平凡事不是新闻，不平凡人＋平凡事＝新闻，平凡人＋不平凡事＝新闻，不平凡人＋不平凡事＝重大新闻”。虽然这时它往往是在说明新闻价值的重要性、显著性或趣味性元素，但我们可以感受到，这里面都要用到“人”和“事”来作说明。这一是说明了“人”和“事”的重要性，二是说明了“人”和“事”的关联性。“人”是新闻中一个重要的主体元素，“事”是新闻中一个显示变化的元素，“人”要关联上“事”，“事”中往往有“人”。如果单有“人”，哪怕是很不平凡的人，没有“事”，就是说没有变化，就还不能形成新闻。所以，我们还可以用“人事”的元素，从“人事”的视角去分析新闻。

“人事”眼，又可进一步分为“人”眼和“事”眼，分别进行分析。

第三章 “人”眼

中国传统“三才”“天地人”的说法中，虽然“人”放在靠后，但对其的重视程度是很高的。“天地人”关系构建的高层境界中，往往会被说成“天人合一”，可见，“天地人”说法的最后落点还是在“人”。而且这个“合一”，往往不是说人像天，人向天靠拢的“合一”，相反，是说天像人、天向人靠拢的“合一”，可见，传统说法中对“人”的重视。

从自然界角度说，人是万物之灵；从社会学角度看，人是人类社会的存在主体，是人类社会的出发点和关注归结点。

“人”是新闻里的一个重要元素，是新闻里最活跃的元素。一个个具体的、活生生的人物，在一起具体的新闻事件中，表现出来的他的言行、遭遇、人际关系、情感、性格、思想，可以引起受众的同情、共鸣或反感等情绪，可以牵动受众的视线和关切，因而具有较大的新闻价值。

“人”，可分为“人物”“人脉”“人情”三个方面去分析考量。

第一节·人 物

“人物”是新闻里的一个重要元素，是新闻里最活跃的元素，新闻人物在新闻中有主体地位和影响新闻事件发展的核心作用。对新闻中“人物”的元素的认识程度和处理水平，在很大程度上左右着新闻价值。

在分析新闻中的“人物”元素时，要注意三个方面：1. 人物身份；2. 人物特征；3. 人物言行。

1. 人物身份。

新闻中的人物身份是一个重要的信息，在以人物的话语为信息源的新闻里，在以人物的看法、观点作为对事实定性的参照的新闻里，更是如此。一则新闻的开首往往说：“（据）X 地一位负责此事后勤联络事务的人士说……”这里面，就要交代清楚人物的身份。如果人物身份交代不清楚，新闻的可信度和新闻价值就会受影响。

交代人物和人物身份也是要尽量明确具体，但是，在现实中往往要受到种种限制和影响。比如，新闻报道采访的人物，没有强制的权力。人接受采访，提供信源，往往要求不透露姓名。这就产生了一个矛盾，新闻的要求是越明确具体越好，但在此关键处又不能超出获取和公布信源的约定的限制。这样，只能打个折扣，不公布姓名，身份也只能是模糊的一个“类别”，如“负责此事后勤联络事务的人士”，甚至只能说到“知情者”这样较模糊的程度。新闻的精神，一般原则是能交代多具体就尽量交代得多明确具体。不要只是“时髦”地说：“此间一位知情人士说……”比如，能说“官员”的，就不要只说到“人士”，能说“负责人士”的，就不要只说到“有关人士”，等等。要尽量接近事实的核心，尽量接近人物身份性质的核心。

2. 人物特征。

在一则新闻中,交代、表达、表现人物要注意人物特征,一般原则是越特征明显越明确具体越好。最好是做到表达的就是明确、具体、唯一的“这一个”人。如果没有很明显、很明确具体的特征,不能做到这样的明确具体、唯一的程度,那就越接近越好。这一点看似简单易做,实践中却见到很多疏忽和遗漏,致使一则新闻信息残缺不全。比如,在一则不主要写人的事故报道里,一家媒体的报道写“伤者已送医”;而另一家媒体的报道则写“伤者已送医,据信是一位穿绿花裙的老年女性”,显然后面的报道更有信息量,更接近“这一个”,更容易引起人们的关切。这是要注意的一个方面。

3. 人物言行。

人物身份也是一个重要的信息,新闻里的人物往往是靠语言和行为来表现存在和影响的。对人物的语言,要注意传达准确,尽量引用原话;对人物行为举止的表现,要注意详略得当,舍去与事实发展无关的部分,不宜一味求全求细。

近几年获得全国新闻奖的新闻作品中,因“人”取胜的因素往往是决定性的。

案例分析:《为了13亿人的中国梦——记中国国家主席、中央军委主席习近平》评析

此稿为新华社发于2013年3月16日的对外通稿。作者:集体。作品获得第23届中国新闻奖国际传播(文字通讯)一等奖。

面向海外媒体播发党和国家领导人的人物特稿,是新华社国际传播的一块知名品牌,在2013年两会期间推出国家机构和全国政协领导人系列人物特稿共十篇,其中人物单篇5篇、群像5篇,涉及领导人达75人。

此稿为系列稿件的代表作，向海外介绍了以习近平为总书记的新一届中央领导集体致力推动中华民族伟大复兴“中国梦”，驾驭大局、敢于担当的形象。

这组特稿与以往比有明显的创新与突破：首次独家披露了领导人最新工作细节；首次在成稿前与领导人办公室直接互动；首次对我外宣和网络媒体直接发稿；首次加工成新媒体产品系统发稿。

让领导人的信息走进公众视野，成为展示政治走向开放与透明不可或缺的一部分。新华社这组报道在海内外媒体当中掀起了一股从正面报道我国领导人的新风。当年两会一改往常领导人特稿“无人做”“不敢做”的情形，不少海外中文媒体和国内市场化媒体都各有重点地推出了自己的领导人特稿。

采编过程中，记者广泛搜集线索和素材，并与有关方面就写作设想与构思进行充分沟通，以对稿件的把握更到位、对材料的掌握更详实、细节更丰富。新华社为组织这组特稿，成立了专门采编团队，历时两个月，数易其稿，反复打磨，尤其是作为国际传播作品，在写作时格外注重将中国政治制度和选举制度等方面的介绍融入其中，显现出较强的国际传播针对性和精心的策划。

稿件用中、英、法、西、俄、阿、葡七种文字向海外播发后，被境外主流媒体广泛采用。据不完全统计，同题文图稿件累计被1500多家媒体采用。

案例分析：《网络质疑后的真相求证》评析

这是2012年12月25日—12月27日新疆人民广播电台新疆新闻广播《新广早新闻》栏目播出的广播连续报道。作者史林杰、徐杰、董智勇、刘亚军、贾孜燕。作品获得第23届中国新闻奖广播新闻系列报道二等奖。

当网民关于“最美乡村医生”居马泰事迹的质疑声不断出现的时候，记者冒着零下三十七度的严寒和暴风雪，行程800多公里，深入道路异常艰险的牧区采访求证。通过记者亲历和对新闻当事人的深入采访，采集了大量有说服力的新闻事实,以求真、求实、接地气的方式,还原了一个朴实、坚韧,充满治病救人情怀的乡村医生形象。

连续报道《网络质疑后的真相求证》于2012年12月25日—12月27日在新疆新闻广播《新广早新闻》连续播出,以创新典型报道的思路、视角和手法,通过一步步地艰难求证,栩栩如生地呈现了居马泰的感人事迹,有针对性地回应了社会关切和网民质疑。

作品结构严谨,音响丰富生动,文风清新自然,有效烘托了主题,唱响了主旋律。就如何做好典型报道,提高舆论引导能力,这一新时期主流媒体一个重大的问题交出了满意的答卷。

本组报道播出后,在广大听众和网民中引起强烈共鸣,全国网民了解事实真相后,纷纷号召为居马泰投票,最终居马泰以高票当选“最美乡村医生”。这组报道,主流媒体积极回应自媒体,让主旋律得以弘扬,让社会正能量得到生长。

本报道就以忠实摄录人物的言行举动见长,来正面回应网上的流言蜚语,凸显了人物的真实性,做到了高度还原。

案例分析:《听油菜花开的声音——农民沈昌健全家研究超级杂交油菜的故事》评析

这是刊发于2013年6月17日《光明日报》1版的文字新闻通讯。作者唐湘岳、周彩丽。作品获得第24届中国新闻奖文字新闻通讯三等奖。

2012年底,农民沈昌健找到光明日报驻湖南记者站讲述一家人35年前赴后继研究杂交油菜的故事,同时述说苦恼,农民科研长期不被理解,得不到支持,深入研究面临困境。记者开始深入基层,追踪采访。起初写成一篇8000字长篇通讯,后来几次重写、修改,完成了定稿,

该通讯主题深刻,用讲故事的方式阐述了人民群众中蕴藏的巨大创造力是实现中国梦的根基所在这一重大主题。故事曲折,细节生动感人,语言朴实,具有很强的感染力。

该报道6月17日刊发后,记者跟踪报道反响,深入挖掘背后的故事,

参与帮助沈昌健科研团队渡过资金等难关。12 月 11 日,光明日报 1 版头条又刊发《春天的脚步深深浅浅》,讲述沈克泉、沈昌健农民父子艰辛探索的坎坷之路,光明日报共刊发关于沈家父子的后续报道 20 篇。

光明日报首发以后,在网络上引起强烈反响。中国网、陕西新闻网、凤凰网等百余家网站转载,引发微信微博平台展开了“农民能否搞科研”的大讨论。许多读者主动给编辑部写来评论文章。11 月 17 日,中央电视台《新闻联播》头条报道沈昌健的故事。报道主人公沈克泉、沈昌健获得 2013 感动中国十大人物、中国网事十大感动人物。

在这些优秀的新闻作品中,人的言行举动被忠实摄录下,人物的形象被刻画得淋漓尽致,这是一篇以“人”的元素取胜的报道,同时也成就了一位“感动中国”的人物。

案例分析:《信仰的力量》评析

这是 2013 年 12 月 31 日新疆《石河子日报》刊发的一篇报告文学。作者李红、卓力。作品获得第 24 届中国新闻奖报纸副刊二等奖。

2013 年 3 月 26 日,浙江省高级人民法院再次审理叔侄“强奸案”后,撤销原审判决,宣布张高平、张辉无罪。此事成为轰动性事件。随着冤案平反过程的披露,人们看到背后有一群法律人的信念、担当和坚持,其中更有一位时代法律人的典型——老检察官张飚。作品通过生动细腻的人物心理描写等多种表现手法,还原了一个忠于信仰、坚守职责、尊法重义的检察官典型,解析了轰动全国的张高平叔侄冤案得到平反的深层次原因,即“信仰的力量”。

案例分析:《“忠”放首位绝对听指挥　“武”当第一随时上战场　祖国强祖国昌:“忠勇孪生兄弟”10 年演绎血性军人精武传奇》评析

这是 2014 年 2 月 7 日《人民前线报》1 版头条首发的文字新闻消息。作者陈建平、刘汝山、陈云。作品获得第 25 届中国新闻奖报纸文字新闻消息一等奖。

2014年1月下旬,人民前线报社领导带领记者来到某团“钢七连”,采访挖掘到祖国强、祖国昌这对孪生兄弟忠国精武先进事迹。2014年春节后上班第一天,报纸在1版头条编发消息配评论和图片,2版整版刊发长篇通讯《打仗亲兄弟 上阵龙虎兵》。此后,报纸陆续刊发10篇系列评论、2个版的新闻素材、4篇通讯《解读“忠勇孪生兄弟”成长密码》,突出宣传这对孪生兄弟忠国精武先进事迹。

2015年初,祖国强被解放军四总部表彰为“全军践行强军目标标兵”,兄弟俩应邀参加全军“中国梦·强军梦·我的梦”主题团日活动汇报展示。山东省把兄弟俩树为全省“征兵形象大使”。

短短的900多字的消息,除了写兄弟俩精武立功的先进事迹,还挖掘到他们家庭的特别家风,他们承载着的四代人的当兵梦。

——兄弟俩原名祖自强、祖自昌,出生在沂蒙革命老区一个农民家庭。

——兄弟俩的祖爷爷为报八路军救命之恩,让子孙参军报国。

——1989年1月15日,弥留之际的爷爷含泪叮嘱儿子:“大孙子自强改名国强,小二自昌改名国昌……长大都当兵去!”

虽然只有短短的一小段文字,孪生兄弟名字的来历,他们承载着的四代人的梦想,构成了具有新闻价值的“人脉”。

案例分析:《我的护工母亲》评析

这是2013年5月14日《南湖晚报》视觉1+1栏目23-24版刊发的新闻摄影。作者朱骏。作品获得第24届中国新闻奖新闻摄影三等奖。

2013年春节回家给母亲和父亲拍的第一张合影,母亲护理病人时的认真与专注,为了省钱母亲晚上睡在医院楼梯间的椅子上……这一张张感人的影像汇编成作品《我的护工母亲》。这是90后摄影记者用镜头讲述自己母亲的故事,刊发于2013年5月14日《南湖晚报》视觉1+1版块——一位普通的农村妇女,一个平凡的护工,一位伟大的妈妈。画面带给我们的是最美的母亲、最美的劳动者的形象,传递的是爱岗敬业的社会主义核心价值观。

2013 年母亲节期间,《南湖晚报》用两个整版的篇幅报道了这个感人的故事;同时在微博和网络上被千余次转发、评论,得到了数万个爱心点赞。

该组新闻摄影依靠两点打动读者,一是真实:这组作品用最朴实的镜头语言描写母亲,没有任何雕琢的影像最真实、最感人;二是情感:充盈在摄影记者内心的应该是对被摄者、对读者浓浓的情感。

案例分析:《红色串珠——美国教师罗恩惠(Corrinne Reynolds)在深圳的故事》评析

这是于 2013 年 12 月 28 日 15 :00 深圳广播电影电视集团新闻频率《新闻周刊》播出的广播通讯。作者李静、吴军、尹明子、延鹏。作品获得第 24 届中国新闻奖国际传播(广播专题)二等奖。

作品讲述了一位在深圳生活的美国女性罗恩惠抚养中国弃婴 17 年,并倾其所有,开办特殊教育机构,积极致力于公益事业的感人故事。

该作品主题具有独特性,充满正能量。外国人在中国从事公益事业的并不少见,但象主人公罗恩惠这样倾其所有,变卖家产开办公益机构的实属不多。她从领养并照顾十几年患病弃婴,再到担负起更多患病的孩子与青年,无论遇到何种困难,都对他们不离不弃。在充满物质诱惑的今天,她的行为已经超越了一般的道德评价范畴,而是上升到对生命价值与意义的追求上,促使人们认真思考生命真正的价值与意义,对社会有着积极的引导作用。作品呈现出作为改革开放先锋和移民城市的深圳,具有着包容、友好的城市素质,正是这种积极的氛围使得罗恩惠能够在深圳扎根,寻找到自己的人生价值,继续她的事业和理想。同时作品也展现出深圳社会公益事业的迅速发展,不仅仅象罗恩惠这样的外国友人在亲身实践,很多深圳人也通过合伙人机制等各种社会募捐渠道,奉献着爱心,推动和呼吁更多的人加入到公益事业中来。

作品结构以“红色串珠”为主线,以小见大,具有新意。串珠是特殊教育机构的很常见又必需的康复学习项目，作品以串珠为线索分为三部分层层递进，并以片花进行识别。第一部分通过串珠课体现出对自闭症等残障孩子的康复何其之难。第二部分讲述了罗恩惠虽然遇到重重困难，但她不抱怨不放弃，从串珠项目中挖掘出机遇，为孩子们争取到自力更生、得以被社会认可的机会。第三部分则进一步升华，红色串珠项目能够顺利进行，是因为深圳有着众多爱心人士在支持着罗恩惠，他们还将与罗恩惠共同走下去。纵观整个作品，通过一条主线将诸多内容梳理、串联，条理清晰，形成有机的一体，受众的情绪也随之被带领，最终被推向情感的高潮。作品自然真实地反映了当事人的状态，反映出一个好强、善良、乐观、不卑不亢、但也有些孤独的异国女性，极具感染力。

案例分析:《习近平冒雨考察武汉新港》评析

这是，配合 2013 年 7 月 21 日新华社文字报道《习近平冒雨考察武汉新港》一张新闻摄影作品，首发于新华网。作品获得第 24 届中国新闻奖新闻摄影一等奖。

2013 年 7 月 21 日上午武汉大雨，11 时 10 分许，习近平总书记乘车来到武汉新港阳逻集装箱港区调研，下车时已经挽起了裤腿，自己打着伞，蹚着积水，听取情况介绍，并就建设长江黄金水道等问题做出指示。共计 10 多分钟。

记者在中午 12 点半左右发出的稿件。当天下午和次日的几乎所有网站都转载了这张照片，引起了很大的关注，走红网络。主要是习近平总书记在雨中挽着裤腿，打着伞的形象深深打动了读者。

这是人的性格，就是人的精神本质，是人之情的本质的、惯性的体现。

第二节·人　脉

“人脉”表示人际之间的种种联系，特别是基于某一种特性形成族群、圈子、聚落的人群。

社会的“人”不是孤立的，人与人之间有着千丝万缕的联系，形成一组一组由此及彼的“人脉”。人往往组成为成组、成群、成圈子的聚落，同一个聚落里的人总是有这样或那样的相同点，同一个聚落里的人往往视角相近，或诉求相同，心性相通，一脉相连，聚落中一个人或一部分人的命运际遇，往往会引起聚落中人的更多关注；对聚落中一个人或一部分人的处理，往往会牵一发动全身，引起同族人群的连锁反应。

“人脉”是可以对新闻分析考量的元素和视角。新闻会表现和利用新闻和现实中有利的“人脉”，可提升新闻价值。

新闻的“人脉”的元素和视角，可分三种情形：1. 作品中人与人之间的关系；2. 作品中的人与现实中某些特定人群的关系；3. 作品中其他事物与现实中某些特定人群的关系。

1. 作品中人与人之间的关系。

作品中人与人之间的关系，主要是有某些身份的人与其他身份的人之间的关系。作品中只要有两个以上的人，而且是两种不同身份的人，就会表现为两种不同身份的人之间的关系。作品直接写了这两种不同身份的人之间的“人脉”，不管是正面的还是负面的，只要不是有偏向性，只要没有不公正性，媒体都会分别收获来自这两种不同身份的人所在的人群聚落的关注，作品的新闻价值都会相应提升。

2. 作品中的人与现实中某些特定人群的关系。

作品中有时只出现一种身份的人，往往作品不是直接表现人与人的关系,而是通过对特定身份的人的正面表现,收获他所在的人群聚落的关注,使作品的新闻价值得到提升。在都市报大圈都市特定人群的“人脉”时期,人们常常会看到报纸整版整版的对某些身份的人的报道,如环卫工人、的哥的姐,等等。

3. 作品中其他事物与现实中某些特定人群的关系。

这一点与第2点差不多,只是作品中没出现人,作品也为自己的媒体圈回“人脉”。有时,一个邮筒,一辆自行车,一面新发现的适宜攀岩的崖壁,都会引来特定人群的关注,提升新闻价值。

近几年获得全国新闻奖的新闻作品中,因善圈“人脉”而提升新闻价值的,堪称优品。

案例分析:《绝对忠诚》评析

这是先后于2014年4月、八一前后、国庆节前后,由湖南卫视策划推出的报道“现代版”精忠报国科学家群像的新闻大片,共27集。作者杨壮、李越胜、牛嵩峰、肖永根、聂雄、李欣、李晟。作品获得第25届中国新闻奖电视新闻系列报道一等奖。

为了讲好科学家的故事,湖南广播电视台新闻中心举全中心之力,组成30多个采访组,出动100多人次,分赴大江南北的沙漠戈壁、高山冰川和远海小岛等极端环境采访,累计行程达30多万公里,克服了高原反应、晕船、极寒等种困难,动用了飞行器、5D3、Gopro等特种装备40多台套,采集了300多个小时的珍贵素材。换来了这部长达27集、5个多小时的倾心之作。作品以电影级的画面水准、多机位隐藏式全息纪录,再现了28位人民科学家担当国家使命,在大漠戈壁、雪域海岛等于无声处奋斗的故事。节目中,鹰击长空、天体运转、导弹飞天、大漠长河等镜头给观众呈现一场视觉的盛宴。

《绝对忠诚》报道组在确定人物选题时，提出了三条标准：一要是常年在艰苦环境中忘我奉献的人，二要是承担着国家重要使命的人，三要是很少为人知晓的人。按照这三条标准最终确定的报道主人公有：坚守沙漠、冰山、海洋、田野和森林的生态守护神屈建军、汪思龙、吴通华、陈偿、李兰海、王俊杰、陈仁升、万步炎、陈立云、辛晓平、张道远、何元庆、王敏，坚守边远基地的航天、能源、太空、军事专家车著明、高敏忠、杨红兵、李建刚、丁金星、陈华明、杨雷、陈青、李鸿、张兵志、廖达雄、宁百齐、俞梦孙、齐俊桐等，他们守得住清贫和寂寞，不为个人的利益和金钱得失所左右，像“钉子”一样钉在祖国的海角天涯，像“赤子”一样信着科学报国，甘用毕生的付出，树起“民族魂”，托举“强国梦”。

人民科学家“当代版”的精忠报国故事，感动了亿万观众和网友。节目播出后，200余家主要网站相继转载，节目视频在网络社区阅读量超过3亿人次，单个视频点击量超过8000万人次，成为打通传统媒体与新媒体两个舆论场、实现融合传播的成功范例。此外，《人民日报》连发四篇评论员文章，为《绝对忠诚》点赞，为“人民科学家”点赞。新华社、《解放军报》《光明日报》也发表多篇时评，关注《绝对忠诚》这一“现象级”新闻报道。

八千里路云和月，君问归期未有期，向人民科学家致敬，是一个时代的良知，是一次民族精神的洗礼、审视与再认识。《绝对忠诚》还发动了一场思考：什么是我们要的核心价值观？谁真正代表了我们的核心价值观？在核心价值观确认、修复与重建的历史时刻，每一个有血性、有担当、有能力的中国人又将怎样参与和实践？或许，这正是中国梦语境下需要全体中国人集体作答的一个时代之问。湖南卫视独特的策划，为作品圈起了全国性的一层层“人脉”——科学家粉丝群——有血性、有担当、有能力的中国人。

此外值得一提的是，《绝对忠诚》在采编中注重真实准确，忠于事实，大量运用纪实的手法，不摆拍，不导演，记者与主人公摸爬滚打在一起，通过“零距离采访”和“隐藏式拍摄”，记录了很多鲜为人知的细节和催人泪下的故事。

案例分析:《新春走基层·家风是什么》评析

这是2014年,中央电视台精心策划的一档电视新闻节目。于2014年春节期间在新闻联播中连续八天播出。作者:集体。作品获得25届中国新闻奖特等奖。

为组织这一档电视新闻节目,中央电视台调动31个国内记者站、13家海外记者站以及北京本部记者,组成95路采访小组,深入全国各地和十多个国家与地区的海外华人社区,进行街头随机采访,共搜集了4000多人的回答。老百姓们原汁原味地说出了老祖宗代代相传的家训、父母谆谆教诲的家风,回忆从小耳濡目染的家规。短短八天播出在海内外产生了极大反响,引发了公众对家教家风传统的强烈关注与思想共鸣,向海内外观众生动展示中国社会主流价值观、普通百姓“家国情怀”。

《家风是什么》在《新闻联播》栏目中以头条、提要的方式,连续八天挂标播出,并配发了编后语和短评。同时在《朝闻天下》《共同关注》等黄金时段播出了加长版。节目播出后,《人民日报》《光明日报》、人民网、新华网、中国新闻网等主流媒体纷纷刊发大量评论文章,予以跟进报道。新浪、搜狐、腾讯等众多门户网站,则在首页和醒目位置上载和链接央视相关节目视频,网民点击和转发量数以亿计,仅在“央视新闻”微博中,网民的点赞就达60多万条,跟帖评论成千上万。节目在赢得广大中国家庭及成员的称道的同时,也在一个特别的日子为自己作品圈起了一个特别的“人脉”——中国“家国情怀”传承者。

案例分析:《当年为救落水顽童致高位截瘫方俊明28年后获见义勇为称号》等连续报道评析

这是2013年11月1日至11月7日于《长江日报》1版首发的连续报道。作者黄征、李皖、翟晓林、刘林德、郑汝可、刘敏。作品获得第25届中国新闻奖文字连续报道二等奖。

2013年10月31日,方俊明荣获武汉市见义勇为先进分子称号,这时距他当年义举,已过去了28年。记者迅速采访各当事人,当日发稿,独家刊发《当年为救落水顽童致高位截瘫/方俊明28年后获见义勇为称号》的消息。紧接着又通过连续报道，深入发掘，层层推进，将一个“城市平民英雄”的事迹，成功经营成为一个引发热议的社会话题，一个传播正能量的全国典型，引发了全国媒体的跟进。

1985年，28岁的方俊明为救一个假装落水的顽童，跃入河中，撞上水下的石头，颈椎骨折，高位截瘫。此后方俊明成为《长江日报》长期关注的人物典型。在他人生不同阶段的命运转折点，《长江日报》都不失时机地进行报道，数次引起社会各方的高度关注，推动了人物命运发生改变。

1996年，陕西剧作家霍秉全以方俊明为原型创作了话剧《明天》，并在8年间三次获奖。2004年底，经《长江日报》记者牵线，到武汉领奖的霍秉全与方俊明见了面，2005年元旦，《长江日报》刊发了霍秉全将1000元奖金捐给方俊明的报道。

2013年6月，复排后的《明天》首次来武汉演出。《长江日报》在演出前后，在显著版面连续进行5次报道，引发社会强烈反响，方俊明的命运因此引起武汉市见义勇为基金会的关注。

方俊明荣获武汉市见义勇为先进分子称号后，西安还邀请方俊明赴当地参加“道德讲堂”活动，《长江日报》继续跟踪报道。

该连续报道后面一篇代表作《一个人和他背后的一座城(通讯)》，报道了众多武汉市民与方俊明的故事，“他牵动全城”。其实何止于此。

——武汉——西安——全国各地，一个人背后很多座城。

案例分析:《金国庆:与共和国一起成长》评析

这是2014年10月1日18时40分黑龙江电视台卫视频道《新闻联播》播出的，黑龙江电视台为国庆65周年策划的电视专题报道。作者李宁、朱彤、蔚宝春、曹深。作品获得第25届中国新闻奖电视新闻专题报道二等奖。

全国有40多万公民名叫“国庆”，反映了时代的特点。国庆节前夕，刘云山同志指示中央台做一组报道，名称叫《我的名字叫“国庆”》，这和黑龙江电视台的迎国庆策划不谋而合。黑龙江电视台已经找到了70多位名叫“国庆”的公民。而金国庆与共和国同日诞生，特点最鲜明。黑龙江电视台第一时间把这篇新闻传送到央视，并在《新闻联播》专栏《走基层：我的名字叫“国庆”》中第一个播出。而黑龙江电视台找到的这位“国庆”与共和国同一天诞生，他的人生与共和国65年的宏伟进程同步。中国故事，个体表述，黑龙江电视台通过金国庆的讲述，意在呈现国家、民族与个人是紧密的命运共同体这一宏大主题。

主人公很健谈，节目组创新形式，全篇报道以他的同期声支撑，不用旁白。在长达两个小时的访谈素材中，精挑细选了他出生起名、童年生病到上学、工作、为人父等重要事件，与开国大典、十一届三中全会小平讲话等珍贵史料交叉剪辑。金国庆的故事与新中国历史两条脉络相互照应，展现了个人命运与祖国发展进步息息相关这一主题。

新闻播出后，得到观众好评。尤其是引起“国庆”这一群体的共鸣，一位观众在节目客户端留言：“为自己的名字骄傲，更想为祖国点赞！”

作品的讲述跨越了几十个年头，记下了一个时代的印记。这中间，有“人脉”，也有“天道”。

案例分析：《本报牵线800年同根今朝连　土库曼高层愿来中国“寻亲”》评析

这是2013年11月27日首发于《兰州晚报》A06—07版的文字新闻通讯。作者穆珺、杨鹭。作品获得第24届中国新闻奖报纸文字新闻通讯三等奖。

在兰州晚报“丝绸之路经济带”系列报道中，作者意外挖掘到至今仍居住在甘肃省临夏积石山县和青海省循化县的撒拉族，它与土库曼民族在历史上是同一民族。这种同根同源、血脉相连的亲缘关系，必将成为“丝绸之路经济带”建设中的最大亮点。随后兰州晚报促成了撒拉族企业家邀请土库曼留学生回家乡“做客”一事，不失时机地宣传了撒拉族已成为中国与土库曼斯坦友好交流合作的宝贵资源以及“民心相通”的纽带,体现了作者高度的新闻敏感性。

文中每一个情节和细节无不紧扣撒拉族与土库曼民族“同根同源”的人间真情主,题鲜明,感情炽热。选材典型,因小见大,安排有序,繁简得当。现场描写与历史背景相结合,不仅揭示了800年前撒拉族先祖土库曼人惊心动魄的东迁历史,也展现了先祖接受中华文化熏陶,吸收周边许多民族成分,最终在中国形成了撒拉族的过程。

记者选取了两名交大的土库曼留学生“寻亲”之路的现场情景,把土库曼人与撒拉族的友好关系表现得真切、细腻,富有人情味。为共建“丝绸之路经济带”重大战略构想搭建起了情感的桥梁。

《本报牵线800年同根今朝连　土库曼高层愿来中国寻亲》的报道刊出后,引起了读者的感情共鸣,凤凰网、搜狐网等多家门户网站纷纷转载报道。土库曼斯坦驻华大使馆获知此消息后表示,大使已有计划将于2013年6月前往循化访问“寻亲”,为高层的来访打基础,并希望能够继承历史的血脉亲缘,为建设“丝绸之路经济带”架起中国和土库曼斯坦在文化、教育、经贸等方面的桥梁。

案例分析:《如何看待基层干部》系列报道评析

这是2013年5月20日至5月25日于《人民日报》1版首发的系列报道。作者:集体。作品获得第25届中国新闻奖报纸文字新闻系列报道三等奖。

《如何看待基层干部》系列报道,从2013年5月20日至25日连续6天在人民日报1版刊发6篇报道,分别是《一个基层干部的苦辣酸甜》《小角色担当大责任》《一根针穿起千条线》《压力山大相知与谁》《新挑战呼唤升级版》《多些理解多些信任》。

这组报道可谓“顶天立地”——站在全党全局高度,倾听基层干部心声,收集群众意见期盼,对社会普遍关注的基层干部形象问题做了全面深入的分析,对基层干部整体形象问题做了系统的引导,既正面展示基层干部在改革发展稳定中不可或缺的重要作用，又充分反映他们在推动和谐发展中的苦辣酸甜，同时直面基层干部群体中存在的突出问题，呼吁全社会理解信任基层干部，有针对性地引导了社会舆论。系列报道充分肯定基层干部地位作用，真实展示基层干部巨大压力，客观正视基层干部能力问题，真诚呼吁正确对待基层干部。这组报道敢于说话、有战斗力，善于表达、有亲和力，评价公允、有说服力。

这组报道充分肯定基层干部地位作用，真实展示基层干部巨大压力，客观正视基层干部能力问题，真诚呼吁正确对待基层干部。这组报道敢于说话、有战斗力，善于表达、有亲和力，评价公允、有说服力。

这组报道在社会上引起了强烈反响，各级党报、卫视、广播电台和网络纷纷转载转播，在广大基层干部中激发强烈共鸣，引发读者和网民的广泛关注。央视“焦点访谈”专门来政文部采访系列报道采编情况并刊播专题节目。

这组报道还直接推动了相关政策的出台，2014 年 2 月，中央印发了《关于加强乡镇干部队伍建设的若干意见》，出台一系列新政策，让乡镇干部队伍备受振奋。

习近平总书记 2013 年 5 月 30 日就人民日报连续推出报道展示基层干部形象作出批示：人民日报连续刊登为广大基层干部说话的报道，很有必要。基层干部主流是好的，发生问题的是少数。基层干部是党和国家工作的基石，要让他们辛苦得愉快、干得光荣。要警惕基层干部群体被误读、被污名化。这既严重影响党的干部形象，也严重影响党的执政基础和执政能力。要加大基层干部队伍建设力度，加强教育培训和规范指导，使基层干部不断提高素质和能力、更好展示形象。同时，要多做正面宣传和舆论引导，多讲他们的困难、苦衷、付出，多做公允评价，让社会全面了解他们、支持他们工作。这也是解决当前非理性“仇官”问题的应对之策。在党的群众路线教育实践活动中，要注意不能光顾找短揭丑，更要注重识长赞美，展示正面形象，保护好积极性。

刘云山、刘奇葆等领导同志也先后批示，对系列报道给予了充分肯定。

中宣部第124期《新闻阅评》刊登文章认为，人民日报的这组报道以“如何看待基层干部”为突破口，抓住了新形势下党的建设的核心问题。报道既正面宣传基层干部形象，又正视他们的压力和能力问题，同时呼吁全社会多关心关爱基层干部，对于正确看待基层干部、改善基层干部形象、鼓舞士气、坚定信心，起到很好的舆论引领作用。

采访小分队分赴上海、贵州、河南、山东等地，用20多天时间，深入采访了近300位县、乡、村三级干部，并多次与有关专家研讨碰撞。“听说党报专题调研采访基层干部，我们感到很温暖。我们不要求一下子提高多少待遇，就是希望得到公正的评价。”一次践行“走转改”的采编战役，成就了一组体现“三贴近”的精品佳作，也成就了作品在这个特别的基层群体中的“人脉”。

案例分析:《葡萄藤串起中国情》评析

这是2014年3月31日12时35分山东广播电视台广播经济频道《新闻大屏幕》播出的一篇反映两代德国人接力帮助中国地方农村农业和农民的广播专题。作者李伟、朱帅、戴晋。作品获得第25届中国新闻奖国际传播(广播专题)二等奖。

2014年初，作者在山东枣庄市山亭区采访高效农业时偶然得知：自2000年起，德国葡萄专家诺博·高利斯和助手汉斯作为中国引进专家，连续9年17次来到枣庄山亭，向当地农民传授葡萄栽培改优技术，无偿赠送名优葡萄品种，并在山亭区建成了大型现代化农业龙头企业——汉诺庄园，还救助了8名贫困学生。

更为感人至深的是，汉斯和诺博相继去世后，诺博的外孙马克主动继承外祖父的事业，继续为山亭人民传授技术，并将传承几百年的家族商标无偿授予汉诺庄园使用。

作者多次到山亭实地采访，采访了与诺博和马克一起工作过的当地干部、农民以及两人的翻译，多渠道收集他们在山亭期间生活、工作的故事细节,并在马克来山亭期间,全程跟踪采访,全面深入地挖掘诺博·高利斯和马克·林顿祖孙两代人的“中国情结”,感受他们在当地农民中的良好口碑。

作品讲述了德国葡萄专家诺博与外孙马克的感人事迹,展现了中德两国人民的深情厚谊,并向世界传递中国和世界人民互助发展的过程,内容详实感人。

作品播出后,反响热烈,接到听众电话60多个,微信参与1000多条。有听众在微信中说:“诺博让我感动,马克令我敬佩,祖孙两代,跨越十几年的付出,他们是中德友谊薪火相传的使者。如果德国的朋友有困难需要帮助,我会义不容辞!”

作品通过海峡之声广播电台采用播出后,很好地弘扬了中德两国人民深厚的友谊。在习近平主席访问德国后及时播出,有很强的时效性和新闻性。

正是抓住了外祖父到外孙接力奉献的“人脉”,使作品具备了更强的新闻性和更高的新闻价值。

案例分析:《让国色香飘世界——姜红升向上千外籍人士传播中国文化的故事》评析

这是2014年9月7日《宁波日报》第1版刊发的文字新闻通讯。作者杨静雅。作品获得第25届中国新闻奖国际传播(文字通讯)二等奖。

宁波有一个免费教外籍人士画中国画的社会组织,这篇通讯讲述了他们的故事。

2014年8月,记者在采访宁波的特色社会组织过程中得知,宁波有一个叫红牡丹书画国际交流社的社会组织,其创办人姜红升在不到两年的时间里,免费教过来自88个国家的1600余名外籍人士画中国画,还带领他们四处采风,逐步融入宁波。记者意识到在全国上下大力弘扬中华优秀传统文化、宁波成为21世纪海上丝绸之路支点城市的大背景下,对我国提升国际美誉度、对宁波吸引外资及外国专家都有重要意义,便深入采访,写出此稿。

作品在宁波日报、中国宁波网同日推出后,立即被中国日报网、网易、浙江在线、中安在线等网站转载,传向世界。报道引起了多家媒体对红牡丹书画国际交流社的关注,纷纷前往采访,中国日报对该社进行了多次报道,于 2015 年春节前夕与该社举办了"感知宁波特色文化、共度中国传统佳节"为主题的在甬外国人体验日活动并进行了报道,2015 年 3 月 26 日,中国日报英文版以"Painting the richness of Chinese culture"(描绘中国文化的魅力)为题整版进行报道;央视新闻频道、《香港文汇报》、宁波电视台英语节目 Ningbo Focus 等也对该社进行了报道。

报道中的主人公凭自己的热情拓展了人脉,还会凭报道的传播引来更广的人脉,报道也凭发现的报道对象的魅力拓开了人脉。报道内外的"人脉"往往是相辅相成的。

人脉的交互,有时是信任,有时是关心,有时是别的什么,但,有时它就是"广告",是给(对方)报道对象"广告",也是给(自己)报道自己"广告",是互顶(互粉)的"广告",也是互顶(互粉)的"人脉"。

案例分析:《驻村夜话》评析

这是西藏人民广播电台自 2013 年 1 月 1 日起开办的以全自治区所有村、居委会驻村干部为访谈对象编制的广播新闻访谈专栏。作者:集体。作品获得第 25 届中国新闻奖新闻名专栏一等奖。

2011 年底,西藏自治区党委、政府做出了在全区开展创先争优强基础惠民生活动的重大决策。活动开展到 2015 年,先后有 3 批、7 万多名干部进驻到全区所有村、居委会。驻村干部背上行囊深入到基层,走进群众生产生活第一线,开始了与基层群众"同吃、同住、同学习、同劳动"的驻村生活。

围绕这一行动,西藏人民广播电台汉语广播频率策划推出访谈类专栏《驻村夜话》,通过嘉宾访谈、电话连线、录音采访等形式,展现驻村工作队员在基层工作生活的方方面面,感受他们与群众情感亲历的点点滴滴,受到广泛关注。专栏开办两年间,先后有400多名各族干部或基层群众嘉宾走进直播间,分享了众多丰富多彩、真实鲜活的感人故事。

该专栏定位精巧,感染力强,它涉及面广而主题集中,题材重大而脚踏实地,立意高远而着眼身边。该专栏优秀之处很多,因主要是以“人”为对象,我们可以用“人物”“人脉”“人情”的视角,来看看它的成就所在。

“人物”方面,《驻村夜话》专栏通过众多真实事例,讲述了驻村干部为农村发展出谋划策、亲力亲为的朴实作风和积极行动,展现了新时期共产党人爱民、亲民、无私奉献的群体形象,彰显了榜样的力量。

“人情”方面,《驻村夜话》专栏以人物的真情实感为主线,通过讲述他们驻村生活中感人至深的小故事,生动反映驻村干部在生产生活中与当地群众的广泛联系,讲述他们在基层入户察民情、解民忧、暖民心,与群众同甘共苦的内心的感受,展现了干部党员的无价情义,具有很强的感染力。

“人脉”方面,《驻村夜话》专栏以精巧的定位,精良的调度,赢得广泛的关注,特别是在驻村工作队员中引起强烈反响,也鼓舞了他们参与节目的热情——有的驻村干部来信建议增加专栏播出次数,有的通过节目QQ群参与互动,有的主动联系愿意走进直播间……驻村干部——身边群众——家属亲人——同志战友,《驻村夜话》专栏在赢来广泛关注,特别是驻村干部的积极参与的同时,也为自己增添了特别的、超常的“人脉”。

案例分析:《只追寻有价值的收视率——北京电视台〈生命缘〉妈妈记者团的故事》评析

这是2014年10月15日于《光明日报》1版头条首发的文字新闻通讯。作者董城、陈雪。作品获得第25届中国新闻奖报纸文字新闻通讯二等奖。

这是一篇用“走转改”精神采写“走转改”典型的新闻精品,在首都新闻战线引起强烈反响。报道直接推动了北京全市新闻战线掀起“走转改”新的高潮，推动了百余名媒体社长（总编）、编辑记者参加“走转改”活动，推动了千余篇“走转改”报道的诞生，对成千上万的受众产生积极影响。

报道是光明日报记者主动发现、深入挖掘的一篇反映“记者团队”正面形象的典型报道。以记者群体为报道对象，在中央主流媒体一版头条重磅推出，其规格和实际影响均较为罕见。首篇报道刊发后，光明日报、光明网连续推出了《记者动真情报道带露珠》《用心讲故事　群众真认可》《白衣天使深情讲述妈妈团的故事》三篇后续报道，记录社会各界反响。

此报道诞生背景是，2014年夏天，作者作为普通电视观众被北京电视台卫视频道一档名为《生命缘》的电视栏目深深吸引。该栏目真实记录发生在首都各大医院的感人故事，在观众中引起强烈共鸣，收视率在全国名列前茅。作者遂主动联系北京电视台，报名列席该栏目的一次座谈会，希望对这个栏目进行解读报道。令人略感意外的是，在座谈会上，所有医护人员和患者、家属一致说“记者真好”，很多人还流下了眼泪。

原来，该栏目记者团队由一群年轻妈妈组成，在长达数月的一线拍摄中，她们与医生、患者结下了生死友情。节目后期制作也很艰苦，每制作一期节目就要在100多盘总计80多个小时的素材带中，精心编辑出不足50分钟的节目。年轻记者们深深为医护人员的敬业所感动，又通过镜头让亿万观众受到感染。

在采访中，作者详细制定采访计划，先后采访了国家和北京市卫生系统领导、一线医护人员，采访了北京电视台和北京卫视频道的负责人、专家学者以及新闻战线的领导、编辑记者，累计访问数十人。

在采访中，作者了解到《生命缘》团队的6位年轻女记者，竟有5人正在哺乳（已过法定哺乳期），有的记者带着孩子到电视台边喂奶边编辑。

在写作中，作者将报道对象定位为平凡好人、身边感动，在标题及正文中多采用动词，并试图通过“白描”“跳笔”的写作方式来生动展示“妈妈记者团”的群像，使报道对象充满人情味，可亲、可近、可敬。

报道中的妈妈记者团成员，在家人(包括幼子)的大力支持下，妥善处理事业与家庭的关系，扎根基层开展采访报道工作，展现了崇高品格，印证了当代新闻工作者的精神面貌和过硬作风。

首篇报道刊出后，立即在首都新闻界、妇女界、理论界、教育界持续引起热烈反响，《文摘报》《北京日报》《北京晚报》《京华时报》《北京青年报》及北京“两台”纷纷转载、转播该报道。全国百余家重点新闻网站在“双首页”突出转载此报道。

作品优点很多，对一档优秀电视节目幕后的真情进行“曝光”“揭秘”，就是一点。长期以来，新闻战线广大从业者以极大热情投身党的新闻宣传事业，却极少将关注的目光对准自己。作品通过对新闻人工作的幕后的真情报道，展现了新闻记者队伍全心全意为人民服务的主流形象。

案例分析:《最有爱的“报刊亭爷爷”突发脑溢血离世 百名学生流泪悼念》评析

这是2013年1月25日17点30分湖南广播电视台公共频道《帮助直通车》栏目播出的电视消息。作者刘雅利、王一姗、徐婷。作品获得第24届中国新闻奖电视新闻消息二等奖。

长沙市清水塘路的蔡宗义老人，是一位平凡、普通的报刊亭经营者。13年来，他结识、帮助、关怀、送走了一批又一批学生，成为远近闻名的爱心老人、“报刊亭爷爷”。

蔡宗义老人在长沙市一中周边市民和学生们有很好的口碑，深受大家爱戴。湖南广播电视台《帮助直通车》栏目曾经对“报刊亭爷爷”关心青少年成长的爱心事迹做过报道。1月25日，蔡爷爷离世，记者第一时间赶到长沙清水塘路口报刊亭，记录了百名学生流泪为报刊亭“蔡爷爷”送行的过程，用无声语言表达了“不是亲人，‘蔡爷爷’胜似亲人”的民众情愫。

后期编辑又精心撷取了蔡爷爷生前采访中的精彩片段，精炼地表现了他的音容笑貌和高尚情怀。

节目播出以后，《湖南新闻联播》《中央电视台新闻联播》采用该节目素材，对老人事迹进行了报道和跟踪。这场感人送别获评“长沙2013十大新闻事件”；蔡爷爷成为湖南家喻户晓的“好人”；湖南省相关部门号召数万报刊亭业主向他学习。他成为从业者的榜样，也成为全社会学习的楷模。

现场泪流满面的画面、生动感人的细节和具冲击力的视觉回顾，传递了“人间自有真情在”的社会风尚，记者被感动，也感动了观众，展现和诠释了“和谐”“友善”的社会主义核心价值观。

表现人气超强的“报刊亭爷爷”，让作品为现实串起了正能量的“人脉”。

案例分析:《好人朱占华》评析

这是黑龙江人民广播电台交通广播2014年4月22日15时播出的广播新闻访谈。作者杨晶、李皎、张广雷、亓欣莉、邹韵、温宝明。作品获得第25届中国新闻奖广播新闻访谈一等奖。

访谈以有三千多市民自发前来参加的朱占华的葬礼为切入点，再现了“平凡好人”朱占华牵动人心的生命火花。访谈以主持人对朱占华相关人士的现场访谈为一条主线，以对朱占华生前的访谈为另一条主线，以说服家人捐献遗体和角膜、“宝华桥”、“扶贫车票”为典型故事，串起了朱占华所做好事的一幕幕场景，激起了听众心中情境相牵的一层层浪花。一生善举，一腔情怀，有“善”与“爱”的相知，有“生”与“死”的对话，朱占华“平凡好人”热心大度的高尚灵魂和性格情怀就这样随电波洒向空间。

朱占华去世后短短几天，黑龙江省眼库捐赠角膜日签约量“明显增加”。访谈节目播出后，引发了社会对“好人”的热烈讨论，听众纷纷给电台发来微信、微博文字、语音留言，“好人情怀”激荡大地。访谈最后通过“好人就在身边”活动，刻画了更多“平凡好人”的群像，一时间，龙江大地爱流涌动，文明、和谐、诚信、友善蔚然成风。

表现人气超强的“好人”，让作品为现实串起了正能量的“人脉”。

案例分析：《女童遗失耳蜗牵动全城 银川人爱心滚滚齐找寻》评析

该系列报道是银川市广播电视台新闻综合频率《市民之声》于2013年11月11日—11月16日播发的近10篇广播通讯。作者余萍、倪建国、张建民。作品获得第24届中国新闻奖广播新闻系列报道二等奖。

2013年11月10日，一个4岁半的小姑娘不小心把人工耳蜗弄丢了，孩子陷入无声世界，全家陷入困境。一个寻找电子耳蜗的内容开始在银川市民的手机上出现，这条信息很快引发了媒体的强烈关注。在银川全城市民的齐力寻找下，终于将4岁女童的“耳朵”找到，这场爱心接力，不仅让小女孩免受再次开颅手术之苦，更是展现了银川正能量的传递，让更多的人感受这个城市的温暖。作者敏锐地抓住了这线索，通过街头、公交车上、派出所等场所，大量采访了环卫工人、普通市民、媒体工作者、公安民警等人群，多角度、多方面记录了这一事件在银川的发酵过程。

本系列报道将银川全城搜索耳蜗的情形一一呈现，充分展现了银川人的正能量和银川精神。作品采访深入到位，语言平实流畅，大量、简短的同期声使用，突出了广播稿件的特点，契合广播稿件的要求。

稿件一经播出，立即引起社会各阶层的关注，很多市民纷纷打电话安慰和祝福丢失耳蜗的小女孩，并且表示如果耳蜗找不到，愿意捐款帮助，节目中也有市民积极提供线索，形成了全城齐动员搜索小耳蜗的效果。在耳蜗找到后，热线电话的祝福一直不断，说的最多的就是这一事件中充满了银川精神。在此，报道已经升华到一群人的共性，而不只是简单地表达个别人的个性——这是一组特别的拓展“人脉”影响力的连续报道，作品没去“示好”受众，而是在“要求”受众，“麻烦”受众，却扩大了作品的影响力，也与全城人一道收获了愿望达成的喜悦。

第三节·人　情

“人情”表示人的情感和性情。

人与世间其它事物有一个最大的区别,人之所以为“人”,就是人是有“情”的,人有“七情六欲”,有感情,有思想,有性格,我们可以归为“人情”。记“人”的较高的层次,就是表现出人的真“情”。

我们这里所说的“人情”,是“大人情”,除了一般的“人情”内涵外,还包含了人的性格特点、人的精神特点,也就是人情的习惯本质。这点是借用文学上的研究,更本质、真实地反映现实。人的这“情”那“情”,有时候是杂然交错、层次丰富的,能深刻地表现出人物的本质。

新闻作品中“人情”的元素和视角,可分为三种情形:1.作品中人的“情”;2.受众可能与之“通心”的关切之“情”;3.作者、作品表现出来的对事中人、对受众的期望之“情”。

1.作品中人的“情”。

作品中人的“情”,能真实地表现出一个人真切的感情和性情,能深刻地表现出一个真实的人。这样的“人”,这样的“情”,就容易使受众产生较强烈的情感,甚至产生共鸣,就容易使作品增添感染力,从而提升新闻价值。

2.受众可能与作品中人“通心”的关切之“情”。

作品中人的“情”有可能使受众产生共鸣,就可能使受众与其“通心”,当然,这种“通心”在第一波次上往往是单向的,就是受众对作品中人的关切之“情”。这种“情”往往直接提升相关作品、相关主题和和相关媒体的影响力,有时还会带起“爱心助力”“爱心接力”等现实的行动。

3. 作者、作品表现出来的对作品中人、对受众的期望之“情”。

作者、作品有时直接表现出对作品中人、对受众的期望之“情”。对作品中人的期望之“情”，往往是对他所在的人群聚落的相应的感情，往往容易收获这些人群聚落的关注和感情，提升新闻价值。对受众的期望之“情”，就直接表达了作者和媒体的善意，往往容易收获受众的关注和感情，提升新闻价值。

近几年获得全国新闻奖的新闻作品中，善传“人情”者，更本质、深入、真实地反映了人的灵魂，拥有极强的感染力，给受众带来不平常的情感历程，增强了作品的感染力。

案例分析：《雪域将军的生命绝唱——记坚守高原献身使命的西藏总队原司令员郭毅力(使命篇)》评析

2013 年 7 月 10 日，西藏总队司令员郭毅力因公殉职。作者团队于 7 月 11 日赶到了拉萨，在时间紧、任务重、高原缺氧和没有任何材料的情况下，对郭司令员 38 年扎根高原的英雄事迹进行了深入挖掘。10 多天时间，先后采访了近百位郭毅力的战友、部属和亲人，在白天采访，晚上边吸氧边整理笔记的创作条件下完成了作品。刊登于 2013 年 9 月 10 日《人民武警报》一版。作品获得第 24 届中国新闻奖报纸文字新闻通讯三等奖。

这篇作品是中宣部确定的全国重大典型郭毅力报道的使命篇，以独特的视角和生动的语言将一名雪域将军的形象展现在人们面前。作品通过对郭毅力指挥过的几次重大战役和 38 年扎根高原的情景再现，用恢弘大气的语言、详尽细腻的描写让读者领略到了这位用生命维护雪域高原稳定的将军风采，鲜明回答了新形势下党员领导干部怎样做人为官的现实问题，具有重要的时代意义。

郭毅力的先进事迹在《人民武警报》和新华网·人民武警频道刊发

后,得到武警总部领导的高度认可,在广大官兵和人民群众中产生强烈反响,大家纷纷通过网上评论和来电来信,盛赞郭毅力事迹感人至深、催人泪下,不愧是新时期党员领导干部的优秀代表。新华社老记者赵苏为此撰写评论,称赞该报道是一部精心策划、大投入、大制作、大气派的重头戏,充分展现了郭毅力“宁让生命透支、不让使命欠账”的无私奉献精神,为广大党员干部树立了榜样。

案例分析:《一辈子爱病人》评析

这是2013年8月22日07点05分江苏省广播电视总台新闻广播《江苏新闻联播》播出的广播专题。作者沈颖、袁丁、陆正国。作品获得第24届中国新闻奖广播新闻专题二等奖。

年近九十的黎介寿是我国著名肠道医学专家、中国工程院院士,他是“亚洲同种异体小肠移植的开拓者”;也是“全世界研究肠子时间最长的人。”2013年黎介寿院士成为党的群众路线教育实践活动的全国重大典型。从医近70年,黎介寿“视人民为恩人、视病人为亲人”,身体力行社会主义核心价值观。8月7日至13日,由中宣部、国家卫计委、总政治部、中国工程院联合举行了黎介寿同志先进事迹全国巡回报告会,江苏新闻广播记者作为报告团唯一的媒体代表随行报道。江苏省广播电视总台新闻广播《江苏新闻联播》2013年8月22日对此进行了连线报道。

报告会历时7天,途经几大城市,行程7400公里,高铁、飞机、在行进中,记者与院士同行,并与台里及时连线。作品浓缩素材精华,将一路所见和“发现”与听众分享,并穿插介绍院士“一辈子爱病人”的典型事例。

这篇作品的社会影响从记者跟随报告团开始,朋友圈、粉丝关注、微信、微博回帖“点赞”或感言百余条。其时江苏新闻广播及时连线记者现场报道,为专题《一辈子爱病人》在黄金时段的《江苏新闻联播》和《名医坐堂》节目分别播出预热。江苏新闻广播在江苏南京地区的收听率和市场占有率均排名第一。主播兼记者独家采访与富有亲和力的美声,以及作品的时尚表现力受到听众和专家好评。

案例分析:《精神高地耸立世界屋脊——新时代西藏共产党人风采》(简版)评析

这是2013年11月10日新华社西藏分社首发的文字新闻通讯。作者:集体。作品获得第24届中国新闻奖文字新闻通讯二等奖。

记者深入西藏各地访,行程近万公里,采访到大量来自一线的鲜活素材。

稿件聚焦世界屋脊上“坚守精神高地”的新时代共产党人群体,倾情讲述“老西藏精神”的传承、发展,提炼具有新时代内涵的“新西藏精神”。

稿件栩栩如生、催人泪下地描绘了一批扎根最基层、默默奉献甚至献出生命的西藏党员干部,以及他们的事迹和精神。

在党的十八届三中全会召开之际,《精神高地耸立世界屋脊——新时代西藏共产党人风采》报道播发,在社会上特别是西藏各族各界引起强烈反响,在西藏全区党员领导干部、专家学者、基层干部群众、国家重点工程建设者中,掀起了一个学习、讨论的热潮。主打通讯被人民日报、光明日报、经济日报、解放军报、新华每日电讯等上百家媒体采用,西藏自治区党委书记陈全国专门作出批示,称“这是一篇感人的好报道”。

在区外,一些曾在西藏工作或援藏的党员干部纷纷给记者打电话或发短信,称赞这组报道立意高远、感人至深。已回武汉工作的湖北第六批援藏干部、原西藏山南地区乃东县县委书记周耕给记者发来短信:“看到你们采写的新时代西藏共产党人风采报道,很感动!难忘西藏!永远缅怀留在高原上的兄弟!”

——“栩栩如生,催人泪下”,精神高地,时代高音,大人群的“大人情”,感人至深。

案例分析:《张高平的十年》评析

这是2013年4月28日12时01分安徽广播电视台安徽新闻综合

广播频率《午间新闻广场》栏目播出的新闻访谈。作者韩锦、王云松、方媛。作品获得第24届中国新闻奖广播新闻访谈一等奖。

从2003到2013年,一个再简单不过的案子让安徽籍叔侄俩张高平和张辉坐了10年冤狱。10年后,叔侄二人终于重获清白。走出监狱,失去10年光阴,命运和生活因此全部改变,而这一事件也成为2013年乃至今后很多年中国司法界的“里程碑”式的事件。该报道2013年4月28日12时首发于安徽广播电视台《午间新闻广场》栏目。

作者并没有把过多的笔墨关注在案件本身,而是将叔叔张高平“十年”间,坚持通过法律途径替自己伸冤,并最终洗刷冤屈的心路历程娓娓道来。

通过和新闻人物面对面的交流,报道将张高平内心的纠结与挣扎,坚持与乐观呈现在听众面前。

张高平在接受记者采访时曾说:他始终相信法律是公平、公正的,也许正是这份执拗的相信最终令他沉冤得雪,而这一个案也为中国司法制度敲响警钟,促其进步。

节目播出后,经过一年左右的调查,2014年4月,浙江省启动“张氏叔侄强奸杀人冤案”追责程序,对“二张”错案原办理过程中公、检、法各部门办案环节存在的问题严肃依法依纪追究责任。

人物的性格在报道中得以顽强体现,极大地增强了报道的感情力量。

案例分析:《周玉阳的“另类支教”》评析

这是2012年11月25日—11月28日江西广播电视台江西卫视《新闻夜航》播出的电视连续报道。作者王志奇、熊辉、肖晔、肖赣生。作品获得第23届中国新闻奖电视新闻系列报道二等奖。

江西省九江市江州镇是位于长江中心的一个沙洲岛,也是志愿者周玉阳的家乡,2011年8月份,他们夫妻俩带着15个来自贵州大山里的孩子回到这里,开始了他的“另类支教”生涯。15个孩子的到来打乱了周玉阳全家的生活,也震撼了许多当地人。记者带着疑问与好奇来到江州镇团洲中学，通过三天全天候的跟踪采访，全面了解周玉阳、他的家人，以及15个贵州孩子在江州的学习、生活，报道他们最自然的日常状态。

《周玉阳的“另类支教”》共四集，分别于2012年11月25日—11月28日在江西卫视晚间档的《新闻夜航》栏目中播出。节目始终抓住主人公周玉阳“为了心中的教育公平”这个质朴的主题。采访报道真实记录、真诚表达，将周玉阳这样一个有血、有肉、有思想的“另类支教者”志愿者形象，生动地展现在观众面前。

《周玉阳的“另类支教”》不但让观众感受到周玉阳追求公平教育的“夸父追日”般的感人情怀，更让人深思当前中国老少边穷地区教育落后的现实，以及支教事业发展到今天仍然存在的制约和问题，让更多的人关注到山里孩子们的教育公平问题。采访也力求自然、朴实，袒露心声，让观众看到一个鲜活的、既平凡又伟大的支教者形象。

节目播出后引发了观众的热议，有观众通过节目热线找到周玉阳，希望能够到他曾经支教过的贵州赫章石板村小学去义务支教。而周玉阳所在的团洲中学则经常受到爱心人士的光顾，许多孩子需要的鞋、冬衣、文具直到今天还在源源不断从全国各地寄往江州镇。

周玉阳的故事通过节目让越来越多的人知道，中国青年报、中国教育电视台等多家媒体也进行了关注，今年年初又有5个贵州孩子从赫章石板村来到江州镇团洲中学，再次成为周玉阳的学生，现在共有20个贵州孩子在团洲中学读书。

《周玉阳的“另类支教”》获得江西广播电视奖一等奖、江西新闻奖一等奖。这样一则新闻直抵人心，让读者将视线放在了下一代的身上，报道揭示了主人翁周玉阳的精神本质，以一种明白无误的形式表述出来，自然能够在各种新闻中脱颖而出。

案例分析：《魂系海天》评析

这是2012年12月24日辽宁广播电视台播放的电视专题。作者陆钢、华欣、李峰、陈英姿。作品获得第23届中国新闻奖电视新闻专题报道三等奖。

2012 年 11 月 25 日，中航工业集团公司旗下的沈阳飞机工业（集团）有限公司董事长、总经理罗阳在随中国国产舰载机成功归来的航母辽宁舰上突发心脏病，经抢救无效殉职，享年 51 岁。辽宁广播电视台卫视频道为此做了专门的采访报道，于 2012 年 12 月 24 日晚间 18 时播出。

罗阳同志所在的沈飞集团是中国的重要的歼击机研制生产基地，被誉为“中国歼击机的摇篮”。而他本人也是飞机设计的专家，享受政府特殊津贴，多次立功受奖。《魂系海天》是一部反映罗阳成长与奋斗历程的电视新闻专题节目。主创编导作为航空人的后代，用自己的真心、真情去与英雄罗阳，与罗阳所代表的一代代航空人进行“心灵沟通”，以自己真实的情感去解读航空英烈报效祖国的高尚情怀。本片融现实主义与浪漫主义为一体，既以平凡的视角反映英雄的壮举，又以英雄主义的情怀歌唱平凡中伟大。

节目充分利用大量罗阳生前的宝贵影像资料，并且选取了他生前一批战友作为采访对象，全面、典型、丰富、生动地反映了罗阳是怎样一个人，他生前的奋斗给我们的国家带来怎样的贡献。同时，节目没有拘泥于罗阳本身，而是着眼于罗阳是航空英雄的优秀代表，通过一批航空人讲述“罗阳的故事”，反映了共和国几代航空人如何克服艰辛、航空报国的壮举。把个人成长与时代呼唤紧密交融在一起。

本片主创编导李峰是一位沈飞家属，其父母都为中国航空事业作出重大贡献。在外人看来，罗阳是一位因为“牺牲”而闻名的英雄，而在编导眼中，罗阳的身后站立着的却是一代代为了国家利益、为了航空报国的理想的奋斗、执著、牺牲的航空人。他们是亲人，是“生活”着的活灵活现、有血有肉的生命。正是他们的存在，中国的航空事业才会拥有今天的辉煌，也才会造就出“罗阳”这样的英雄人物。

本着以上精神，此次采访实际上是采访者借助罗阳，用镜头对默默无闻的航空业者以及他们多年来牺牲与奉献精神的“致敬”。

本片采访了大批罗阳的生前航空战线的战友，并且借助罗阳生前采访的珍贵资料，全方位展现人们心中的罗阳形象。本片突出的是罗阳的事迹，却不局限于罗阳牺牲的壮举，而是以更广阔的视角彰显广大航空人为了航空报国的梦想，牺牲奉献的精神与传统。是对习总书记“实干兴邦”的指示鲜活的注解。

《魂系海天》一片是全国范围内大面积宣传罗阳事迹中的精品节目，作者本身有着深厚的新闻节目、专题节目的采制功底，使得作品有着鲜明的艺术气质，在同时出现的大量罗阳事迹宣传报道中，出类拔萃。本片作为辽宁广播电视台卫视频道道德建设栏目《中国好人》节目的2012年末特别节目播出，获得了很高的收视率，同时获得观众的广泛好评，尤其在沈飞员工中受到高度评价。

该片不仅摄制出了一代人的性格，甚至人物群像中的共同性格都表现了出来，航空人“人之情”本质的、惯性的特质，都通过罗阳一个人而体现了出来。

案例分析：《21岁女孩照顾瘫痪养母12年 一段母女缘 一生守护情》评析

这是《解放日报》2013年5月8日一版刊发的文字新闻通讯。作者谈燕、马希玲。作品获得第24届中国新闻奖报道文字新闻通讯二等奖。

《解放日报》记者在采访“杨浦好儿女”评选时了解到扈晓静的感人事迹，第一时间联络采访。在市东医院专访扈晓静的同时，也通过她的同事、邻居以及相关当事人，了解到了大量的一手信息，感受到了扈晓静的真实可信，选题报上去后，得到了报社和部门领导的重点推荐，于重点版面呈现稿件。

本篇报道将21岁女孩扈晓静照顾瘫痪养母12年的心路历程娓娓道来，忠实还原。扈晓静9岁时母亲瘫痪，生活无法自理，扈晓静就成为妈妈的拐杖，学着安排家中事务，照顾母亲的起居。自幼知道母亲并非自己生母的扈晓静，对母亲从来都是悉心照顾不离不弃。

该报道不做特别煽情，重在刻画这对感人至深的母女如何坚强面对生活、坦然直面人生。以回溯对比的方式突出人物个性与特别之处，丝丝入扣，环环深入，一处处细节的描写，让读者走近这对母女，也被她们所感动。文字清新可读，描写细腻入微。

本篇报道独家首发后，在社会上引发强烈反响。市府新闻办官方微博"上海发布"将扈晓静作为"身边正能量"并链接报道进行推荐发布，很多网友留言，"真善美，让人湿润了眼眶。"还有热心读者打来电话，愿意为扈晓静母女提供帮助，包括推荐就医、申请做看护志愿者等。扈晓静还入围当年的全国道德模范候选，并获提名奖。

案例分析:《还债奇缘》评析

这是江西广播电视台卫星频道 2013 年 12 月 13 日《深度观察》栏目首播的电视新闻访谈。作者徐一雳、范宁洪、闻晓彤、蓝青。作品获得第 24 届中国新闻奖电视新闻访谈二等奖。

该节目报道了辽宁营口农民出身的出租车司机张福正，1996 年交通肇事致人三死一伤后，勇于承担法律责任，忠实履行道德义务。18 年来，面对因为法律赔偿欠下的巨额债务，不管遭遇多少坎坷，张师傅始终坚持诚信，不但取得了受害人及其亲属的谅解，赢得了债主们的信任，而且获得了社会各界的帮助，自己也收获了甜蜜爱情。

该期讲述时间跨度大，延续时间长，故事中出现的人物，都展现了人的善良本性，唱响了一曲缘自交通事故的道德赞歌。选取案例典型，故事讲述过程生动，真实而深刻地揭示了：即使在当今社会转型时代，还是好人多，而好人得到好报，是我们这个社会好人层出不穷的源泉，也是道德教育取得实效的重要条件。

这一期节目不仅表现出了"人情"，还体现了一定程度的人文观照。本应是"冤家"的人们最终能够和解坐到了一起，记录下了人"七情六欲"的变化，让《深度观察》的这个好人题材做得出色出彩，突出了社会正能量，宣传效果好。

案例分析:《苏丹捐肝日记》评析

这是2012年12月23日18时06分内蒙古电视台汉语卫视频道《额吉》栏目首播的电视专题。作者白建平、马子奇、甘地克、张丽娜。作品获得第23届中国新闻奖电视新闻专题报道二等奖。

内蒙古鄂尔多斯市人苏丹在离婚两个月后,得知自己的丈夫患上了肝硬化晚期,急需移植肝脏。为了挽救前夫的生命,苏丹毅然决定捐肝给前夫田新丙。内蒙古电视台的记者获得了这一消息,第一时间赶赴苏丹在北京的家,详尽地记述并报道苏丹从下定决心为夫捐肝,到复婚,再到历经了两次伦理审查委员会审核的波折,直至顺利通过审核,最后成功实施肝脏移植手术和苏丹夫妇康复出院的全过程,在内蒙古电视台汉语卫视频道《额吉》栏目2012年12月23日播出。

期间记者辗转于北京、呼和浩特和鄂尔多斯三地,不仅拍摄了海量的素材,而且在每一个新闻事件的节点上采访到了所有新闻当事人,记录下了苏丹和丈夫以及他们家人点点滴滴的心理活动。该报道不仅在报道时间上介入的早,在报道深度上和广度上也超越了国内其它媒体,而且所有的素材都是独家一手采访,充分体现了记者的新闻敏感和职业素养。

之后,精心编辑了《苏丹捐肝日记》这篇新闻专题节目,以日记的形式展现给观众,细节有血有肉,感人肺腑。

节播出后,全国的电视、报纸、网络等各大主流媒体纷纷转载,中央电视台《新闻联播》《新闻1+1》《面对面》等栏目借调内蒙古电视台记者前期拍摄的素材制作播出了各自的节目,同时河南、江苏、北京等地方电视台也从节目组这里借用了大量素材。随着苏丹事迹的传播范围不断扩大,引起了全国广泛关注,网络点击量在短短的三天里突破了百万次。为了能将苏丹代表的内蒙古人的精神传播的更广,在节目播出后,内蒙古电视台将苏丹事迹的视频和文字材料整理出来,上报到《感动中国》组委会和《感动内蒙古》组委会,并顺利通过审核。经过多轮网络投票和专家审核,苏丹最终进入《感动中国》前20名的行列,并当选了

2012 年度感动内蒙古人物。

该报道通过大量细节的展示让这个质朴、坚强和诚实的内蒙古姑娘跃然于屏幕上,不仅是一次新闻的发掘,还是一次心灵的洗礼;该报道的这一次尝试,是一次非常好的、对内蒙古和内蒙古人精神的传扬,表现出了人物的精神本质乃至升华到民族本质,因善传“人性”,拥有极强的感染力,非常容易引起共鸣。

案例分析:《大爱情怀,信仰本色——全国道德模范龚全珍的本色人生》评析

这是 2013 年 9 月 28 日江西广播电视台交通广播《交通在线》栏目播出的广播专题。作者黄志兴、温燕霞、蓝蔚、周俊杰。作品获得第 24 届中国新闻奖广播新闻专题报道二等奖。

制作组 2013 年全程连续跟踪采访报道龚全珍事迹,作者深入莲花县,探寻、采访、挖掘第四届全国道德模范、感动中国年度人物龚全珍的大爱情怀和信仰本色,深刻诠释了这位 90 岁高龄的共产党员淡泊名利、忠诚奉献的思想源泉和内在逻辑,充分反映了一代共产党人对理想信念的执着坚守和对人民群众的无私奉献,揭示了龚全珍信仰本色的时代意义。

该作品发挥广播特色,构建了以故事性叙述的“事迹线”和日记独白的“思想线”叠加协奏的独特架构,融人物形象、情愫、哲理于一体,彰显了龚全珍的独特个性和时代人物的共性;选材注重具体、完整、感人的生动性和情节性,采访录音鲜活生动、细致感人,多角度、多侧面地表现了龚全珍执着的人生追求和丰富的情感世界,充满张力地表现了典型人物的思想深度和情感维度。

该作品全景立体式展现了龚全珍的生活轨迹、高尚品质和精神内涵,作品还运用了记者多年跟踪采访积累的独家素材。第四届全国道德模范表彰活动之后,本台及时推出了这篇广播专题,展现道德模范的力量,传承理想信念的坚守。

这篇广播专题在党的群众路线教育实践活动深入开展之际播出,对活动起到了典型引领作用，引发社会各届广泛共鸣，掀起了新的学习讨论热潮。听众纷纷通过热线电话和微博、微信发表感想和思考，江西省外听众通过微电台收听后也积极留言，向“江西老阿姨”致敬，通过江西交通广播爱心车队向莲花县中小学、敬老院捐赠大量书籍和生活用品，传承榜样精神蔚然成风。

案例分析:《一位在韩老华侨的拳拳中国心》评析

这是2013年1月17日《吉林日报》第九版首发的文字新闻通讯。作者洪吉男、全春峰、金秀永。作品获得第24届中国新闻奖国际传播(文字通讯)二等奖。

2012年11月的一天，记者有幸在韩国首尔见到传奇人物韩晟昊，他是中国在韩侨民协会总会会长，几十年如一日为维护中国的尊严和活跃中韩外交活动做出了很大贡献。通过聆听韩晟昊在异国他乡坎坷艰辛的生活经历，笔者深深感到他对家乡和祖国的无限热爱。为此，策划采访了韩晟昊，注重采访他的永远不变的中国心。

这篇报道简略地展示韩晟昊这几十年来所做的努力，体现了海外中华儿女们对祖国的满腔热忱，弘扬了社会主义核心价值观。作品主题鲜明，选材典型，事实准确，结构合理，语言生动，吸引力强，表达中国立场，有效影响国际舆论。

文章发表后，引起国内外媒体的普遍反响。《中国吉林网》(汉语)、《新华网》(汉语)、《人民网》(朝语)、《中央人民广播电台》(朝语)、《中国吉林网朝鲜文版》(朝汉语)、《吉林朝鲜文报海外版》(朝语)、《今日同胞》(朝语)等媒体和百度、谷歌先后转载此篇，有效地传达中国声音，树立了爱国人士的典型形象，引起了国内外共鸣。

案例分析:《藏族连长拉巴次仁3次人生跨越成就光荣梦想》评析

这是2013年4月26日战友报社发出的文字新闻消息。作者:集体。作品获得第24届中国新闻奖文字新闻消息三等奖。

获悉拉巴次仁的事迹后,《战友报社》社领导敏锐地意识到,拉巴次仁作为藏族青年、国家智力援藏政策的受益者,他把个人梦想融入中国梦、强军梦,其爱党报国、爱军精武的先进事迹真实感人,他的传奇人生,见证了中国奇迹、西藏巨变、军队发展,是国人、军人用忠诚和奋斗托举中国梦强军梦的一个缩影。宣传他的先进事迹,对激励广大官兵听党指挥、精武强能,激励青年学子扎根基层、建功立业,激励炎黄子孙坚定理想信念、为实现中国梦强军梦而努力拼搏奋斗等,都具有鲜明的时代意义。报社迅速组织4名记者,深入拉巴次仁所在部队、他的家乡及就读学校,采访其领导、战友、亲人、同学等80余人,迅速形成这篇消息和5篇通讯,于2013年4月26日在一版显著位置推出。

这篇消息在全国率先报道了拉巴次仁这一重大典型。作品打破传统的典型宣传模式,从藏族连长拉巴次仁的3次人生跨越切入,以小见大,通过他从农奴后代到名牌大学学生、从在校国防生到全国就业创业优秀个人、从普通基层干部到全军爱军精武标兵的独特经历,反映时代变迁,浓缩中国梦强军梦,以小切口反映大主题,可谓匠心独运。作品结构紧凑、语言鲜活、细节感人、思想性强。比如"手套护具被请出战术训练场、尖利的铁丝网换掉橡皮筋"等细节,"平时无敌情,战场就丢命"等个性化语言,"新兵梁鑫投弹紧张,手榴弹掉落脚下,嗤嗤的冒烟声中,拉巴次仁一把将他拽到避弹墙内,扑倒在身下"等生动的描写,将一位爱党报国、爱军精武的铁血军人形象刻画得入木三分,生动展现了当代革命军人的精神风貌和价值追求。

作品见报后,反响强烈。拉巴次仁先进事迹报告团应邀到北京、石家庄、邢台等地党政机关、部队和高校做报告20余场。人民日报、新华社、中央电视台、解放军报等20多家中央级媒体及210余家网站也先后报道了拉巴次仁的先进事迹;许多网民跟帖称赞拉巴次仁为"军中骄子""时代楷模",传递着中国梦强军梦的正能量;看了有关拉巴次仁的报道,首都高校掀起了大学生参军热;拉巴次仁被评为全军践行当代革命军人核心价值观新闻人物。

案例分析:《无影灯下的生死博弈》评析

这是北京电视台系列新闻报道《生命缘》栏目的一期代表作,于2014年8月30日在北京电视台播出。作者:集体。作品获得第25届中国新闻奖电视新闻专题报道一等奖。

《无影灯下的生死博弈》这期节目真实记录了发生在北京大学人民医院手术室里的一组故事。一位突发心脏病的患者,被送到人民医院心外科,尽管手术的成功率不足30%,陈彧医生还是勇敢地接受这一挑战,因为在他心里,一个人的生命重于一切。但在手术的过程中,发生了许多意想不到的突发情况,险情频发,主刀医生陈彧连续站台12个小时纹丝没动。手术历经20个小时终于完成,但是患者没能挺过术后的恢复关,医院和连续工作40个小时的医生所做的艰苦努力,仍然没能挽救患者的生命。但是就在丈夫去世后的十天,妻子带着女儿找到陈彧医生,告诉女儿,为了挽救爸爸的生命,医生付出了所有的心血和努力。一对医患的手紧紧握在一起……

就像节目中所说:“如果说医院是一个生命的战场,手术室就是这个生死战场最后的决战之地。”“在北京大学人民医院手术室里,每天,每时,每刻,都上演着近乎残酷的生死博弈。”节目制作团队在本期节目中,就是在医院24小时蹲点一个月,拍摄制作而成的。镜头中不知道自己还能否挺过一天的拍摄对象对记者说:“你这照(拍摄了)一天,不累呀?”节目制作团队拍摄了十几个故事之后,精选播出的报道,总素材时长高达3000分钟,编辑比高达100∶1。记者真正做到与患者家属生命相连,不眠不休地在手术室门口陪伴家属度过了生命中最艰难的48小时,赢得了患者和医生的高度信任,因此才有了这则感人至深的报道。

此外,该报道中有多个“第一次”:首次在医疗类新闻报道中使用医疗直升机全景拍摄;首次采用医院内多角度的监控镜头等等,用最真实的记录,让更多的人了解医生护士真正的工作状态,了解医学的发展和困境。

第四章 “事”眼

如果说文学是“人学”,那么新闻就是“事学”。“事”是什么? “事”就是现实发生的变化。一个现实,一个人,发生了一些变化,可能有新闻,也可能没有新闻;但这对象没有发生什么变化,一般就难有什么新闻。

“事”在我们这个世界每时每刻都在发生着,或者说,变化在我们这个世界每时每刻都在发生着。新闻就是要找出其中现时的人群最感兴趣的,最应该知道的,最希望知道的变化,也就是最感兴趣的,最应该知道的,最希望知道的“事”。新闻是专门记录、报道现实的变化的学问,所以说,新闻就是“事学”。

“事”,可分为“事件”“事态”“事理”三个方面去分析考量。

第一节·事 件

“事”的第一个也是最直接的意义,就是“事件”。在新闻实践中,“事件性新闻”也是最受重视的,“突发性事件性新闻”被认为是新闻最原始意义的概念。“事件”,还可进一步分为突发性事件和可预见性事件,突发性事件被认为是最原始意义的新闻最关注的对象。

“事件”就是一个事物或事实发生了变化。既然是变化,就有起因、发展、结局,从“事”的概念来说,就是事因、事程、事果。

过去,新闻常规都是报道已经发生,往往也是已经完结或告一段落的事件。现在,随着技术手段的进步,常常有报道“正在发生的事件”,在报道开始的时候,还不知道结局,“把重要的情况放在前面交代”“把结局放在前面说”也没法兑现。这是新的特点,提示我们要适当调整自己的相关理念和认识。

“事件”,可分三个方面来考察:1. 变化性;2. 动态性;3. 因果性。

1. 变化性。

“事件”就是一个事物或事实发生了变化,变化性是事件的一个特点。对受众这种“看客”来说,每个“看客”都喜欢不断变化的世界。人们都愿意面对新鲜,都对新奇的东西好奇,人们常对自己每天面对的“不变”的事物熟视无睹,而对那些变化性的事物充满了好奇。量的变化,质的变化,相对比,人们更喜欢看到质的变化,因为这样容易有新鲜感。事件因为有变化,都有其原始的戏剧性,这种戏剧性对受众有着天然的吸引力。

2. 动态性。

“事件”的变化是一个过程,在这个过程进行中,时时都呈现出动态性。只要动态还在进行,就会给人一种悬念感,受众要看(听)完全部的报道，才能确切地知道全部的情况。过去，新闻常规都是报道已经发生，往往也是已经完结或告一段落的事件。现在，随着技术手段的进步，常常有报道“正在发生的事件”，在报道开始的时候，还不知道后面的情况，更不知道结局，事件的进程和报道本身都处在一种动态之中。在这样的情况下，就更会给人一种悬念感。悬念感也有其原始的戏剧性，对受众有着天然的吸引力。

3. 因果性。

一个独立的“事件”发展到了结局，就会有事果出现。有了事果，“事件”各元素中的因果性就会呈现在人们面前。人们在关心事果的同时，还关心造成这个事果的事因，关心它们的关联度、普适度。这就是人不止想知道“怎么样了”，更想了解“为什么会这样”的本源性需求。因为这里面蕴含有事件的示范或示警作用，这是人们更想获得的超值的认知。这点在后面的《事理》中还会讲到。

近几年获得全国新闻奖的新闻作品中，很多就表现出对“事件”或“事件性新闻”忠实记录的强大功力。

案例分析：《4 小时，一颗滚烫的“爱心”从桂林送抵北京》评析

这是 2014 年 5 月 4 日《桂林日报》刊发的一篇文字新闻通讯，作者徐莹波。作品获得第 25 届中国新闻奖文字深度报道二等奖。

一名 21 岁广西小伙小叶不幸离世后，家人大义捐其器官，两个肾脏、一个肝脏、两个眼角膜分别捐献给桂林的五名患者，而心脏则捐给正在北京治疗的江西 12 岁男孩小包。

由于心脏在离开人体后，必须在 6 小时以内开展移植手术，桂林、北京两地距离遥远，如何在 6 小时内将心脏送到小包所住的北京安贞医院，并成功移植在小包体内就成了一项艰巨任务。

在社会各界共同努力下，南航广西分公司对此给予高度重视，专门为医院方面开通了绿色通道，航班提前到达北京，为抢救小包争取了宝贵的时间。北京有关部门对此事也高度重视，专门为了这颗“爱心”出动直升机，直接到机场接送送心人员。最终，“爱心”仅用了4小时就送达安贞医院，院方也成功为小包进行了手术。在采访中，南航还向作者提供了运送过程记录的书面答复和现场照片。

报道引发了全国媒体的普遍关注，中央电视台、新华网进行了跟踪报道，新浪网、腾讯网、网易等一线网站也对此进行了关注。

报道还对器官捐赠事业起到积极推动作用，以桂林为例，近年来已有近百人在离世后捐献遗体器官。按人口比例计算，在全国名列前茅。

作者采访详实全面，叙述清晰有条理，在传达各方心系病人正能量的同时，让读者了解到整个事件事程中各个环节的详细进程，感人且吸引人。

案例分析:《中国探月工程“嫦娥三号”月球探测器发射直播特别节目》评析

这是2013年12月2日1时05分中国国际广播电台旧金山AM1510、纽约AM1240、奥克兰FM90.6等国际台海外落地频率播出，国际在线中文网、华语广播网同步播出的广播新闻现场直播节目，主创人员为田巍、李雷、赵洋、闫钟芳、肖中仁等。作品获得第24届中国新闻奖国际传播（广播直播）一等奖。

2013年12月2日，“嫦娥三号”月球探测器成功发射，这是中国探月工程取得重大进展的新闻事件。中国国际广播电台凭着对这一新闻事件的现场直播，成功斩获中国新闻奖一等奖。

中国国际广播电台中文环球从2013年12月2日凌晨1时05分开始，向海外听众直播了搭载“嫦娥三号”的长征三号乙改进型火箭从点火发射到程序转弯、助推器分离、火箭一二级分离、抛离整流罩、三级尾舱起飞、三级发动机滑行、三级发动机二次点火、器箭分离，直到西昌卫星发射中心主任宣布“嫦娥三号”发射任务取得圆满成功的全过程。在直播过程中，节目还穿插介绍了中国探月工程三期规划等新闻背景，以及俄罗斯、美国两个航天大国对“嫦娥三号”发射的关注等内容，完整记录了中国航天领域迄今最为复杂、难度最大的这一新闻事件。

案例分析：《上海自贸区挂牌——中国打造改革开放新“模板”》评析

这是2013年9月29日新华社播发的一篇文字新闻消息，作者为韩森、许晓青、张祎。作品获得第24届中国新闻奖文字新闻消息二等奖。

2013年9月29日，中国（上海）自由贸易试验区挂牌诞生，这是始自1978年的中国改革开放迎来的又一个历史性时刻，是2013年度最为重大的新闻事件之一。

作品选取中国（上海）自由贸易试验区揭牌当天备案的001号企业中外企业家代表互动的生动场景，同时巧妙穿插习近平、李克强等党和国家领导人围绕全面深化改革作出的表态，结合商界、学界和政界代表的点评，深入解读中国设立自贸区、推动新一轮改革的重大意义，特别是针对海内外关切，介绍了自贸区和新改革将给中国和世界发展带来的广泛机遇。

作品详略得当，叙述轻灵，完美呈现了中国（上海）自由贸易试验区挂牌诞生的现场经过、时代背景以及对中国和世界经济发展可能带来的影响。

案例分析：《跑三条街买不到一个顶针　市民建议给“针头线脑”一个生存空间》评析

这是2013年6月28日《宝鸡日报》首发的一篇文字新闻消息，作者郑晔。作品获得第24届中国新闻奖文字新闻消息三等奖。

在物资极度丰富、各类商品铺天盖地的当下，“家住市区联盟路的黄老太太为买一个顶针，在附近几条街道找了近一个小时，都未能如愿”。

很多人或许以为,这只是一种偶然现象。

凭借良好的新闻敏感,作者追根溯源展开走访:

“记者走访市区多家大型超市和街头小商店了解到,纽扣、顶针不仅超市难觅踪迹,就连街头的小商店也很难找到。”

“为何在商品丰富齐全的都市买不到日常生活用品? ‘利润太小,划不来卖!’在市区南门口开商店的王萍一语道破天机。她说,这些小东西几天卖不了一个,挣不来几个钱,久而久之就不卖了。记者在火车站附近的批发市场了解到,一个顶针批发价0.3元,市场售价不过0.5元,纽扣批发价一颗0.1元,市场售价也在0.5元左右,并且品种繁多,许多经销商一看太麻烦就不进货了。”

顶针虽小,民生事大。作者对市场资源的配置,提出了建议和思考:

“如何给传统小物件一个生存的空间呢? 新民路社区主任张淑超说,建议商家瞄准市民日常需要,提供细节服务,同时,也可以尝试以小区物业和社区为单位,为居民提供生活必需品。”

作品虽只有短短600多字,却揭示了“跑三条街买不到一个顶针”的社会根源。更难能可贵的是,作者还对市场资源的配置提出了思考。

——找到了一样东西,是一个事件;找不到一样东西,原来也是一个事件。

案例分析:《惊心动魄八小时“11·26”输油管道泄露事故抢险》评析

这是2013年12月12日18时30分贵州广播电视台贵州卫视《贵州新闻联播》播发的一篇电视新闻消息,作者为苏姝、杨宁、周雅婷、王玮。作品获得第24届中国新闻奖电视新闻消息三等奖。

贵州“11·26”输油管道泄露事故抢险救援历时46个小时,涉及的单位众多,线索纷繁复杂。该片选取抢险救援过程中的关键:关键时刻——8小时,关键人物——焊接工人、消防队员等,关键事件——对破损油管实施焊接封堵。通过现场人物的讲述和宝贵的现场视频,充分运用电视手法，点状散布又集中浓缩地还原抢险救援过程。每个人、每个点看似孤立，自成一体，而抢险本身又是紧密联系，共同协作，这是事故现场的状况，也是本片呈现的特点。

人人都知道：油见不得火，可是这起事件中，抢险就是要在油上加火焊。怎么能完成这样一个貌似不可能完成的任务？这是事件中的关键点。记者紧扣这个关键点展开了全方面的采访，走访了当时参加抢险救援的各主要部门及相关负责人员，通过不同角度的讲述，尽可能全面真实地还原抢险救援的“第一现场”。同时，尽一切可能搜集到现场各抢险救援部队的视频。在“广收集”的基础上，从大量采访中梳理出关键线索和关键细节，从几十个小时的视频资料中梳理出支撑画面和有冲击力的画面，集中力量，以点带面，再现抢险救援过程。

贵州的“11·26”输油管道泄露事故发生前，青岛刚刚发生输油管道爆炸事故，引起全国高度关注。在这样一个时机，“11·26”输油管道泄露事故迅速把贵州推到了风口浪尖。报道既要尊重新闻事实，又要彰显媒体的社会责任感。这条报道通过适当的信息发布，尊重了观众知情权，解除了民众的疑惑。

案例分析：《总理的歉意》评析

这是2013年3月26日《中国日报》、《中国日报（美国版）》（美国发行）1版首发的一幅报纸新闻摄影作品，作者武治义。作品获得第24届中国新闻奖国际传播（新闻摄影）一等奖。

2013年3月23至25日，中国发展高层论坛年会在北京钓鱼台国宾馆举行，众多中外政要、跨国公司CEO参会。3月25日下午，中国日报摄影部派出具有20多年时政新闻采访经验的资深摄影记者武治义采访拍摄李克强总理在人民大会堂会见出席“中国发展高层论坛2013”年会的外方代表。

由于此前与美国前国务卿基辛格的重要会晤延时，李克强总理未能按约定时间准时会见出席“中国发展高层论坛2013”年会的外方代表。

李克强抵达现场后没有马上开始会见,而是一边歉意地指着自己的手表,一边用流利的英文主动和大家解释自己迟到的原因。摄影记者敏锐地把握住了总理“指表致歉”的瞬间,向世人展示了开放谦和的新一代领导人形象。

因为外事采访任务的特殊性,通常画面都是“程式”有余,突破不足。长期沉浸在这类型采访中的记者很容易由于职业惰性只关注规定环节而忽略对其他细节的捕捉。

总理“指表致歉”是一件很小的“事件”,具有突发性。这张新闻图片非常精准而且幸运的捕捉到常规场景里的非常规瞬间,记录下这个“瞬间事件”,成为一件不可多得的时政新闻佳作。

该图经一定剪裁后刊登于2013年3月26日见报的《中国日报》和《中国日报(美国版)》(美国发行)1版,清新自然、不刻意的影像传播尝试一经刊发便赢得了海内外受众的信赖和高度认可,取得了非常好的国际传播效果,被人民网、新华网、中国国际广播电台国际在线等外宣媒体转载,点击率超过200万次。

第二节·事　态

在当今中国新闻中，有一种"中国特色"的新闻类型。有一种新闻，从受众的角度看，在报道的时段中，新闻中并没有表述出有什么进行性的"事件"发生，没有表现出什么变化，只是表述出一种"状态""态势"，如《XX省夏粮长势良好丰收在望》等等。业内有把它称为"状态新闻"或"状态性新闻"的，相应，我们可以称之为"事态新闻"。其中的"事态"的元素和视角，是我们可以用以分析新闻的元素和视角。

还有一类新闻，表现的是一种"存在"，一种"存在"的"事物"。这个"事物"在报道的时段内虽然也发生了一些"事"，但新闻却主要是着眼于这个"事物"本身，特别是着眼于"事物"现在的状态，如《温岭民主恳谈会已经"13岁"》《XX乡有一支"大妈帮工队"》，等等。在此，我们一并把它归入"事态新闻"。同时，也把它的特性归入"事态"元素中一并考察分析。

对新闻中"事态"的元素和视角分析，可分两个方面：1. 状态性事实；2. 事物性事实。

1. 状态性事实。

称其为状态性事实，就是因为它没有什么进行性的变化，没有什么进行性的"事件"发生。它看似无"事"，但到底不是"了然无事"的"无事"，而是也可以看出其中有"新闻事实"，可以看出其中有跟过去的不同之处，也就是有变化，也就是说实则有"事"，虽然它不是"事件"的初始意义上的"事"。

我们可以这样看，相对被报道的时点和时段来说，其实在一个较大的时段内，事实是有变化的，但报道并没有从较远的"起点"开始写，而是一开始就从现在写了，这也可以认为是报道时段表述的一种“省略”。这样来看，这个事实就有了一个变化，就是一个“事件”。

我们还可以这样看，报道写的状态，可以认为它是一个长时段的大事件进程中的一个“点”，一个“切片”，写了这个“点”，这个“切片”，也就是在某种意义上记录了一个“事”。如果用“存在就是理由”的“倒推”的方法来推理，我们也可以给这类新闻一个存在的“身份”，叫它“事态新闻”。从一些专著把这样的新闻称为“状态新闻”的现象来看，中国的学者和从业者也有同样的思考。这样归纳，也可与“状态新闻”的说法有所对应。这也是一种“中国特色”的新闻类别。

在此，我们将新闻中的这种“事态”特性，归入“事”分类里面的第二项元素——“事态”。就是说，“事态”也是“事”里的特别的一种，也是一种“事”。这样客观地看待现实，有利于我们更多维地研究社会的实践。

2. 事物性事实。

事物性事实，表现的是一种“存在”，一种“存在”的“事物”。实际上，这个“事物”在一定的时段内也发生了一些“事”，但是可能它发生的这些“事”因为时效等原因不能成为什么“新闻事件”，一件、两件、三件、很多件事，单独来说都不能成为什么“新闻事件”，但是它们集合起来就成就了一个可以成为“新闻事实”的“事物”。这样，新闻就会着眼于这个“事物”本身，报道这个“事物”在一定的时段内发生的那些“事”则只是成了事例。这里我们把它归入“事态”里一起考察，以区别于“事件”。

近几年获得全国新闻奖的新闻作品中，有的作品善用“事态”元素，在一个“静态”的境界中表现出一个大时段的变化，给中国特色社会主义新闻实践增添了优秀的成功案例。

案例分析:《更高举起改革开放伟大旗帜——写在邓小平同志诞辰110周年之际》评析

这是2014年8月19日新华社首发的一篇文字新闻通讯,属集体创作。作品获得第25届中国新闻奖文字新闻通讯特别奖。

2014年8月22日是邓小平同志诞辰110周年。在邓小平同志诞辰110周年到来之际,新华社国内部在总编室的指挥下,集中精干报道力量,分赴广东、四川、湖北、上海、江苏、浙江多地采访,以邓小平同志开创伟大改革开放事业的丰功伟绩为切入点,紧扣全面深化改革的时代主题,充分阐释"今天全面吹响深化改革的号角,就是对小平同志最好的纪念"这一时代的命题。

通讯作为一篇纪念性文章,播发后在社会引发强烈反响,成为当年纪念小平同志诞辰的旗帜之作。它在恰如其分的时间切入,以邓小平同志开创中国特色社会主义伟大事业的丰功伟绩为切入点,重点展示新的历史时期,以习近平同志为总书记的新一届中央领导集体迎难克艰、全面深化改革的勇气、担当与成就。

人民日报、经济日报、法制日报、新华每日电讯等国内主要平面媒体均在头版采用本通讯。新华网、人民网、新浪、网易、搜狐等国内主要新闻网站均在第一时间在头条转载此文,此文网络转载量过千家。同时,新华社针对此文的多媒体融合报道在此文播发的同时推出,在国内各主要新闻客户端推送。

通讯采访对象超过200人,参考资料过百万字。通过使用丰富精准的史实史料,典型有力的现实事例,让历史纵深感与现实画面感勾连呼应,展现出中国改革开放的动态大场景,大气磅礴,非一般事件性新闻所能表现。

案例分析:《全省逾六成农民用上自来水》评析

这是2012年12月19日《甘肃日报》1版首发的一篇报纸新闻消息,作者宋振峰。作品获得第23届中国新闻奖文字新闻消息三等奖。

2012年12月,甘肃省政府新闻办召开的一次新闻发布会传出消息,甘肃省农村自来水普及率已达62%。这意味着,在十年九旱,吃水苦、吃水难是农民一直以来的生存状态的甘肃,已有六成多农民用上安全、卫生、方便的自来水。

对于甘肃省农村过往的用水状况,作品这样交代:"吃水苦,吃水难,我省大部分农村地区常年干旱少雨,饮水安全一直是农民面临的一大难题。"

"截至9月30日,我省解决了180万农村居民、38万农村师生的饮水安全问题,提前3个月超额完成了省委、省政府下达的年度建设任务。随后又争取到国家追加投资3.5亿元,再解决55.22万人的饮水安全问题,这批项目目前正在抓紧实施,部分工程将在年底前建成。"

甘肃省持之以恒着力解决农村饮水安全问题,终于结出硕果。"一个个润泽陇原的生命工程,让自来水悄悄地流进了一座座农家院落。8年间,全省累计解决了947万农村人口饮水安全问题。截至目前,已有1310万农村人口用上自来水,自来水普及率由2005年的25.8%提高到62%。干净卫生的自来水不仅改变了水质,也让干旱山区农民改善了苦涩的生活,免去了他们找水、背水、拉水之苦,脱贫致富奔小康的步伐也加快了。"

作品还对甘肃省农村供水工程的近期目标作了交代:"根据规划,我省在2015年底前将再建2900处集中供水工程、6.5万处分散供水工程,解决农村饮水安全问题。届时,全省农村自来水普及率将达到88%。"

作品用简洁生动的语言,严谨翔实的素材,通过今昔对比,独家记录了2012年底甘肃省六成以上农民用上自来水这一来之不易的成果,记录了农村生活基础设施不断改善的进程的片断。

案例分析:《如何看待当前经济形势》评析

这是2013年8月5日至15日期间《经济日报》1版首发的一组文字新闻系列报道,属集体创作。作品获得第24届中国新闻奖文字新闻系列报道二等奖。

对习惯于中国经济两位数增长的人来说,2013 年上半年 7.6% 的增速,可能不算是一个理想的数字。中国经济怎么了? 对经济形势怎么看? 一时间,对于中国经济走势的判断成为人们热议的话题。如何看待当时的经济形势,这组系列报道通过数据和现象阐述主题,有理有据,给出了相对客观而全面的一组“剖面图”。

这组系列报道由 10 篇稿件组成,看似单篇实则有着内在逻辑性,从不同角度和维度全面反映了中央政治局常委会会议对于当时经济形势和经济工作的判断与部署:既有国内经济形势分析,也有国外经济形势分析;既有设置议题的点题报道,也有针对舆论焦点的主动回应;既有经济形势的分析,也有政策走向的预测;既展现了中央部署,也反映了百姓诉求;既解答了“是什么”的问题,也分析了“怎么办”的前瞻。

报道通俗易懂,将当时的经济形势、宏观政策用简洁、形象的语言客观呈现,普通读者都能读懂,有助于社会各界认清经济形势,把握政策走向,增强发展信心。

案例分析:《“汽车上的乡政府”:一个流动的为民服务站》评析

这是 2013 年 7 月 29 日《平顶山日报》首发的一篇报纸新闻通讯,作者为可运领、孙聪利、段孝和。作品获得第 24 届中国新闻奖文字新闻通讯三等奖。

鲁山县库区乡是个山区乡,农民到乡里办事十分不易,“汽车上的乡政府”坚持 12 年上门为民服务,每月 8 日、18 日、28 日的便民服务日,一辆便民服务车就会拉着乡里多个职能部门的工作人员入村现场办公,为群众办证送证、送救济款……12 年跑报废了 4 辆中巴车。作者认为这是一个转变工作作风、扎实为民服务的好新闻、密切联系群众的好典型,遂前后到库区乡采访了半个月,走村串户,采访了大量群众、下乡工作过的乡政府职能部门工作人员和“汽车上的乡政府”所经历的三任乡领导,并跟随“汽车上的乡政府”来到服务点,亲身感受了下乡干部务实为民的作风和老百姓对“汽车上的乡政府”的欢迎,掌握了大量的一手资料。于2013年7月29日的《平顶山日报》要闻版刊发。

通讯几易其稿,最终完成。内容翔实,现场感强,让读者身临其境地感受库区乡政府的创造性服务;恰当运用背景资料,既介绍了“汽车上的乡政府”的变与不变,12年的坚守对干部作风、工作效率等的深层影响,又能给读者以思考与借鉴,拓展了报道的广度和深度。

通讯刊发后,在全市产生了很大反响,成为县乡政府和各级干部转变作风、为民服务的榜样、学习的标杆,引起了读者和各级媒体的关注。

此稿获得2013年度河南新闻奖一等奖。

——一个事物,也不是新生事物,还这样吸引人,这就是坚持12年带来的效果。

案例分析:《探访北京郊外“废品村”》评析

这是2013年12月29日《中国日报》图片版、中国日报网中国在线首发的一组新闻摄影作品,作者王敬。作品获得第24届中国新闻奖新闻摄影二等奖。

特殊的事物,特殊的事态,它的存在和消失,有什么必然性和偶然性?作品聚焦于这个特殊的“村”。

随着现代化城市的高速发展,垃圾问题一直是世界性的难题。该图片专题聚焦于北京郊区特定时间内出现的多个极具代表性的“废品村”,用娴熟的光线与色彩把控能力,真实、客观地记录了废品回收人员的工作现状与生活环境,以及垃圾废品对于环境的严重危害,也为画面增添了视觉冲击力。通过影像的视觉表意功能,强调了垃圾处理、循环利用、环境保护的重要性与紧迫性,引发了社会各界对于垃圾处理和环境保护的关注与思考。于2013年12月29日《中国日报》图片版和中国日报网中国在线首发。

作品拍摄期间,无论是炎炎夏日,还是寒风瑟瑟,摄影记者先后十几次全天候蹲守在垃圾场进行拍摄,与当地村民同吃同住。若非重视新闻第一现场的重要性，作者不会选择如此吃力的方式完成新闻，而捕捉到的夏夜的电闪雷鸣，拍摄到堆积如山的生活垃圾，记录下的暴晒在烈日下的电子废品，以及在垃圾的缝隙间艰难求生的人们……

在报道引起巨大反响后，即使是记者本人再想返回这一现场，也做不到了——影像在社会各界引起广泛反响后，记者又两次回访这些“废品村”，发现它们已经不见了踪影……

作品获得第 24 届中国新闻奖新闻摄影二等奖。摄影师凭借该图片专题获得了 2013 年度全国十佳摄影记者之首。

案例分析:《尾砂中提炼出大产业》评析

这是 2013 年 12 月 4 日 18 时 01 分江西广播电视台赣州人民广播电台综合新闻频率《全省新闻联播》首发的一篇广播新闻消息，主创人员为周围、彭世翔、李兴满。作品获得第 24 届中国新闻奖广播新闻消息二等奖。

大片废弃的矿山，堆积如山的尾砂，不但满目苍夷，还污染环境，从一般人的角度看，必定是发展中的沉重包袱，可换一个角度和理念，却成为了赣州发展的资源和财富。尾砂提炼的陶瓷原料，不仅吸引来了项目、技术、资金，助推着当地经济的腾飞，还解决了长期以来的环保问题。赣州的经验真正实现了资源节约，环境友好，良性循环，地方经济的可持续发展，其中的借鉴和启示性十分突出。

记者赴赣州老区基层采访，在龙南、寻乌等县稀土矿区，发现原本沟壑纵横的矿山，堆积如山的尾砂，四处横流的废水都不见了，取而代之的是一片片环境优美的工业园区、一个个满怀信心的投资客商以及当地政府部门蓬勃发展中流露出的自信。一系列的改变引起了记者的关注，并理性客观地以独到的角度，客观记录新闻事实及各方意见，通过以小见大，以具体事例阐述重要主题的方式，采写出这篇报道。

稿件播出后，得到江西省委省政府、赣州市委市政府高度评价，并着手总结有关经验，在全省推广，为实现江西经济健康、可持续科学发展发挥了积极作用。

——“一系列的改变”,形成了一种新的状态,引起了记者的关注,最后更引来更广泛的效应。

案例分析:《学生午餐费,咋变成老师泡脚盆 一些中小学校学生伙食问题应引起重视》评析

这是2013年1月31日《新华日报》首发的一篇文字深度报道(调查性报道),作者陈道龙。作品获得第24届中国新闻奖文字新闻深度报道二等奖。

这是一篇深入揭露中小学生伙食费长期遭到严重侵占的调查性报道。通过对南京10多所中小学明查暗访,报道用大量第一手事实说话:学校里学生吃的午餐质次价高;学校把25%左右的学生餐费变成老师的福利,三条巷小学还为老师网购高档泡脚盆;专家分析报告证实学生餐“营养不足突出”;主管部门负责人则解释“还没有对学生伙食营养质量进行监管”。层层深入,严谨有力,直指问题核心。不止于揭露,还体现出建设性舆论监督的特点:报道从维护青少年健康成长的高度呼吁:应立即制止侵占餐费行为,统一制定午餐食谱,规范实施,让学生吃饱、吃好。从而直接推动了有关问题查处,促进南京及江苏省众多中小学校学生餐营养质量改善。

该作特点是实,通过大量的现场场景、账目数据、典型事例、独家素材细节呈现事实,揭示问题。作品力量也来自这种真实、扎实。文风质朴,语言凝炼,并善用个性化语言,如学生讲在校午餐是“我们只有汤喝,老师却在啃排骨”,冲击力较强。

看到网上不断有南京中小学生和家长投诉学校伙食不好,作者起初在10余所学校门外采访学生,后进入4所学校暗访,3次到食堂操作间,拍摄到仅供厨师掌握的3周食物配比食谱,送请南京农业大学食品科技学院专家分析。专家提供了7000多字的详细报告,认为该食谱营养成分严重不足。还设法向三条巷小学中层干部核实了收取学生餐费返回款的详情，并得知该校正用此款为老师网购泡脚盆。历时两个多月，录音、拍照各 20 多件。发稿 4100 余字，部主任精心删改成 2900 字，以后编辑中心与值班总编又做修改。

调查揭露长期存在的老师不缴费、少缴费却吃得比学生好的现象，也得到明令禁止。南京及全省众多中小学生的在校伙食营养质量随之得到明显提高。《新华日报》刊发后续报道。

案例分析:《温岭民主恳谈会已经“13 岁”，集体工资、财政预算、重大决策，老百姓都有发言权，〈人民日报〉做出这样评价：泥土里生长出来的“民主载体”》评析

这是 2012 年 12 月 11 日《钱江晚报》首发的一篇文字新闻通讯，作者史春波。作品获得第 23 届中国新闻奖国际传播(文字通讯)二等奖。

民主政治是中国民众期盼，更是海外关注焦点。温岭市以民主恳谈会为载体，实行农村大民主走过了 13 个年头，这 13 年，温岭民主恳谈会已成为国内外关注的中国民主进程的一个缩影。《钱江晚报》在 2012 年 12 月 11 日刊发该作品。

作者深入温岭新河镇，通过采访政府官员、当地村民，并找到曾经接触过参会外交官的村民，还辗转联系到了欧洲的多名参会外交官，通过不同的视角展示了农村基层民主实践的生动场景，诠释基层民主给当地政治、经济、社会发展带来的变化。编辑在精心谋划基础上，画龙点睛地突出“基层民主与欧洲外交官”两个要素，在海外版头条刊发，并在加拿大环球华网引用，达到了很好的国际传播效果，表现了对作品独特新闻价值的“得道”自信。

案例分析:《沉重的海岸线》评析

这是 2012 年 12 月 28 日《东南商报》首发的一组新闻摄影作品，作者戚颙。作品获得第 23 届中国新闻奖新闻摄影二等奖。

海岸边的发电厂和高楼、废弃在滩涂上的汽车外壳、“拾海人”艰难的谋生……这些被定格的瞬间，反映的不仅仅是靠海为生的“拾海人”群体的命运，更是环境资源遭到严重乃至灭绝性破坏的严酷现状。

对于环境保护题材，以往更多的目光集中在日常就能看到的江河污染和农田、工厂污染上，真正花时间、花精力去关注海岸线环境和资源现状的不多。从 2009 年开始，作者持续关注并记录中国海岸线上环境资源遭到严重破坏的状况，关注面涉及辽宁、山东、浙江、福建等地。

作品以独到的角度和深度，记录了近年来中国海岸线上环境资源遭到严重破坏的现状，图片发表后社会反响强烈。

案例分析:《“村民代办室”是俺老百姓的依靠——元氏县铁屯村访谈录》评析

这是 2013 年 12 月 29 日《石家庄日报》一版首发的一篇报纸新闻通讯，作者为王勋涛、郝彬生。作品获得第 24 届中国新闻奖文字新闻通讯三等奖。

石家庄市元氏县铁屯村有一个“村民事务代办室”，代办室设立 14 年以来，致力于帮助群众解决不会办、办不了但又急需办的事情，被群众亲切地称为“惠民 110”。

铁屯村的这一做法，是记者在基层捕捉到的“活鱼”。记者深入一线了解到铁屯村“村民代办室”这一典型素材后，走村入户，深挖细节和典型事例，捕捉群众的生动语言，采用群众访谈的报道形式，描绘了基层党组织回应百姓关切、创新服务形式、践行群众路线的生动实践。这一典型“事物”，在全党开展群众路线教育活动之际被报道出来，发挥了强烈的示范作用，引起了社会各界广泛关注。见报后，中央电视台、河北电视台分别对“村民代办室”的做法进行报道，多家门户网站的转载、刊用。

第三节·事　理

“事件”“事态”“事物”也好,“事件性新闻”“状态性新闻”“事物性新闻”也好,“事”一类的素材或新闻,可以传达给受众的,除了“事”的本身外,还有“事”中传达出来的同于或异于世间常规的“脉络”,如一些“事”中各元素的脉络关系,或一些“事”的“来龙去脉”,或说发展趋势,这其中都有一种“脉理”的元素。对“事”的传达、表述,除了最起码的要求——交代清楚之外,还有就是挖掘其“脉理”。我们把新闻的这些特性归为一类,称为“事理”。

“事理”元素的合理运用,能给受众带来超值的认知,具有较高的新闻价值。

对新闻中“事理”的元素和视角的表现,可分三点看:1. 知识点丰富,信息量大;2. 事件、事态、事物中各元素内部(之间)的关系;3. 事件、事态、事物的过去、现在、未来的原因、进程、发展趋势,即外部的来龙去脉。

1. 知识点丰富,信息量大。

“事理”的意义总的来说,就是要让人了解“事”的各层次的状况和各部的脉理关联。对“事”一类的素材或新闻来说,如果内容里知识点丰富,信息量大,就是“事理”的一个表现,就会有较高的新闻价值。

2. “事”内脉理。

“事”的内部有各个组成部分,它们之间的关系是什么样的,这就是“事”内脉理。“事”内脉理也是“事理”的一个表现。新闻如果对“事”内脉理表现清楚,就能给受众带来超值的传播收获,新闻本身的新闻价值也会因此得到提升。

3. “事”外关联。

一事与他事,一事与他物,一事与他人,可能有这样那样的关联,这就是“事”外关联。“事”外关联也是“事理”的一个表现。新闻如果对“事”外关联表现清楚,就能给受众带来超值的传播收获,新闻本身的新闻价值也会因此得到提升。

近几年获得全国新闻奖的新闻作品中,有善解“事理”者,更本质、深入、真实地反映了“事”的“脉理”,拥有极强的透视力,给受众带来超值的事理认知。

案例分析:《峡江水利枢纽:“抬田”破解国内水利建设头号难题》评析

这是2012年12月6日18时30分江西广播电视台《江西新闻联播》首发的一篇电视新闻消息,主创人员为朱林、温俊、王志奇、朱隆。作品获得第23届中国新闻奖电视新闻消息三等奖。

2012年,峡江水利枢纽进入工程冲刺阶段。作者在采访工程施工时发现,尽管工程主体庞大,但当地耕地面积却没有明显减少,施工单位用什么手段保住了农民世代耕种的土地?作者敏锐地抓住了这一新闻点,在对峡江水利枢纽主体工程所在地进行深入走访后了解到,正是建设部门创造性地使用了“抬田”的办法,使得大量耕地得以保全。

作品中说:“抬田并不仅仅是增加耕地高度,对于土层的选择和处理都非常有讲究。首先要把农田上面的耕作土层进行剥离,然后覆盖2米左右厚度的基础料层,再铺上35厘米的粘土作为防透水层,最后把原先剥下来的耕作土层压实到顶部。抬田完成后,耕地的海拔将比原先升高两米五到三米,高出水库设计蓄水位一米。”其中的做法和道理,交代和解释得很清楚。在日常社会生活中,我们常可看到许多有科普性的报道都具有这一长处。值得一提的是,本片还采取动画制作的方式,形象地再现了“抬田”的具体步骤,将这一新鲜事物交代、解说清楚,深度透析其事理,使观众对这一做法一目了然。

——其实,很多有科普性的报道都有此特点。

案例分析:《中美科普国际连线之极端天气》评析

这是2012年12月9日中国江苏网首发的网络新闻专题,属集体创作。作品获得第23届中国新闻奖网络新闻专题三等奖。

2012年12月9日,江苏省科协、省气象局在中国近代气象发祥地——南京北极阁气象台,与美国新泽西自由科技馆副馆长罗莎·卡特拉等专家越洋连线,共同举办以“极端天气”为主题的国际科普活动。

中国江苏网主动策应,多部门联动,精心制作“中美科普国际连线之极端天气”大型科普互动专题,联合百家网站进行跨洋网络专题直播。

大型专题在页面设计上,针对跨国连线中英文双语传播特点,进行多板块内容架构,采用flash特效、图片动画等呈现方式,多视角直观展示极端天气给人类带来的深重灾难。其中,在极端天气事件板块,以地图flash形式汇聚了2012年全球重大极端天气灾害;在应对板块以横向滚动的呈现形态,生动介绍了寒潮、暴雨、干旱等极端天气的应对方式;百科板块则以层交换并结合图表形式进行分类详解。

通过以上多种表现形式,普通民众对极端天气的成因及应对方式有了更深层次的了解,使活动的形式内容与重大主题实现了有机统一。

——思考题:人们应知欲知而未知的新近发生或新近发现的事是新闻,人们应知欲知而未知的新近发现或新近普及的事理,也可以成为新闻吗?

案例分析:《先看病后付费 医患两相宜 山东省济宁市率先推行“先看病后付费”诊疗模式,68万余人受益,无一例恶意逃费》评析

这是2012年12月20日《中国财经报》一版首发的一篇报纸新闻消息,作者解希民。作品获得第23届中国新闻奖文字新闻消息三等奖。

“孔孟之乡”济宁在全国率先推行“先看病后付费”诊疗模式,破解了老百姓“看不起病”的难题,这不仅是医疗服务付费方式的改革,更是医疗服务模式和管理体制的改革,为打破医患对立困局探出了一条新路。这里发生了什么?他们是怎么做的?为什么这样做?其中得以持续的道理在哪里?这些都是公众关心的。为此,作者对这一事件从酝酿到实施进行了全程跟踪,并深入有关部门、医院及患者中间进行了大量的调查采访和深入了解。

究竟发生了“什么”,作品用一个事例说明:“12 月 14 日上午,家住山东省济宁市市中区唐口镇魏楼村的崔秋宝,突发自发性气胸被家人送到济宁市第二人民医院。分文未交,医院便为他办理了住院手续,并很快做了手术,这让崔秋宝感到很欣慰。”

作品还进一步交代:“从 2010 年 12 月起,济宁在其所辖的兖州市中医院试点实行‘先看病后付费’模式,对参加医保、新农合的患者,在住院时无需交纳押金,只须出示医保证和身份证,并与医院签订协议即可住院;出院时,只需向医院支付医保报销后自付部分,特困患者可分期还款甚至减免。”

“‘先看病后付费’实施一年后,兖州市中医院平均每月门诊量、住院量分别上升到 1.8 万人次和 1350 人次,同比增加 176%,医院业务收入增长近 130%,且无一例恶意逃费患者。在总结试点经验基础上,从 2012 年 2 月起,济宁在全市推广‘先看病后付费’模式。”

济宁为什么要推行“先看病后付费”诊疗模式?作品作了说明:“以往当群众患重症急需住院时,因一时难以筹集大额费用而影响救治。调查显示,济宁城乡居民因医疗费用过高无钱治疗或停止治疗的占困难群众的 23%。”

为保障“先看病后付费”模式实施,当地出台了什么机制,采取了哪些措施,作品也作了交代:“济宁财政设立了 100 万元专项资金,用于补助防范医疗机构因‘三无’病人、恶意逃费患者带来的运行风险。同时,设立了 1000 万元的大病救助资金。此外,医疗机构还建立了不良诚信记录,恶意逃费患者将被纳入‘黑名单’。”

作者通过深入调查,层层展开,让事实说话,不仅告诉读者发生了“什么”,而且告诉了读者其中的“为什么”,从而让读者对“先看病后付费”这一诊疗模式的来龙去脉有了更深层次的了解。

案例分析:《厦启用首台24小时自助受理机,港澳台再签注随时可办》评析

这是2013年11月6日15时00分厦门广播电视集团FM99.6厦门新闻广播《厦广新闻》首发的一篇广播新闻消息,主创人员为陈仙蓉、袁亚盟。作品获得第24届中国新闻奖国际传播(广播消息)三等奖。

据厦门市公安局出入境管理支队统计,2013年前三季度,厦门居民赴港澳地区旅游办证人数就超过22万人次,台湾居民办证人数位居福建省前列。这常常让出入境管理支队办证大厅忙得不可开交。为了适应随着经济建设、社会发展而不断变化的出入境工作形势,厦门出入境管理支队不断推陈出新,创新工作理念和工作方法。2013年11月6日上午,厦门首台24小时自助受理机便民服务措施正式实施,这项便民服务措施的实行,对申请人非工作时间办理相关业务十分便利。其中多种签证的特殊情况都可以通过自助受理的方式完成,这在全国范围内还是首创。厦门广播电视集团FM99.6厦门新闻广播《厦广新闻》于2013年11月06日对此进行了报道。

记者前往厦门市公安局出入境管理支队采访,看到大厅人来人往工作有条不紊地开展,正想着怎么体现这个服务措施随着形势不断发生的变化时,偶遇来自台中市民黄先生,他的喜形于色,他的体验分享,极好地反映了这项措施的便民利民。

该通讯以第一位申请人、市民黄先生的切身感受入手,生动报道了厦门市公安局出入境管理支队推出的首台24小时自助受理机便民服务措施,并延伸到历年来厦门出入境服务措施的变化。

参评作品信息丰富,语言简洁,富有感染力,通过厦门新闻广播网站在线全球同步播出后，不仅在厦门、在福建的台胞热切关注，台湾地区的不少台胞也很感兴趣，通过微博、微信留言互动，了解签注措施的新变化，起到很好的国际传播效果。

案例分析：《信阳一大桥用木头支撑桥基众多网友指责偷工减料 强大的网民们，这次你们骂错啦！》评析

这是2012年12月7日至10日期间《大河报》首发的一组文字新闻系列报道，作者为李岩、何正权、李鑫。作品获得第23届中国新闻奖文字新闻系列报道三等奖。

2012年12月6日中午12时23分，，网上出现了一条微博，说“河南罗山县有一座公路桥，钢筋混凝土制的公路桥，竟靠木头支撑。”该微博附带的图片显示，一座高高的混凝土大桥，桥墩众多，但其中入水的至少有两个桥墩均由许多木桩支撑。截至当晚9时，该微博已被转发1200多条。很多网友在评论中指责建桥方偷工减料，称其为“豆腐渣工程”，迅速形成了网络热点。

大河报社捕捉到该信息后，安排记者于当天下午第一时间联系河南省罗山县公路局、交通局及县委宣传部等相关部门，了解事件真实情况，发现事实与很多网友的认知有很大出入。针对相关焦点问题，经过周密策划和翔实采访，《大河报》于次日独家首发报道《信阳一大桥用木头支撑桥基众多网友指责偷工减料 强大的网民们，这次你们骂错啦！》，然后又连续重磅推出后续深度报道，用权威的消息源揭开了几点真相：一、该桥始建于1938年，1979年起已弃用33年；二、用木头打桩建桥在当时是正常的施工工艺，钱塘江大桥等也是用这样的工艺施工的；三、在水中松木的耐久性并不比水泥差。

真相大白，网民观点出现180度大转变。

按说，《大河报》通过对相关焦点问题的梳理，还原真相，实现了对网络舆情的有效引导，已经圆满地完成了一次成功的报道战役。但是，《大河报》并没有止步于此。10日，《大河报》再发时评《理性才有力量》，梳理出这次事件得以迅速平息的几点启示，如理性才有力量，传言面前政府有责任尽快回应，传统媒体有责任发挥专业的优势澄清真相，等等。使这组报道更加丰满，也让受众感悟了其中蕴含的事理，获得了超值的收获。

案例分析：《张家口坝上百万亩防护林濒临衰亡，京津风沙最后防线告急》评析

这是2013年3月12日12时10分河北人民广播电台农民频率《庄里庄外》首发的一篇广播新闻专题，主创人员为孙月、孟晓光、杜震、焦新活。作品获得第24届中国新闻奖广播新闻专题三等奖。

三北防护林大面积衰亡，事关京津、华北等广大地区气候和环境，题材重大。记者深入张北县多个三北防护林林场，采访了多位农民、林业部门工作人员，客观全面地了解了三北防护林的衰亡现状。随后又采访专家，请专家剖析原因，提出对策。

作品按照现状、作用、原因、对策的思路层层解析、条理清楚。作品对杨树的生长规律、防护树种的选择和轮作知识、“三北防护林”的生态地位、北京环境的历史和现状态势、有关新闻报道和造林工程的关联、造林工程的效果、植树利益链的关系、新的生态补偿方式探索，都做了一次很好的科普，知识点丰富，信息量很大。

案例分析：《“数字敦煌”工程让敦煌文化遗产得以永续留存》评析

这是2014年8月1日17时整甘肃省广播电影电视总台青少广播《资讯在线》首发的一篇广播新闻消息，主创人员为王心怡、王成梧、李艳芬、王磊。作品获得第25届中国新闻奖广播新闻消息一等奖。

自1979年对外开放以来，敦煌莫高窟已经接待中外游客近千万，旅游旺季单日游客纪录不断被刷新。大量游客在某一时段内集中参观，对古老的石窟构成了威胁。为给洞窟赢得“休养生息”时间，也为给游客提供更好的参观体验，敦煌研究院历时十多年打造“数字敦煌”工程，使得敦煌文化遗产得以永续留存成为现实。

作品对这一文化遗产保护的进步予以关注。作者及时捕捉有用信息、选取典型场景和精彩语言,通过被采访人、权威人士的口,介绍了过去游客欣赏与文物保护难以协调的矛盾,解读了敦煌文化遗产“数字敦煌”的做法和原理,展望了文物保护的前景,脉络清晰,条理清楚,为听众传递了相关的情况和知识,让听众获得了大量的信息。

案例分析:《住在涵洞为讨薪》评析

这是2014年11月15日19时10分内蒙古广播电视台经济生活频道《百姓热线》播出的一期电视新闻访谈节目,主创人员为雷蒙、范有涛、刘小飞、满都古勒、马吉、乌勒等。作品获得第25届中国新闻奖电视新闻访谈一等奖。

这是一则媒体介入调查一桩具体的农民工讨薪事件的报道。

冬季的呼和浩特异常寒冷,一群来自四川省的农民工住进了京藏高速路下的涵洞中,一住就是七天。2014年11月13日,内蒙古广播电视台《百姓热线》栏目接到了这些农民工反映讨要拖欠了四年的工资问题,栏目组第一时间派记者奔赴工人住地了解情况。

由于此事件和工程涉及呼和浩特市回民区教育局、呼和浩特市铁一中、呼和浩特市回民区政府、呼和浩特市回民区人社局、建设公司、劳务公司,因此栏目组分别找到了相关单位、部门各企业的相关负责人,了解欠薪的情况。栏目组经过认真调查,了解各方具体情况后,栏目组掌握了事情的来龙去脉,准确地予以报道。

《百姓热线》栏目介入后,呼和浩特市回民区人力资源与社会保障局同意调查该工程,并答应尽快解决。节目播出一个月后,呼和浩特市回民区政府和栏目取得了联系,调取《住在涵洞为讨薪》节目资料,和多部门进行核实,一一问责。12月20日这些来自四川的69位农民工终于领到了自己的工资(120万元)。

节目通过一个具体的农民工群体讨薪事件,把农民工讨薪的“难”、建筑市场用工制度的“乱”、劳动监察部门的“冷”等几种社会现象，通过电视画面展示给了广大电视观众。节目彰显了媒体人的社会责任感的同时，也显示出记者敏锐的洞察力，把一个事件中的包含的种种关系及其来龙去脉如实地展现给观众，“事理”清晰，也对问题的解决起了层层推进的作用。节目对于如何解决农民工讨薪难这一社会问题，起到了很好的示范作用。

此外，这则访谈还抓住了社会热点，这也是这期节目成功的一项原因(参见第三章第二节《正效》)。

案例分析:《起草报告，总理要求做不到的不写》评析

这是2014年3月6日《新京报》首发的一篇报纸新闻通讯(解释性报道)，作者宋识径。作品获得第25届中国新闻奖文字新闻通讯二等奖。

2014年，是李克强总理第一次做国务院政府工作报告，社会各界十分关心。政府工作报告是政府的年度施政纲领，是全国两会报道的重中之重。报道从深度解读政府工作报告出发，选题重大又具有独家性，满足公众信息需求，新闻价值凸显。

记者通过第一时间采访政府工作报告起草组核心成员，揭秘总理和新一届政府的施政思路，报告出炉过程，尤其是李克强总理是如何参与报告起草、对报告提出了哪些要求、报告如何吸取民意等。报道同时结合政府工作报告中公众关心的热点问题，进行了深度解释性报道，如7.5%的经济增速是如何设定的、回应雾霾等重大社会关切的初衷，以及总理作报告时脱稿谴责暴恐的内容。

作品突破常规的政府工作报告解读套路，没有过多解释报告的意义，而是揭秘起草过程和思路，用事实说话。通过报道，让公众了解到，总理自始至终参与政府工作报告起草，阐释了报告中体现的实事求是思想原则。标题“起草报告，总理要求做不到的不写”，更是让政府工作报告起草的总体思路一目了然，彰显了党中央领导下的新一届政府务实亲民的执政风格。

作品被数百家网站转载，多家平面媒体转发，各大媒体跟进评论。除了占据各大网站显著位置，在微博上、微信朋友圈也流传甚广，几乎被“刷屏”，网友评论踊跃，“做不到的不写”一时成为热门话题。有网友评论，我很少看关于报告的解读，但是这篇报道，我不仅看了，而且还觉得很好看，很有味道。

与作品报道的报告“拿干货”一样，作品本身也直击要点，体现了相同的“干货精神”，条理清晰，干净利落，开创了对事物事理的解释性报道的新追求。

案例分析:《石家庄破解水泥产能过剩难题调查》评析

这是2014年2月19日《经济日报》首发的一组文字新闻组合报道，作者为崔书文、顾阳、林火灿、王轶辰。作品获得第25届中国新闻奖文字新闻组合二等奖。

化解产能过剩，事关经济发展全局。石家庄水泥产能严重过剩，且空气污染严重。化解产能过剩与治理空气污染交织在一起，而主动爆破拆除水泥厂又具有足够的新闻性。16日，经济日报派出调研组赴石家庄调研采访。经过紧张而又认真的采写，调研组18日下午开始向报社发稿，并于夜里11点多将稿件发齐。总编辑张小影同志亲自指挥，并在夜班督阵，指导编辑对稿件进行精心编辑和安排。19日，经济日报推出了三个整版的特别报道，详细解剖石家庄破解水泥产能过剩、拆除水泥厂中，“为啥拆”“如何稳”“怎么转”这三个重要命题。在其他媒体还处在消息传播阶段时，这组报道从深度视角切入，形成了冲击力和影响力，显示出独特的报道风格和水平，社会反响良好。

这一组系列报道对石家庄破解水泥产能过剩难题进行了全方位、立体式的调查，对问题进行了深刻的剖析。通过对为啥拆、如何稳、怎么转的分析，使读者全面理解破解石家庄市水泥产能过剩这一问题的迫切性和重要性。

这一组系列报道刊发以后，在石家市当地，乃整个河北省，水泥行业都产生了巨大的影响。人民网、新华网、中新网、新浪网等网站也纷纷转载，影响较大。

记者带着责任深入一线，悉心调查了解各种复杂情况，从中探究化解难题的思路和举措，提出一些有参考价值、借鉴价值、启示价值的意见建议，十分必要也十分有益。这类从工作实践、基层一线得来的调查性结果，不论对宏观决策层，还是中观管理层、微观操作层，都有现实意义。其中的历史、现实、问题的来龙去脉，交代得清清楚楚，条理清晰。

案例分析：《我在基层蹲点——方芳看急诊》评析

这是2013年1月8日至5月7日《北京日报》首发的一组文字新闻系列报道，作者为方芳、李学梅。作品获得第24届中国新闻奖文字新闻系列报道三等奖。

2013年初，记者到朝阳医院急诊科挂职3个月，同时在北京日报一版开设栏目《我在基层蹲点——方芳看急诊》。

“急诊是个小社会”。记者选取了6个鲜活的故事来展现急诊这个小社会，分别是《16张床的抢救室挤进47位病人》《深夜，100分钟的心外按压》《一台意外的加急手术》《无人认领的病人》《一个在急诊住了两年的病人引发的思考》《不急的急诊病人》。6篇报道，内容鲜活，主题深刻，既反映医生的辛苦和压力，也描述患者的无奈，更揭示了医疗资源配置不合理等一系列深层次问题的原因。

“急诊永远少一张床”，这是医疗业内的一句流行语，也是患者与急诊科矛盾的焦点。记者看到，正常应该配置16张抢救床的急诊抢救室，居然塞进了47张病床。通过挂职和采访，记者发现，急诊紧张的不仅是床位，还有设备不够、面积不够的问题，最重要的是医护人数不够。这里面，有病人激增后医疗机构硬件软件都不匹配的问题，也有医保政策中的引导问题。

“三不了”病人是指“治不了的，好不了的，回不了家”的病人，很多急诊留观病床被这些病人占了。压床，成了困扰急诊多年的顽疾。因为患者压床，很多该收进来的患者没法收治。压床的现象有病人个人原因，有医院的原因，也有医疗资源配置的问题。

此系列报道在北京日报一版陆续见报后，在医务人员中间引发了很大的社会反响，一些医务界读者打来电话表示，在医患关系紧张的当下，非常需要这种真实感人又有沟通作用的新闻报道。此系列多篇报道被北京市委宣传部评为“走转改”好新闻。记者也因此报道被北京市卫生局评为四名优秀挂职记者之一。

作品讲述了一个个令人深思的现实故事，也梳理出背后种种深层次问题，对其中种种原因和关系分析透彻，条理清晰。报道不仅分析了问题，有的还提出了解决问题的建议。

案例分析：《“树坚强”筑起三峡库区消落带“绿色长廊”》评析

这是2013年9月17日20时重庆市万州广播电视台综合广播《三峡新闻网》首发的一篇广播新闻消息，主创人员为吕治、吴狄。作品获得第24届中国新闻奖广播新闻消息三等奖。

记者与负责消落带治理的当地科委和林科所多次联系，到当地江边的多个栽植区域实地采访，从栽植达四年的最早的中山杉到栽植一年的以及中山杉的苗木培育基地，通过实地调查了解，相关人员的采访，获取了大量第一手资料。再结合查阅的三峡库区消落带治理以及中山杉这一树种的背景资料，经过反复筛选，编辑完成这篇稿件。

消息以“中山杉”这一乔木为切入点，以三峡库区消落带治理这一生态难题为背景，以生动的笔触报道了中山杉经受的栽植试验，如何顽强存活并逐步成林，最终成为治理消落带生态问题的坚强卫士。该消息运用大量真实的数据，结合记者现场描述以及专家采访，深入浅出，层层递进，条理清晰，有科学内涵，又不失生动鲜活，具有很强的新闻性和可听性。

案例分析：《村级卫生室之问》评析

这是2013年8月22日至24日扬州广播电视台新闻频率《985早

新闻》首发的一组广播新闻系列(连续)报道专题，主创人员为庞丹阳、王浩宇、丁志新。作品获得第24届中国新闻奖广播新闻系列报道二等奖。

2013年，“新医改”步入深水区，然而，新医改的着力点——基层医疗依然面临投入不足、人才缺失的窘境，乡村医生的人才流失已经严重影响到基层医疗卫生事业的发展。

2013年8月，在接到一位村民关于村卫生室长期不开门的投诉后，扬州电台新闻频率记者没有简单停留在投诉的个案解决上，而是走村入户，以三位不同乡镇、不同经历的乡村医生为切入点，步步深入、抽丝剥茧地展现了乡村医生和村卫生室面临的生存难题。三篇报道明线写人，暗线叙事，点面结合、层层递进，通过细致理性的论证分析，探索让村医尴尬现实背后的缘由。

系列报道播出后，引起卫生部门的高度重视，着手在村医待遇问题上设立专项资金，探索在编制、待遇、出路等方方面面给予村医们全面的保障，获得了良好的社会效益。

作品一方面从村医平凡岗位上，提炼令人动容的人生故事；另一方面通过记者的一路走访与思考，展现基层医疗机构的生存困境，挖掘现实背后的症结，寻求解决问题之道。作品结构严谨、分析透彻，给社会以思考与启示。

第三篇 “正奇”眼

在中国传统文化中，有“正奇”之说。世上的解释，有说“正”是“正常、常态、常规、正用”的意思；“奇”是“异常、异态、变异、别用”的意思，也有说“奇”是“余奇、多余、余出、余下、不正规”的意思，念“jī”，第一声。中国古代哲人和兵家对这组元素较为重视，曾作出过一些研讨叙述，如：“以正治国，以奇用兵”（老子《道德经》），“奇正相生”（《孙子兵法》），“奇正之变，不可胜穷”（《孙子兵法》），“守正出奇”（《孙子兵法》），“以正合，以奇胜”（《孙子兵法》），“己二而敌一，则一术为正，一术为奇；己五而敌一，则三术为正，二术为奇”，（曹操《新书》），“臣按兵法，自黄帝以来，先正而后奇，先仁义而后权谲”（《唐太宗与李靖问对》），等等。

我们在此借用“正奇”这组概念来探索分析和评价当今中国新闻现象和作品，用“正”表示“正常、正当、常态、正范”等意义，用“奇”表示“奇特、奇变、异态”等意义。

有时，一个事实，时间、地点、人物、事件俱全，甚至也相当“奇”了，但还不一定能成为新闻。这就要说到新闻的一些重要的属性，就是这个事实，还要是人们“应知”或“欲知”的，还要有人们“应知”或“欲知”的成分，这样人们才觉得它值得去认知，才有去认知它的动力。这样，它也才能成为新闻，成为有新闻价值的新闻。在这里，我们用“正”“奇”来对应“应知”“欲知”的属性。在“奇正”这个框架里，相对来说，“正”对应着“应知”的成分多一点，“奇”对应着“欲知”的成分多一点。

“正奇”是一对矛盾的统一体，就像“阴阳”“虚实”“内外”“刚柔”等系统一样。“正”“奇”是一个矛盾中存在着的两个方面，它们互相对立，又互相依存，统一在一个矛盾统一体中，并且在一定条件下可以互相转化。就是说，在一定条件下“奇”又是“正”，“正”也是“奇”；“奇”中有“正”，“正”中含“奇”。近几年获得全国新闻奖的新闻作品中，就有不少这样的例子。例如，《辽宁在全国首开“雾霾罚单”，八城市被罚》，这是“正”中有“奇”。“正”是指这是应录入史册的正选的内容方向，“奇”是指这事是少有的、以前没有过的。《我国科学家在国际上首次“看见”氢键》,是“奇”中含“正”。“奇”是指少有、罕见,“正”是说这是应报的“历史记录”。《鹿泉GDP增长率排名倒数,反获全省经济发展先进县(市)第一》,这是“奇”中含“正”,“奇”是指少有、罕见,“正”是说它正应了社会的关切。

分析“正”“奇”,如能同时展开最好理解,可惜文的排列一定有先后之序,无法同时表述。在此,我们且从先“奇”后“正”之序。

第五章 “奇”眼

一个事实，时间、地点、人物、事件等元素都有了，还不足以成为新闻，充其量只是一个“事件”，一个“故事”。

一切文体形式，都有自己的特质，小说的情节，戏剧的冲突，散文的形神，诗歌的浪漫，说明的明晰，广告的夸张，都在表现自己与其他形式的不同，都在以自己的特质把自己与其他形式区分开来。那么，新闻的特质是什么呢？过去有人说，新闻的特质，就是猎奇。虽然这一说法曾受到质疑和批评，但不可否认的是，发现和报道现实中的“新奇性”，是新闻得以体现自己的新闻价值的一个重要方式，也是新闻区别于其他文体的特质。新闻人常说，狗咬人不是新闻，人咬狗才是新闻。说的就是新闻的寻奇求异的特质，里面更蕴含了人的喜新好奇的本性，也是新闻的起源。

一个“事件”、一个“故事”要成为新闻，还要具备新闻的这个特质——“新奇性”。当然，这里的“新奇性”要是受众未知的，要有“新鲜度”，这样人们才有去认知它的兴趣，新闻也才成为新闻。

知道了新闻的这一特质，就会知道，我们看新闻，还要看一个元素——“奇”。

“奇”，我们还可以将它分为“新奇”“奇趣”“奇应”三个方面来看。

在此要提示的是，前面的篇章所涉及的元素，多是现实的存在，是客观性较强的。《奇》这一章，所涉及的元素与前面篇章的元素有所不同，《奇》这一章所涉及的元素，多带有一定的主观性的色彩，主观性的成分。

“奇”，本来就与人的主观感受相关联。新闻的采制也有主观的操作，探讨主观作用的影响，是顺理成章的事，是不应避讳的。

在整个《奇》这一章，主观性的色彩逐渐变浓，到《奇应》一节最浓。这点读者可留意鉴别。

第一节·新　奇

时间、地点、人物、事件俱全，还不足以成为新闻。就像说，“今天早上张三在家喝了一杯水”，一般来说不是新闻，还要有一定程度的“新奇性”“反常性”，才能具有一定的新闻价值。如果说：“今天早上张三在家喝了一杯水，是用鼻子喝进去的”，就有了一定的新闻价值；如果再进一步交代：“这是自助鼻饲器专利设计在我省的第一次试用”，那么它在该省的新闻价值就更大了。这里面就体现出“新奇性”“反常性”是新闻的特质的这个道理。

一个现实的事实具备以后，是否“新”是否“奇”，就成为它是否能成为新闻的一个重要因素。

“新奇”，可分三个方面来考察：1. 新鲜性；2. 标志性；3. 突变性。

1. 新鲜性。

新奇的“新”，就是“新鲜”。“新鲜”，就是新出现的一种特质，一个种类，或是一个独特的个体。如果是一个一般化的个体，一般不具有新鲜性。如果说，“母兔生了一只小兔”，一般不具有新鲜性，哪怕它是新出现的一个个体。如果说，“母兔生了一只老兔”，那就具有了新鲜性，因为这里面有新出现的一种特质。如果说，“母兔生了一只小老鼠”，那也具有了新鲜性，因为这里面有新出现的一个种类。

奇特的、少有的、罕见的、稀奇的，都是形容“新鲜”常用的词。总体来说，“新鲜”，对应着人的“未知”心理，因为“未知”，所以“新鲜”。

2. 标志性。

有一种“新奇”，不但很新奇，某种意义上还可以说是最新奇的，它就是标志性。它带有一个明显的标志——或是“唯一”，或是“第一”，或是

“最末”，或是其他方面的“之最”。我们把标志性单独列为一点，以区别于有的标志不明显的“新鲜性”。

“第一”“唯一”有新奇性，这些好理解，“最末”也有新奇性，这怎么理解？

“最末”，其实是某种意义上的“第一”，如人们常说的“倒数第一”，它在一些时候也会有新奇性。如“中国最后一台前进型蒸汽机车退役”，就是说，这样的事，以后再也不会发生了。它往往标志着一个时代的结束，同时，也标志着一个时代的开始。在这个意义上说，它也是一种“第一”，一种新奇。

3. 突变性。

新奇，往往来源于变化。但是，有的变化是渐变的、缓慢的，不但是新闻报道的时间特点难以反映，就是人们的时段认知也难以觉察到明显的变化。这样，就很难让人感到“新奇”了。所以，新闻说的“新奇”，是有“突变性”的“新奇”。只有“突变”，才有明显的变化，才能带来“新奇”。这就是我们要考量“新奇”的“突变性”的缘由。

近几年获得全国新闻奖的新闻作品中，有的以表现出人意料的“新奇”见长，直接有效地提升新闻价值，是对新闻规律的认识坚守于心、持之于行的纯粹的新闻崇道者。

案例分析：《辽宁在全国首开“雾霾罚单”，八城市被罚》评析

这是2013年12月11日7时04分辽宁广播电视台综合广播《新闻大视野》首发的一篇广播新闻消息，主创人员为那其灼、林凌、郭亚男。作品获得第24届中国新闻奖广播新闻消息一等奖。

2013年12月，辽宁省发生了一件全国之“首”的新闻事件——12月10日，辽宁省环保厅正式公布了对该省环境空气质量超标的八个城市的处罚措施，被称为在全国首开“雾霾罚单”。作者在短时间内紧紧抓住“雾霾罚单”罚多少、为什么罚、产生了怎样的效果等几个方面，简明而完整地交代了全国首开的“雾霾罚单”的内容、影响和作用。

说到“雾霾罚单”的内容，消息这样交代：“此次罚款，是依照《辽宁省城市环境空气质量考核暂行办法》中的规定，对造成雾霾天气的主要污染物进行监测考核，超标越多罚款越多。因此，这份罚单也被称作‘雾霾罚单’。”

说到“雾霾罚单”的影响，消息这样交代：“在被处罚的城市中，省会沈阳的空气质量超标最为严重，单单是今年前三个月，沈阳的空气超标天数比例就超过了70%，空气污染程度创下近53年之最，沈阳也领到了最重的一张罚单。沈阳市环保局相关负责人坦言，面对全省倒数第一的现实，压力很大（出录音：我们是省会啊，各项工作在全省都是第一第二，在环保这个事我们被罚的最多，这种压力我们已经感受到了。只能更严格执法，更严格地监管，更有效地改善环境）。”

说到“雾霾罚单”的作用，消息这样交代：“辽宁省社会科学院低碳发展研究所所长毕德利表示，全国首开罚单，意味着辽宁的空气污染治理已经拿出了硬措施（出录音：这个罚单就是一种问责，他首先代表了一种责任，空气质量不好，我们的政府部门是要负责任的。另外就是空气治理不力，要受到处罚。而且，这种处罚是有法可依、有章可循的，这种实实在在的措施让我们看到了希望）。据了解，这次罚缴的5420万元罚款将全都用于辽宁的大气治理蓝天工程。”

案例分析：《中国首次进行太空授课》评析

这是2013年6月20日新华社《中英文大广播》首发的一篇文字新闻消息，作者为任珂、赵薇、白瑞雪。作品获得第24届中国新闻奖国际传播（文字消息）二等奖。

中国航天员首次太空授课是神舟十号载人航天项目最受关注的新闻。这条消息简明扼要地展现了这一重大事件的过程，突出了中国航天事业为人类发展进步带来的积极正面影响。

稿件以滚动报道形式保证了新闻时效性，实现了全球首发，太空授课与地面听课呼应，稿件富于人情味和易读性，穿梭于历史、现实和未来之间，行文符合海外受众阅读习惯，精准生动，使人如临其境。

纽约时报、美联社、英国BBC、英国卫报、澳门日报、大众报、华侨报、中国日报、人民网、环球时报、中国网、央视新闻网、国际在线、新浪等海内外媒体广泛转载，被英国新闻聚合网站Solibreak链接，在Twitter上被众多海外网友推荐。

——中国进行太空授课是首次，广大学生和普通民众从航天的旁观者变成参与者也是首次，有着划时代的历史意义。

案例分析:《吉林省海外粮食基地首批三万吨水稻回运》评析

这是2013年12月16日7时16分吉林人民广播电台FM100.1资讯广播《直播都市》首发的一篇广播新闻消息，主创人员为刘海英、淳于慧雪。作品获得第24届中国新闻奖广播新闻消息二等奖。

建立海外粮食基地，确保国家粮食安全，是我国实施农业走出去战略的重要内容。2013年12月，吉林省在俄罗斯滨海边疆区哈罗里区租赁土地种植的水稻，首次通过吉林省珲春口岸运送回国。作者获得相关消息后，一直与相关部门保持联系，了解项目发展动态，及时跟进，并在水稻首次运送回国的当天，赴珲春口岸进行现场采访，用简洁、高效的形式及时进行报道，产生了良好的宣传效果。该节目于2013年12月16日在吉林人民广播电台FM100.1资讯广播《直播都市》栏目中播发。

这篇稿件经广播播出后，让受众知道吉林省已将粮食种到了海外，也让受众了解粮食工作者所具有的国家意识和社会担当。记者的跟踪报道让稿件占据了首发先机，拔得头筹，故而获得2013年度吉林省广播电视节目评奖中获得广播新闻短消息类一等奖，2013年度中国新闻奖广播新闻短消息二等奖。

——“首次”里面，往往有着满满的新奇。

案例分析:《一着惊海天——目击我国航母舰载战斗机首架次成功着舰》评析

这是2012年11月25日《人民海军报》1版首发的一篇报纸新闻通讯,作者为蔡年迟、蒲海洋。作品获得第23届中国新闻奖文字新闻通讯三等奖。

这是人民海军报社一篇独家记述我国首艘航母舰载战斗机首架次成功着舰的通讯。

航母建设承载国人百年强国强军梦想,而只有舰载战斗机成功着舰起飞,中国首艘航空母舰——辽宁舰才是真正意义的航母。因此,舰载战斗机首架次着舰飞行,成了国人关注的事情。而且。舰载战斗机着舰是“刀尖上的舞蹈”、世界公认的高风险难题,其过程更是引人注目。本文抓住歼—15舰载战斗机首次成功着舰这一最具历史意义的时刻,采用现场特写的写法,生动再现了举世瞩目的我国航母舰载战斗机首次成功着舰那惊心动魄的一刻。稿件刊发后,在广大读者中产生强烈反响。新华网、人民网等网络媒体在第一时间对稿件进行了转载,读者认为,此稿抓住了舰载战斗机上舰中最精彩、最关键的一环,回答了大家关注的热点问题,既是一篇集新闻和史实的佳品,又是一篇振奋人心、凝聚正能量的精品,具有极强的可读性和收藏性。正像通讯结尾所述:“咔嚓!”“咔嚓!”……随着照相机的快门声响起,中国第一位成功着舰的航母舰载战斗机飞行员的风采,定格在人们的镜头里,镌刻在共和国的史册上。

——新奇的定格就是成功的新闻作品。

案例分析:《群众自治“人心旺”——成都城北改造带给“中国式拆迁”新启示》评析

这是2012年12月25日至27日四川广播电视台FM98.1《天府早新闻》首发的一组广播新闻系列报道,主创人员为陈军、张欣、李小霞、吕丹、苏可夫。作品获得第23届中国新闻奖广播新闻系列报道三等奖。

“中国式拆迁”是当前重大社会敏感焦点,在舆论场中充斥负面新闻及官民的情绪对立。从2012年3月成都市在“城北改造”民生工程中率先全国探索“群众自主自治拆迁”这一新思路。作者连续数月在成都市成华区青龙街道、金牛区荷花池、曹家巷等改造地标深入走访报道，亲历见证“群众自治”拆迁改造的全进程。2012年年底，青龙街、荷花池、曹家巷迎来拆迁改造的关键节点，作者从中顺利抓取到生动而富有历史感的现场影像声音，并集中推出该系列报道。于2012年12月25日—27日四川广播电视台的FM98.1《天府早新闻》中播出。

报道从重大社会敏感议题“中国式拆迁”着手，以成都“北改”民生工程采取“群众自治”推进改造的实践为抓手，刻画出了基层群众群策群力、发挥群众主体作用，与政府合力助推和谐“拆迁”、共创小康生活的生动画卷。展示出成都“北改”工程中的“群众自治改造”这种基层民主模式和社会管理新兴模式的亮点与价值；挖掘“群众自治”这种基层民主新型实践的成功原因与启示，以及对全国旧城改造拆迁的样本示范作用。

——新事物，新做法，新启示，有超高的新闻价值。

案例分析：《三访中干渠——南陵全国率先试点农田水利建管体制改革纪实》评析

这是2013年10月8日《芜湖日报》一版首发的一篇报纸新闻通讯，作者为刘光、赵云涛。作品获得第24届中国新闻奖文字新闻通讯二等奖。

习总书记2013年“两会”在安徽代表团审议时指出，做好新形势下的“三农”工作，关键在向改革要活力。小农水大问题：全国有2000多万处小型农田水利工程严重老化，对此中央领导对小农水工作都有专门论述，且在2013年中央1号文件指出：“要深化水利工程管理体制改革，落实小型水利工程管护主体、责任和经费。”

作者持续跟踪此项改革，通过一个试点项目探索全国小农水建管体制改革大课题。报道突出农民首创精神与政府顶层设计的结合，采访深入，从获知新闻线索到采编发表历时1年多，最终于2013年10月8日《芜湖日报》一版刊发。

本文选取项目建设前中后期三个时间节点,配发三张图片,直观真切地解答小农水项目"谁决策、谁建设、谁管护"的问题,并阐述试点对基层民主和农村组织建设的有益探索。报道结语处,作者拓开视角,写道:"三访中干渠,我们看到了农民主体地位得到充分确认所激发的首创精神;看到了中央与地方利益格局在简政放权中的正向调整;看到了"顶层设计"与"基层摸石"协同开辟改革新路径的不懈努力。我们期待农田水利建管体制改革加快探路,更期待中国改革释放更大'红利'……"

报道见报后,《人民日报》《农民日报》等媒体纷纷将目光投向安徽农田水利建管体制改革和南陵试点情况,多家网站转载。

——"农民首创精神与政府顶层设计的结合",是"首创"加"首创"的节奏吗?够新鲜。

案例分析:《"挡丑墙"揭了谁的丑》评析

这是2012年12月16日19时40分安徽泗县广播电视台广播综合频率《时事关注》首发的一篇广播新闻消息,作者为张劲、单洁、魏敏。作品获得第23届中国新闻奖广播新闻消息二等奖。

这是一篇独家舆论监督报道,题材重大,主题深刻、批判有力。

2012年12月15日,记者一次乘车路过安徽泗县大刘村,发现村庄前面多了一堵墙,有些工人还正在粉刷墙壁。记者立即下车,直接到群众家中,听听他们对这堵墙的意见。而群众的意见也非常尖锐和深刻,直称这堵墙为"挡丑墙",是"形象工程","他们为了政绩,才垒这样的墙","外面光,里面脏"。记者只是把群众的声音直接记录下来,然后稍加整理,写成这条消息。

新闻播出后,大刘村立即停止了施工。当地政府也以此为鉴,开展了求真务实大讨论活动。

——反面的新奇事,够新鲜。

案例分析:《世界首例青海蒙古族人"生命密码"成功获得并有效破译》评析

这是2013年7月20日《青海日报》一版首发的一篇报纸新闻消息,作者为陈芃、赵静。作品获得第24届中国新闻奖文字新闻消息二等奖。

这是一篇报道科学研究获得重大突破的消息。

破解人类遗传密码计划,与曼哈顿计划、阿波罗登月计划,被并称为20世纪人类自然科学史上三大科学计划。2013年7月19日,世界顶级遗传学杂志美国《科学公共图书馆——遗传学》宣布,世界首例青藏高原蒙古人全基因组序列图谱(命名为"天骄一号")被成功绘制并有效破译。这是由青海大学(格日力教授)与美国犹他大学科技创新联盟(琳恩·焦德教授)共同(领导)绘制和破译的。"天骄一号"是继"炎黄一号"全球第一例中国人标准基因组序列图谱)后发布的我国在这一领域又一重大国际性学术成果。这一突破对于研究人对一些环境的适应性具有里程碑意义。

案例分析:《利益面前,干部退一步 虹桥镇二次改制突出"公平共享",干部退股、再次分配》评析

这是2013年8月29日《解放日报》一版首发的一篇报纸新闻消息,作者为徐蒙、谢金晶。作品获得第24届中国新闻奖文字新闻消息一等奖。

作者在参与群众路线教育实践报道中,发现上海闵行区虹桥镇刚刚完成的"二次改制"中干部退股、集体资产重新分配的鲜活素材,采写短消息并由报社配以短评,于2013年8月29日的《解放日报》一版要闻中首发。报道抓住上海虹桥镇集体经济"二次改制"中干部退股的新鲜事,从小切口提炼出城乡一体化进程中让广大农民平等参与现代化进程,共同分享现代化成果的大主题,与十八届三中全会决定提出的有关城乡一体化改革方向高度契合。

这既是群众路线教育实践报道的一次创新,也是以小切口反映改革重大主题的一次尝试。

深化改革就要触动利益;调整利益格局,干部就要带头让利。有了这两点,再难的改革也能推进。这对深入开展群众路线主题教育实践活动,全面深化改革,都有很强的指导性。报道刊出后引发广泛关注,为群众路线主题教育实践活动提供了一个鲜活的典型,人民网、新华网、凤凰网、中新网等主流媒体网站转载。

——新做法,触及机制,触动利益,够鲜活。

案例分析:《三一集团关联公司在美起诉奥巴马获胜》评析

这是2014年7月17日《湖南日报》首发的一篇报纸新闻消息,作者唐爱平。作品获得第25届中国新闻奖文字新闻消息三等奖。

这则文字消息报道的是三一集团关联公司在美起诉奥巴马获胜这一具有标志性意义的事件。

2012年9月,三一集团关联公司罗尔斯公司拟收购位于美国俄勒冈州海军军事基地附近的4座风力发电厂。但奥巴马政府和美国外国投资委员会(“CFIUS”)以威胁国家安全为由,下令阻止这一并购行为。2012年10月,罗尔斯公司起诉奥巴马政府。1年多之后,2014年7月,美国哥伦比亚特区联邦上诉法院就此案裁定三一集团关联公司获胜。这一事件,对于走出国门的中国企业而言,开启了在美成功维权先例,是一次具有标志性意义的事件,国内外关注度非常高,消息刊出后,人民网、新浪网、凤凰网、和讯等门户网站竞相转载。

——标志性,往往就是新鲜的。

案例分析:《余姚“道德银行”助好人创业——28个村200多农户凭道德积分获千万元信用贷款》评析

这是2012年12月16日《宁波日报》首发的一篇报纸新闻消息,作者为杨静雅、谢敏军。作品获得第23届中国新闻奖文字新闻消息三等奖。

2012年5月开始,余姚市农村合作银行和余姚市文明办共同推出“道德银行”,在表彰的同时,还以获得低息无抵押无担保贷款的方式对

“好人家庭”进行奖励，帮助“精神富有”者通过创业实现“物质富裕”，引导大家争做好人好事。《宁波日报》2012年12月16日报道了这一事件。

加强道德建设、加快社会主义核心价值观培育，提升公民道德水平，促进社会风气好转，是当前亟待解答好的严峻课题。此消息是宁波日报记者在“道德银行”推广到一定规模且显现出改善社会风气效果情况下所写，动态事实中暗含深度，使余姚“道德银行”的典型性和可推广性一目了然。

余姚“道德银行”是党委和政府主导建立的道德绩效和奖励平台，启示各级党委和政府：除了采用传统的宣传和教育方法，还可以采用行政措施和经济杠杆推进道德建设。“道德银行”具有全国范本意义和推广价值。

报道挖掘深刻。报道不仅有动态案例，还有群众自述、银行方面说法、专家观点，清晰地阐明了开设“道德银行”不仅符合金融政策、符合《中国人民银行贷款通则》“恪守信用”申请贷款的条款，而且对推动精神文明建设具有重大意义。

报道刊出后，人民网等多家媒体转载，央视新闻联播对“道德银行”予以报道；国家社科基金“推进政务诚信、商务诚信、社会诚信和司法公信建设研究”项目组专程赴余姚调研“道德银行”；宁波市委领导批示要求宁波各地借鉴、推广“道德银行”，目前已有部分地区推行，浙江德清等地也学习余姚经验，推广“道德银行”；浙江省农村信用社联社、人民银行宁波中心支行相关领导调研此事。至2013年4月底，余姚已有58个村的479个“好人家庭”从“道德银行”获得低息贷款授信近4000万元，未出现逾期还款者。

——创新探索，新鲜。

案例分析：《我国新能源汽车首次出口美国》评析

这是2014年9月3日17时合肥市广播电视台《一路领先》栏目首

发的一篇广播新闻消息，主创人员为洪卫、吴蔚群、鲁捷。作品获得第25届中国新闻奖广播新闻消息三等奖。

江淮新能源汽车出口到以美国为代表的发达国家，表明中国电动汽车制造已经达到了国际先进水平，中国品牌轿车打开欧美市场的梦想在新能源汽车领域取得新的突破，这是中国民族汽车工业发展史上的标志性事件。

——标志性事件，表明了水平，也表现了新鲜。

案例分析:《甩掉一只马桶有多难》评析

这是2013年12月29日《苏州日报》首发的一篇报纸新闻通讯，作者刘晓平。作品获得第24届中国新闻奖文字新闻通讯三等奖。

马桶曾是苏州等江南地区古城民居一大特点，但也成了江南全体百姓都过上现代化生活的障碍。小小一只马桶，承载着旧的生活方式，反衬着古城保护、民生改善的“老大难”问题:受制于古城基础设施欠账多、建设“红线”规矩多、居民拆迁难等，要甩掉马桶，牵一发而动全身，工程浩大，不可能毕其功于一役。

2010年，苏州市下大决心，投23亿元，实施城区居民家庭“改厕”工程，打响了消灭城区最后2万余只马桶的“歼灭战”，让最后两万余户居民告别“马桶生活”，共享改革发展成果。2013年12月28日，工程宣告完工。

作品以工程宣告完工这一新闻事件为切口，通过梳理工程实施中遭遇的资金、技术和全覆盖等难题及破解方案，还原了老大难问题被攻克的历史，记录了“改厕”工程为苏州古城保护、民生改善带来的可喜变化。

作品主题重大，报道节点重要，脉络清晰，细节生动。

作品见报后引起各界关注，光明网、搜狐网、中国苏州等多家网站全文转载，很多“改厕”建设者、受惠居民来电来信对报道给予好评。

——只是想知道，最后、最后的那只马桶存好了吗?

案例分析:《石家庄市民李玉法告赢民政部》评析

这是2014年4月29日7时12分河北人民广播电台FM107.9河北电台经济频率《北方快车》首发的一篇广播新闻专题,主创人员为尚杰、龚月超、何金宝、杨美楷。作品获得第25届中国新闻奖广播新闻专题三等奖。

这则广播专题报道的是石家庄市民告赢民政部这一中国法治进程史上的标志性事件。

作品以小见大,通过石家庄市民李玉法告赢国家民政部这样一起普通却又曲折的案件,折射了公民法治意识的增强、国家部委依法行政观念的变化,凸现了中国法治的进步。

——凸现了进步,也凸现了鲜活。

案例分析:《把电信诈骗扼杀在最后一道关口 水果湖派出所全国首创“拦截奖”》评析

这是2014年1月11日《武汉晚报》首发的一篇报纸新闻消息,作者万勤、孙逊。作品获得第25届中国新闻奖文字新闻消息三等奖。

电信诈骗屡禁不绝是近年来的一个全国性社会难题,受害者涉及社会各阶层。武汉水果湖派出所在全国首创“拦截奖”,是对破解这一社会难题的有益有效尝试。这一创新做法不仅主题重大,而且新闻性强,具有很强的典型意义。2014年1月11日《武汉晚报》报道了这一典型做法,消息仅542字,获第25届中国新闻奖三等奖。

作品对“拦截奖”的实施过程作了阐述:

“去年2月27日,水果湖派出所为防止市民因电信诈骗蚀财设立了一个奖项,这个创意来自全国公安二级英模刘继平,并获得武昌区公安分局、水果湖街综合治理办公室的支持。不久,这项全国首创的奖项被市民亲切地称为‘拦截奖’。”

“所谓‘拦截奖’,是对及时制止、拦截电信诈骗案的见义勇为行为的专项奖励。奖励办法规定,发现在银行柜台汇款或者ATM机转账的受骗市民，并成功拦截的，分别给予当事人1500元、1000元奖励。对同一人多次拦截的，第三次之后每次奖励500元。奖励对象是银行工作人员或其他市民，民警除外。”

“1月3日，83岁的张爹爹来到兴业银行水果湖支行，准备将150万元转给骗子提供的‘安全账号’，汪经理及时发现了这个骗局并报警，最终成功拦下这笔巨款。”

作品还对“拦截奖”的实施效果作了交代：

“当天，‘拦截奖’的另外两名获奖者是汉口银行中北路支行经理汪莉、建设银行茶港支行经理张丽，他们分别领到了1000元、1500元。”

“截至目前，水果湖派出所已颁发‘拦截奖’45次，共4万多元。”

此稿见报后，公安部官网中国警察网以《武汉水果湖派出所全国首创“拦截奖”》为题刊发了报道，向全国公安系统推广这一做法。

案例分析：《有奖批评大会："奖"出真心话　"批"出生产力》评析

这是2013年3月31日19时40分淮南市广播电视台新闻综合频道《淮南新闻联播》首发的一篇电视新闻消息，主创人员为冯莹莹、李刚、刘晨、赵亮、魏向青。作品获得第24届中国新闻奖电视新闻消息三等奖。

有人花钱买表扬，但你听说过“有人花钱买批评”吗？安徽淮南市大通区洛河镇王庄村就通过别开生面的“有奖批评大会”，问计于民、问需于民，听民声、解民忧。2013年3月31日，淮南市广播电视台播出这则广播新闻消息，报道了这一“奇闻轶事”。

该条新闻围绕一场“有奖批评会”，真实展现了农村基层干部依靠群众、助推发展的新风貌。作品题材新颖，视角独特，现场感强，带着泥土味、充满草根香，较好地契合转变作风这一重大主题。

起初，记者是前往该村采访“美好乡村”建设的稿件，却正赶上村里在开“有奖批评会”。该村鼓励群众对村干部的工作挑刺，挑得好的还发奖励，这正是转变作风、践行群众路线的典型，于是，记者亲历了整个批评会，并深入采访了数名群众和村干部。

作品播发后,该村这种转变作风、依靠群众、服务发展的做法得到不少乡村借鉴。作品的播发对于该村来说是激励,也是监督。

案例分析:《请人装病免费住院,医院还给“奖励”》评析

这是 2014 年 3 月 5 日《三湘都市报》首发的一篇报纸新闻通讯,作者刘璋景。作品获得第 25 届中国新闻奖文字新闻通讯三等奖。

住院难、看病贵,一直是让人头疼的事情。可是,长沙市岳麓区一家医院却主动请有医保的老人去住院,而被请的人也是欣然前往,因为有钱领。作者调查发现,这样令人匪夷所思的事,其实就是骗保。作品真实地反映了长沙部分医疗机构的骗保过程,揭示了骗保现象发生的原因,同时明确提出了相关改革建议。

案例分析:《苏尼特牧民:赶着羊群上天猫》评析

这是 2014 年 12 月 22 日《内蒙古日报(蒙文版)》首发的一篇报纸新闻消息,作者乌日吐那斯图、赵双喜。作品获得第 25 届中国新闻奖文字新闻消息二等奖。

“12 月 18 日上午 9 时正,随着天猫商城鼠标点击,拥有地理标志认证和溯源认证的内蒙古苏尼特左旗羊肉,创造了在 48 小时之内摆上全国各地消费者餐桌的奇迹。”“目前,该旗已与顺丰速运公司达成合作协议,天猫商城销售的羊肉产品,在苏尼特左旗、锡林浩特、呼和浩特、北京、上海、成都等地区实现同城配送,外地 48 小时内到货。”

内蒙古日报蒙文版两位记者深入牧区发现此新闻线索,连夜赶到地处中蒙边境的苏尼特左旗,采访旗领导、有关部门、企业和牧户。亲眼目睹了新闻事实的发生,并拿到权威数据,写下了这一鲜活的、具有重要价值的新闻作品。该作品及时报道了世世代代在草原上生活的牧民,在政府指导下,转变观念,积极转变经营方式,采用耳标和二维码可溯源认证和显示地理标志,运用网络功能,让全国消费者认可并放心食用无污染苏尼特草原羊肉的新闻。

案例分析:《领导过问案件“打招呼”先登记　佛山禅城法院敲响干预司法警钟,4 年登记“过问案件”情形 2338 人次》评析

这是 2014 年 12 月 1 日《南方日报》首发的一篇报纸新闻消息,作者为刘冠南、周志坤。作品获得第 25 届中国新闻奖文字新闻消息二等奖。

这是记者贯彻落实中央精神,走基层“抓活鱼”的典型案例。党的十八届四中全会明确提出,“要建立领导干部干预司法活动、插手具体案件处理的记录、通报和责任追究制度”。记者在工作中,深入挖掘符合改革理念、贯彻中央精神、“先行先试”的基层实践,并敏锐捕捉到这个基层创新举措典型。

中国特色的人情社会向司法领域的渗透,导致“案件未进门,双方都托人”。稿件着眼于制度创新,敲响了干预司法的警钟,与四中全会强调全面推进依法治国的精神遥相呼应。稿件刊登后,被人民网、新华网等媒体广为转载,受到了最高人民法院新闻局、广东省委宣传部的高度肯定和表扬。

案例分析:《大田县的曾垂育,获得我省为省级及以上道德模范　提供的第一笔专属贷款　道德荣誉,贷来“真金白银”》评析

这是 2014 年 1 月 29 日《福建日报》首发的一篇报纸新闻消息,作者为陈亮、林丹、张知松。作品获得第 25 届中国新闻奖文字新闻消息二等奖。

这篇消息报道了福建省第一例为道德模范提供金融服务的事例。

2013 年 11 月,福建省委宣传部、文明办、中国银行福建省分行等联合下发《福建省道德模范金融服务实施细则》,为道德模范提供以纯信用为主的金融授信产品。这篇消息记述了来自大田县的省级道德模范曾垂育,获得福建省为省级及以上道德模范提供的第一笔专属贷款的事例。这位在洪水中冒着生命危险,抢救孩子、转移群众、抢修河堤的见义勇为模范,生活却十分艰辛,爱人陈幼香在一家小餐馆打工多年。这次,借着省里的好政策,曾垂育顺利申请到 50 万元的授信贷款,帮助爱人圆了创业梦。

金融政策惠及道德模范，具有良好的社会效应。消息很好地发挥了舆论引导作用，宣扬了社会主义核心价值观，它不仅可激励道德模范继续发挥榜样示范作用，还让人们进一步认识和体会到道德的价值，对推进全社会的道德建设有着积极的意义。

消息刊发后，得到福建省诸多金融机构、省级道德模范的关注。政府以切实有效、充满诚意的实际行动诠释对道德模范先进榜样的关怀和支持，向社会传递了正能量。此后，全省各地的许多银行也积极跟进对道德模范的金融服务。

文章经新浪、网易等众多知名新闻网站转载，引发了人们对这一政策的热议，推动了人们对道德模范的推崇。

案例分析:《儒学下乡，唤醒乡村文化基因——从乡村儒学现象看当代知识分子的社会担当》评析

这是2014年9月11日《大众日报》1版首发的一篇文字调查性报道，作者为李海燕、王学文、张国栋。作品获得第25届中国新闻奖文字新闻调查性报道二等奖。

习近平“曲阜讲话”中要求山东在弘扬优秀传统文化过程中要“创造性继承、创新型发展”。作品立足于这一大背景，呈现了一群知识分子走出书宅在儒学发源地开设乡村儒学讲堂，为乡亲们讲授优秀传统文化，重建乡土文明和乡村伦理秩序的实践。作者五下新闻发生地泗水县，两到北京，并到青州、茌平等地调研，感动于学者们积极参与社会建设的济世情怀，目睹了“儒学”走出书宅之后给乡村面貌、村民生活带来的实实在在的变化，领悟到乡村儒学建设是核心价值观建设和弘扬中华优秀传统文化的有效载体。

作品见报后反响强烈，被众多主流媒体转载，学者们的实践被称为“山东乡村儒学现象”，引发了社会各界关于“当代知识分子的担当与追求”大讨论，12位乡村儒学行动志愿者向当代知识分子发出倡议，牢记责任与担当,争做伟大时代的建设者。

儒学大讲堂在山东各地迅速铺开。山东采纳参加“山东乡村儒学现象”研讨会专家学者的建议,将公民道德建设和公共文化服务纳入科学发展考核,权重为35分。

案例分析:《宿州在全国率先“试水”土地流转信托》评析

这是2013年10月18日《安徽日报》首发的一篇报纸新闻消息,作者为何雪峰、曹珂。作品获得第24届中国新闻奖文字新闻消息三等奖。

安徽省宿州市在全国率先“试水”土地流转信托项目,是农村土地制度改革一次新尝试,对探索农村土地流转,服务“三农”具有很强的创新实践意义。

记者在安徽省传统农业大市宿州走基层的过程中得知这一新闻线索,了解到土地流转信托将让农民的土地使用权变成可保值增值的“资产”,今后有可能为他们带来更多收益,当即意识到这是一个重大题材,立即深入采访,不仅在田间地头走访了众多农村干部群众,了解事件的最新进程和他们的感受与期待,还采访、咨询了政府有关负责人和“三农”专家,对这一事件的意义进行深度开掘。

“与往常不同的是,他们劳作的这块土地一周前成为全国首个土地流转信托项目”,标志性的意义使报道很快引发全国广泛关注。稿件刊发后被国内100多家网站和报纸转载,全国众多主流媒体纷纷跟进采访报道,一些地方随后也进行了“解放土地”的新探索。

案例分析:《章开沅成为我国辞去“资深教授”第一人》评析

这是2014年4月16日18时03分武汉广播电视台综合广播《全市新闻联播》首发的一篇广播新闻消息,主创人员为杨刚、曾小曼、陈波。作品获得第25届中国新闻奖广播新闻消息二等奖。

先后四次请辞“资深教授”的华中师范大学原校长、88岁的著名历史学家章开沅,终于在2014年4月16日获得校方批准,辞去了终身制的“资深教授”,放弃了包括10万元年津贴的相关待遇。章开沅率先打破学术头衔终身制,成为中国社科界辞去“资深教授”第一人,对打破学术头衔终身制具有开创性的意义,社会影响巨大。2015年3月,中央已批准相关改革方案,规定院士统一在70岁从工作单位退休。2015年全国人大已经立法实行资深教授和院士退休的制度。章开沅辞去“资深教授”,也成为中国资深教授和院士退休制度演进史上的标志性事件。

第二节·奇　趣

西方经典新闻价值理论中有"趣味性"的要素,说的是新闻事实中和新闻中显示出来的一种情趣。

"奇",很多是跟人们的主观感受相关联的。有一种"奇",跟人们的主观感受关联较深,有时候完全就是寻求一种"趣味",一种"味道"。我们把这种"趣味""情趣"放入带有主观感受色彩的"奇"的视角中,进行分析考察,称其为"奇趣"。

对"奇趣"要注意三点:1. 趣味性;2. 冲突性;3. 人情味。

1. 趣味性。

受众不是没有思想、没有性情、没有情趣、没有爱好的人群,他们对新闻的接收是有选择的,思想、性情、情趣、爱好都是影响他们选择的因素。有的新闻,不一定多么重要,但因为其中有一定的趣味性,就容易被受众接收而传播。例如一则电视新闻报道说,"刚出生的双胞胎不停大哭。护士把双胞胎放在同一张床后,不可思议的事情发生了——两个宝宝似乎心有灵犀,都停止了哭泣……"这里面没有什么重要性,但它的趣味性,让它受到观众的喜欢。受众是有主观感受的,新闻的采制者当然就要照顾这种主观感受,照顾受众的爱好,照顾受众的趣向,就是新闻采制者要特别留意之处。所以说,趣味性中,有较大的新闻价值。

2. 冲突性。

奇突的、冲突性的事实成分是比较容易被受众感觉到、注意到的,也是比较容易引起受众的兴趣的。人的本性中,对于未知的事实,往往都希望自己比其他人知道得早一点、多一点、深一点。一个奇突的、冲突性的事实发生,对一个具体的受众来说,可能很快注意到了,同时他也会明白,其他的受众也会注意到。这样,他就会比较有兴趣尽快、尽多、尽深地了解这个奇突的、冲突性的事实。所以,奇突的、冲突性的事实比较容易引起人们的兴趣。

3. 人情味。

首先需要注意的是,这里说的“人情味”,不同于第三章《人》第三节《人情》中所说的“人情”。

西方经典新闻价值理论中的“人情味”要素的意义,常是指人的天性,以及人性化的处理。在具体表现中,有的列出冒险、浪漫、同情、两性、动物,甚至冒险、寻求刺激,等等。比如,说企鹅走路摇摇摆摆像个笨小孩,新闻中要是用类似的处理,就被认为有人情味,其实是在用人的走路姿态来想像企鹅、衡量企鹅的步态,所以觉得它摇摇摆摆像个笨小孩。

我们这里说的“人情味”,是指当代人性情中的向真、向善、向美、包容、同情、关怀等人类正面的、美好的情怀。新闻中表现出来的一种具体的人类正面的、美好的情怀,会提升作品内容的“人类兴趣”。(“人类兴趣”,美国麦克道格尔语:“在任何新闻中,如果主角中包括儿童、动物和妇女最好是美丽的女人的话,它的所谓人类兴趣就会因此而倍增。”转引自:闫志强《谈谈新闻价值及其六要素》http://www.niubb.net/article/728145-1/1/)

近几年获得全国新闻奖的新闻作品中,有的善于表现新闻事实中的“奇趣”,或在新闻制作时注意挖掘表现形式的“奇趣”,有效地提升新闻价值,是对人的认知的本性特质的认识坚守于心、持之于行的纯粹的新闻崇道者。

案例分析:《青海湖出现“龙吸水”奇观》评析

这是 2014 年 10 月 22 日青海广播电视台《青海新闻联播》首发的

一篇电视新闻消息，主创人员为张小宇、陈新云、谢荣、杨成盛、柳成、冷程等。作品获得第25届中国新闻奖电视新闻消息三等奖。

2014年10月20号上午9时50分，青海湖海心山北侧出现“龙吸水”壮观场景。在约40分钟内，先后共有九条“龙吸水”白色水柱从天空垂直与湖面相接，场面蔚为壮观。作者及时与当地取得联系，拿到第一手的视频资料，并及时结合这一奇观，采访了气象专家，给出了科学解释，揭示了这一独特的自然奇观。新闻画面具有震撼力，可视性很强。

案例分析:《南禅　素食》评析

这是2012年12月17日湖南广播电视台国际频道《湘当韵味》栏目首发的一期电视专题，主创人员为张子霖、刘承、欧波、唐宙杰。作品获得第23届中国新闻奖国际传播三等奖。

这是一则介绍湖南南岳的素食文化的电视纪录片。

自东汉末来，南岳便成了佛道两家神往之地。1700多年来，根深蒂固的宗教文化对南岳居民有着深远的影响，潜移默化之中，饮食习惯也随之改变。作为人文类美食纪录片，节目将南岳地区饮食的特点展露无遗，本期节目以“素”字贯穿全片，从食材采摘到加工到烹饪，从寺院到民间再到酒店，最后折回寺院，于轮回之间点睛——素，只在人心。

本期节目制作精良优点很多，而将当地“地情”特色的浓情融入，便是一个让人留下深刻印象的成功之处。

除了电视画面中的地方元素，就是在解说词和人物语言中，也发散着浓浓的地方韵味，浓浓的文化情趣。

——“1700多年来，根深蒂固的宗教文化对南岳居民有着深远的影响，潜移默化之中，饮食习惯也随之改变。尽管未有皈依亦非居士，每逢初一、十五或赶八月，宜居此地的人们大多数都会吃素斋拜山神以求富足安康。”

——“常年的采菌经验不会让老手在这熟悉的山林间空手而归。”

——“下汤后的雁鹅菌质松肉肥，口感丝滑、鲜嫩可口，乃素食之上品。南岳,一般农户都认为,真正天然的食材无需太多佐料,原汁原味才是素。刚刚制成的豆腐被切成长方形放入锅中煎熟,豆腐的细嫩外皮在高温下被煎至色泽金黄,再撒入蒜叶调味,一份外焦里嫩的家常豆腐便可起锅了。"

——"我们也是信佛,也是有一种信仰咯,一种理念咯,所以就全家人都吃素啊,前面的老人家活到八九十岁,都是吃素吃出来的。"

——"在多数南岳人的眼里,素食已经不是单纯的素食,这是一种文化认同,是生活的一部分。""在南岳,做好素食是厨师们的头等大事。要想成为一流的素菜大厨,仅凭色香味还不够,型也日渐成为了重要衡量标准。为此,像做"佛法蒲团"一般,大厨们将粤菜的盘艺与南岳的素食完美的融合到了一起。"

——"而在南岳做厨师有个不成文的规矩,寺庙里面一般上午 11 点和下午 4 点过堂吃饭,所以只要任何一个寺庙有需要,厨师们都会义不容辞地利用闲暇时间上山帮僧人做上一顿素食,然后再下山做自己份内的事。素菜馆大厨向清明说:'感觉进了这个素食,少杀生,感觉比以前好得多。平时我上山来,做完饭,大师都叫我到他那里去喝喝茶,给我讲一讲一些做人的道理,让我改变了很多一些以前生活的方法。'"

——"素材它是一个很单一的东西,如果你要想把一个素食做好,必须要有一个好的心境,心境不好,做出来的菜平淡无味,把心境调整好,你能把一个普通的东西做成天然美味。"

——"素菜就是一个字'心',心到了菜品就到了,心不到,菜品就没到。"

画里画外,字里行间,都散发出一股浓浓的南岳风情,还有浓浓的文化情趣。作品的这些"地情"和"奇趣"的韵味,让南岳的素食文化和佛道文化的正面形象走向世界。

案例分析:《重整河山待后生》评析

这是 2014 年 12 月 2 日 8 时中国国际广播电台华语环球广播《全景

中国》节目首发的一期广播新闻专题，主创人员为郑璐、朱旭。作品获得第25届中国新闻奖国际传播（广播专题）一等奖。

这是天津广播电视台策划采制一篇广播专题，节目披露了电视连续剧《四世同堂》主题歌《重整河山待后生》创作、录制过程中鲜为人知的故事细节。

电视连续剧《四世同堂》1985年播出后，主题歌《重整河山待后生》被经久传唱。当时主题歌进入录制阶段，我国著名曲艺表演艺术家骆玉笙先生应邀演唱这一用京韵大鼓素材创作的主题歌。骆玉笙先生饱含感情，唱出了苍凉悲壮、激愤高亢的民族味的旋律，又唱出了大义凛然、顽强不屈的民族精神。

在骆玉笙先生诞辰100周年，也即将迎来抗日战争胜利70周年的时候，天津广播电视台精心策划、采制播出了这档节目，带给人警醒和振奋，启迪和思索。作品故事性强，表现了人物鲜明的性格，使人深有感受。

节目首播后又在美国纽约中国广播网、澳大利亚墨尔本3CW广播电台、堪城之声华语广播电台、西澳华语广播电台中播出，在海内外引发了较大关注。很多华人深受感动，通过电话、邮件等方式表达感受，对节目予以高度肯定。节目对“人性”的表现到位功不可没。

案例分析:《来兮，归去……——和平方舟医院船救助的菲律宾患者面部表情变化实录》评析

这是2013年12月18日《人民海军报》首发的一组报纸组合报道（通讯、新闻摄影、评论），作者为毛宇、邓冉子、琚振华、蔡年迟。作品获得第24届中国新闻奖报纸组合报道三等奖。

这组作品紧扣和平方舟医院船赴菲律宾台风重灾区实施人道主义医疗救援，以独家报道的形式，从数以千计的菲律宾受我救助患者中，挑选出最具代表性的6位，图文并茂地对比他们受救助前后的面部表情变化，生动展示了我军医务工作者的大爱情怀，展示了我国负责任大国形象。

记者随和平方舟采访，传回海量素材，编辑部精心策划，将焦点“锁定”在患者被救助前后的表情上。稿件传回后,编辑部连夜打磨,精心配发了阅读延伸、编辑感言和详实的救助数字链接,再次拓展了信息含量、升华了意境,增强了稿件的冲击力和感染力。

稿件刊发后,经军内外网站转载,引发众多的网友“点赞”和跟帖,称此稿是一篇创新报道方式的精品,用世界人民听得懂、看得明白的“语言”发声,增强了稿件的亲和力和传播力,为宣传好我国负责任大国的形象和我军良好形象,提供了很好的范例和诸多启示。

“人情味”,就是世界人民听得懂、看得明白的“语言”。

案例分析:《上海一家人三代信守 70 年承诺 数千册避难犹太教师藏书盼完璧归赵》评析

这是 2013 年 10 月 16 日《新民晚报》首发的一篇报纸新闻通讯,作者袁玮。作品获得第 24 届中国新闻奖文字新闻通讯三等奖。

这是一个关于诚信的感人故事,尽管时光已过去了 70 年,但依然散发出迷人的光辉。文字朴实感人、娓娓道来,文章结构紧凑,立意较高。尤其在当下社会普遍缺乏诚信的环境下,这样难能可贵的一诺千金之举更值得颂扬。

记者是报道刊发前一天从犹太人纪念馆知道这一线索的,记者辗转连夜采访了保存这些书籍的主人公的儿子和儿媳,并在第二天的现场补充采访。

报道刊出后引发了较大社会反响,在德国的留学生获得这一信息后也帮忙寻找犹太人卡尔的后人,并找到了卡尔的墓地。很多读者也来信赞许林道志及后人 70 年来信守诺言的坚守。

——70 年,坚守,物件没有变,承诺没有变,变的只是时间。没有“事件”,有的是“人情味”。

案例分析:《总理的歉意》评析

这是 2013 年 3 月 26 日《中国日报》、《中国日报(美国版)》(美国发行)1 版首发的一幅报纸新闻摄影作品,作者武治义。作品获得第 24 届中国新闻奖国际传播(新闻摄影)一等奖。

2013 年 3 月 23 至 25 日,中国发展高层论坛"年会在北京钓鱼台国宾馆举行,众多中外政要、跨国公司 CEO 参会。3 月 25 日下午,中国日报摄影部派出具有 20 多年时政新闻采访经验的资深摄影记者武治义采访拍摄李克强总理在人民大会堂会见出席"中国发展高层论坛 2013"年会的外方代表。

由于此前与美国前国务卿基辛格的重要会晤延时,李克强总理未能按约定时间准时会见出席"中国发展高层论坛 2013"年会的外方代表。李克强抵达现场后没有马上开始会见,而是一边歉意地指着自己的手表,一边用流利的英文主动和大家解释自己迟到的原因。摄影记者敏锐地把握住了总理"指表致歉"的瞬间,向世人展示了开放谦和的新一代领导人形象。

——领导人一个看似平常的小动作,里面蕴含了这么丰富的"人情味",内涵丰富的味道,就这样被记者发掘出来。

案例分析:《流水线上的爱情》评析

这是 2012 年 12 月 31 日《Newsweek》首发的一组新闻摄影作品,作者贾代腾飞。作品获得第 23 届中国新闻奖国际传播(新闻摄影)三等奖。

这是一组摄影图片报道。此组照片,无论是从影像本身的视觉语言,还是新闻记者对社会问题的关切体察来讲,都属佳作。于 2012 年 12 月 31 日的《Newsweek》12—17 版首发。

2012 年情人节前夕,作者在上海松江某工厂,采访一群生于 1990 年左右的"农二代"。他们和父辈一样,到大城市打工谋生,大多已在父母的撮合下结婚生子。

采访结束前,作者在闲聊时听闻工人虽已结婚,但一直不舍得拍摄婚纱照,遂产生免费给他们拍一组婚纱照的想法,拍摄地点就在他们工作的流水线旁。洁白的婚纱,冰冷的车间;简陋的出租屋内,仍充满对未来的向往和渴望。作者用肖像这种庄重的影像形式，以新生代农民工爱情、婚姻为切口，走进他们的内心，展示了这个特殊群体的困惑与梦想。

半年后的七夕节，作者又回访了这群小夫妻，记录了他们这半年来的变化。照片刊登后，2012 年 12 月 31 日，美国《Newsweek》杂志，在最后一期纸质版（海外版）中，选取了其中 6 张照片，并配文《伟大的中国梦》。该杂志社高级编辑 James Wellford 给予极高评价。

2012 年 2 月 18 日，央视《新闻周刊》选取此组照片为本周人物特写，做了时长 8 分钟的专题报道。

2013 年 2 月 16 日，央视 1 套《新闻 30 分》《晚间新闻》栏目，以此组照片为基础，做了“新春走基层——流水线上的爱情”专题报道。

——很有“人情味”的记者，很有“人情味”的角度，很有“人情味”的作品。

案例分析：《饶平如的爱情故事》评析

这是 2013 年 11 月 24 日至 27 日江西广播电视台卫视频道《新闻夜航》栏目首发的一组电视系列（连续）报道，主创人员为王敏、谢祥震、熊辉。作品获得第 24 届中国新闻奖电视新闻系列二等奖。

2013 年 4 月，记者无意间发现了一位老人的爱情故事，并被深深打动：现居上海的 92 岁江西老人饶平如为纪念亡妻，画下 390 多幅画，并希望能回到当年结婚地（现南昌八一起义纪念馆），补办一场没有新娘的钻石婚礼。记者想方设法找到老人，在得知婚礼举办时间后，提前赶赴上海，完成系列报道。

该系列报道《饶平如的爱情故事》共四集，以饶平如老人拙朴自然的 390 多幅画作为线索切入，紧紧抓住饶平如与毛美棠这对陌巷寻常夫妻半个多世纪相濡以沫的情感历程，向观众讲述了一段“青春浪漫、聚散有时、不离不弃、生离死别、牵挂无尽”的爱情故事，这段平凡中国家庭的记忆，普普通通，却又感动世人。

节目叙述流畅、生动真实、贴近观众、感人至深。作者抓住众多细节，并以平实手法呈现，与观众产生了良好的情感共鸣。

四天的采访时间里，全程双机位跟踪拍摄，捕捉到了一个个感人肺腑的细节，镜头不仅存留下了一个普通中国家庭的记忆，也记录下了中国人最美、最好的精神世界。在后期编辑过程中，记者充分运用现场同期声、使用现场长镜头，尽可能保留原汁原味，把事件的发展过程和真实的现场气氛完整地呈现在屏幕上，最大限度地调动了观众的情绪，引起了大家的共鸣。

整个节目润物细无声地弘扬了对爱情忠贞不渝的中华民族传统美德，十分契合当前社会主义核心价值观中“和谐”的内容。

节目播出后，许多观众在来信来电说，他们是流着眼泪看完节目的，饶平如的爱情故事不仅温暖动人，而且引人深思，它让人懂得了只要好好珍惜，其实幸福就在身边，也希望通过我们表达对老人的祝福与问候。还有一些网站希望使用我们现场影视资料出版电子书。也有媒体想联系老人做采访，中央电视台《家风是什么》摄制组还通过我们联系上了饶平如，采访了他们全家，使饶平如和他的爱情故事在全国家喻户晓。

案例分析：《洋眼看平遥》评析

这是2014年5月23日21时20分河南电视台新农村频道《乐游中国》首发的一期电视专题，主创人员为潘伟、郭翔、王汀。作品获得第25届中国新闻奖国际传播(电视专题)二等奖。

平遥，世界文化遗产地，2700多年历史的国家历史文化名城，中国保存最为完整的古代县城。平遥的夯土城墙、清代商铺、中国保存最为完整的县衙、文庙、城隍庙、市楼等等，无不带着浓郁的山西地方色彩。

从癸巳年农历腊月二十三，到甲午年正月初一，《乐游中国》栏目组在山西省平遥古城进行了为期9天的拍摄。在“平遥中国年”期间，通过美籍主持人的视角感受最正宗的中国年味，为每一位想来平遥旅游小住的外国游客，提供一部Happy的旅游全览图。

《洋眼看平遥》以龟城、银子、热炕头、中国年等关键词为线索，记录了主持人游在平遥、住在平遥、吃在平遥的全部生活。栲栳栳、一根面、莜面卷等面食带来的大快朵颐，同兴公镖局里传承千年的功夫，永隆号华美绚丽的推光漆器，让人眼里脑里都是平遥。尤其是在日升昌票号和平遥县衙两个版块，美籍主持人穿上中国古装，参与演绎了取银子、过堂、打板子等古代场景，引导着观众穿越了一回清代的平遥城。

《乐游中国》是河南电视台新农村频道开办的一档中、英文双语版旅游专题栏目。《洋眼看平遥》先后在《乐游中国》官方网站、优酷等视频门户网站播出，均取得较好的口碑。2014 年，《洋眼看平遥》英文版在覆盖全美的美国环球东方卫视，以卫星频道、有线频道、无线频道及新媒体手机终端等形式，首、重播次数共计 15 次，浏览量超 3 万，点击率超 20%。节目覆盖美国纽约、洛杉矶、旧金山，加拿大温哥华等北美热点城市。节目视频可在美国环球东方卫视官方网站上观看。

《洋眼看平遥》在美国播出后，引起了美国观众的好评，不仅是当地华人，一些美国当地主流人群在惊叹平遥厚重文化及别样景致的同时，也纷纷表示希望有机会到中国看看，到平遥看看。

第三节·奇　应

有一种“奇”,初看一事可能并无奇,换一个角度,或换一种组合,或换一种形式,就显出不同寻常的结局来。这里面不一定有结局的“奇”,但一定有应对的“奇”;这样的“奇”,与其说是结局的“奇”,不如说是应对的“奇”,我们且称其为“奇应”。

“奇应”,奇巧的应对,可以产生和提升新闻价值。

过去一般认为新闻价值是客观存在于新闻事实之中的,不能靠“挖掘”“开拓”等主观的干预来“创造”新闻价值。因此,一些新闻理论著述都对此含糊其辞,语焉不详。事实上,新闻的采制、编排等创作过程中,主观性的参与和“干预”是不可避免的。既然不可避免,与其茫然地被动而从,为什么不能有意识地研究、发现其客观规律,主动而“应”呢?

实践证明,当今中国新闻的实践者们,早已不断在这一领域中探索、总结,创造出我们的一些精品,发现和运用了其中一些规律。当今中国新闻媒体,有哪一家没有做过“独家视界”之类的栏目、报道,有哪一家没有做过“组合报道”“系列报道”之类的栏目、报道,有哪一家没有做过“报道策划”“宣传策划”之类的作品、活动?当今中国新闻的实践者们,应该有这样的发言权,应该有权堂堂正正地说:新闻,是可以变换角度和形式去表现的;新闻,是可以通过主观努力去让它表现得更充分更有魅力的。

“奇应”有一定的主观的因素在里面,但不等于是主观凭空想象的“应制”,而是要在事实基础之上的“应对”,是“应对”上的“奇”,而非编造出“奇”来,否则就不是“奇应”,而是“奇造”了。这一点要注意区别和把握。

“奇应”不单不应编造事实,还不应凭想象编造事实发展的方向或趋势,这一点把握不好易产生偏差。后面我们说到“正”时还会说到。

“奇应”,可分三种层次来看:1. 奇特的视角;2. 奇特的组合;3. 奇特的策划。

1. 奇特的视角。

有的事实,初看起来没有什么“奇”,但是作者能从平实之处另辟蹊径,开拓新的视角,引导人们从事实的另一面发现不同寻常之处。事实还是那个事实,但视角不同,得到的“映像”也就不同。在这里,作者的主观性只是在选择不同的视角,并没有去修改事实的成分。这就是一种“奇应”,是“应对”,不是“应制”。当然,对“雅正性新闻”来说,要求选择的视角要能够反映事实的本质,或某些方面的特质,这就需要客观,也更需要功夫。

2. 奇特的组合。

这种“奇应”,也是不去修改事实的成分,只是对多个事实或多个事实成分作不同的组合,有时还在组合中有所取舍。相对上一点一个事实可以有多个视角,多个事实就可以有更多的视角,再加上取舍的因素,理论上说变化就更多了。也就是说,“组合”比单纯的视角“选择”,主观因素的影响更大。但是,既然是新闻,既然是“应”,就适合新闻的精神和原则。不管是组合还是取舍,都要求作品最后要能够反映事实的本质,或某些方面的特质,这就需要客观,也更需要功夫。

3. 奇特的策划。

这种“奇应”的主观因素更强,甚至有人说已到了自毁三观的边缘。在策划上出奇,方式不拘一格,手法海阔天空。现时,不但人们的眼界、经验、理念“大跃进”,技术手段、技术环境也一日千里。从过去的“语音上太空”,到现时的“现场直播”+“弹幕约架”+“现场投票”的策划设计等等,人类的新闻概念、新闻的内涵外延,都早已不能阻挡种种从没见过、从没听过的“奇策”上天入地见缝就钻的渗透程度和速度。毋庸讳言,这是当今中国新闻的一大特色，当今中国新闻人都心知肚明。但既然有这样的存在，就应该把这样的存在反映出来，加以研讨，这才是唯物主义应有的实事求是的态度。但是，既然是新闻，既然是“应”，就适合新闻的精神和原则。不管是组合还是取舍，都要求作品最后要能够反映事实的本质，或某些方面的特质，这才是“新闻”。这就需要客观，也更需要功夫。

近几年获得全国新闻奖的新闻作品中，很多就非常注重挖掘“奇应”之利，扣住了社会心理需求和公众认知需求的真谛，使作品的内涵和影响力更深更广，引起社会更大的关注，使作品新闻价值更增。

案例分析:《请记住这些有良知的法律人　浙江纠正两起重大错案旧事新闻》评析

这是2013年7月3日《法制日报》首发的一篇文字深度报道，作者陈东升。作品获得第24届中国新闻奖文字新闻深度报道二等奖。

2013年7月2日，浙江高院宣判萧山5人劫杀案中王建平等五人无罪，7月3日，《法制日报》即刊发此文。

浙江两起重大错案浮出水面后，相关机关负责人对记者避而不见，拒绝接受采访。作者发挥驻地记者人脉广泛优势，不惧艰难，费尽周折，费时两个多月采访了几十名当事人，收集了大量一手素材。在写作过程中，独立思考，敢于担当，既不谄媚权力，也不盲从“众言”，而是站在法治和公正立场上，凭着记者的良知和专业知识，尽力还原事实、追求真实、解读真相，披露了浙江张氏叔侄、萧山5人劫杀案这两起重大错案背后大量鲜为人知的事实:从蒙冤到平反，正义犹存、良知仍在，一些正直、善良、负责的法律人尊重法律、敬重生命、据理力争、奔走呐喊。正是由于这些正能量的汇集释放，这两起错案才悬崖勒马、刀下留人，蒙冤者才有机会绝处逢生、沉冤得雪。

通讯夹叙夹议、行文流畅，语言穿透力强，令人感动、震撼、深思。

新华网、人民网等几十家网站、媒体纷纷转载，社会反响强烈。在包括该文在内媒体舆论的呼吁推动下，这一问题引起了中央重视。中央政法委其后专门下发通知，要求全国政法机关严格遵守法律程序制度，坚守防止冤假错案底线。

在两起重大错案浮出水面后，通讯没有简单地“泄愤”或“溢美”，而是另辟蹊径，通过奇特的应对、奇巧的组合，将两起错案组合起来审视，开拓出“请记住这些有良知的法律人”的视角，挖掘出“负面新闻”中蕴藏的良知正义的正能量，堪称“奇应”。

案例分析:《寻找微信任》评析

这是2013年4月18日至12月31日期间《羊城晚报》首发的一组文字新闻系列报道，作者为何裕华、冯小静、林园、褚韵、梁爽、纪映云、卫轶等。作品获得第24届中国新闻奖文字新闻系列报道三等奖。

“信任”这个话题，是全社会关心的热点。“寻找微信任”系列报道借2013年中国社科院发布社会总体信任程度“已跌破信任底线”之机，引导发起一场重新审视“信与不信”的全民大讨论。在大众都不同程度患上“我不相信”强迫症的当今，报道尽量挖掘与收集人性之点滴小善，尽媒体之责推动社会往大善之境前进。

虽然，报道内容多是生活中的琐事，但正是因为接地气、连民心，获得了极大关注。尤其值得一提的是，报道虽刊载于传统媒体，但始终与新媒体紧密结合，打通了线上线下沟通的渠道。因此，除了吸引纸媒受众外，也牢牢抓住了网媒受众的眼球，取得了极佳的传播效果。可以说，这是一个把握了新闻题材内在逻辑而激发出报道活力的成功策划。

案例分析:《曾经为了61个阶级兄弟 世纪变迁悬壶济世不移 武汉一药企57载亏本生产救命药》评析

这是2013年11月20日《湖北日报》1版首发的一篇报纸新闻消息，属集体创作。作品获得第24届中国新闻奖文字新闻消息三等奖。

2013年10月底,记者采访湖北药企应对GMP(《药品生产质量管理规范》)新标,意外获知远大医药(中国)有限公司坚持57年亏本生产二巯基丙醇。这是一种重金属中毒的解毒救命药,是远大医药的前身武汉制药厂在1956年仿制的。该药治疗砷中毒最有效。1956年之前,这个药品主要依靠进口,供应量小,且价格昂贵。该厂根据英国药典历时一年攻关成功。新华社著名通讯《为了61个阶级兄弟》中报道的救命药,就是根据该厂的原药混配的。

自上个世纪以来,该厂历经改制,2次搬家,先后换了9任领导,从未间断生产。因为工艺复杂,生产周期长,且不属于国家强制生产的药品,在常态下,其市场需求量少,如果没销售出去,过了效期,唯有报废。为此,不少药企纷纷弃产,而"远大"一直坚持57年亏本生产。该线索背后的历史钩沉深厚,现实社会意义让作者认为意义重大,应该深度挖掘。编辑部对此高度重视,前后方积极配合,为核实细节,记者翻阅了大量厂志和相关资料,采访众多相关人士,2013年11月20日,湖北日报头版头条推出该消息。

2013年11月20日,湖北日报头版头条独家刊登消息《曾经为了61个阶级兄弟　世纪变迁悬壶济世不移　武汉一药企57载亏本生产救命药》,引起社会广泛关注,并迅速成为热点话题,随后湖北日报推出"聚焦'良心药'"大型系列报道。本报道为这组大型系列报道的开篇之作,该消息新闻性强,标题制作讲究,主题思想深刻,叙述逻辑清晰,有读者和专家点评"这是近年难得一见的新闻佳作"。

消息见报后,人民网、新华网、中新网、中国日报网等众多门户网站转载,湖北日报由此推出"聚焦'良心药'"系列报道,并携手人民网、新华网、山西日报寻访57年来救命药抢救生命的感人故事,用系列报道的方式形成了强烈的视觉冲击力和气势磅礴的舆论场。

报道经各大媒体转发迅速引发社会高度关注,网友就"责任"与"感恩"的话题发表大量评论。其后,中央媒体聚焦"良心药企",国家食药监总局专门致电关切,湖北省食品安全委员会第一次全体会议上高度评价该报道，相关部门明确表态，将加强政策扶持。此举对于拯救一批廉价的、即将面临消亡的、但可以惠及众民生的救命药意义重大。

在采编过程中作者以小见大，囿于报纸的资源和格局，报道了这么一件小事，却能够撼动整个食药环境，在“唯利是图”的生产方针中无异于肩负了一分道义。

案例分析：《从老板问水到全面治水——温州“变水”全景透视》评析

这是2013年2月18日温州新闻网首发的一组网络新闻专题，主创人员为张春校、黄作敏、应忠彭、戴玮、叶双莲、王希凡等。作品获得第24届中国新闻奖网络新闻专题二等奖。

作为中国特色社会主义市场经济的先行地，温州个体经济发达，但当地前店后厂的家庭作坊模式使得河水遭到很大的污染。十八届三中全会提出“美丽中国”后，民间环保觉醒，环境成为民众的最大关切。

温州新闻网针对当地老板金增敏发微博“出资20万元悬赏环保局长下河游泳”一事，第一时间开展连续报道、10多次开展专题寻访和网民联动，形成一个综合性网络新闻专题。系列报道引发民间对水环境的极大关注，引起习近平总书记和全国“两会”代表委员关注，引发全省“五水共治”，催生美丽浙南水乡治水实践。3个多月时间，捐资达4亿多元。由此形成的媒体与媒体、网上与网下、官方和民间的联动模式，成为官民互动的范本。

案例分析：《九万里风鹏正举——海上新丝路东盟万里行》评析

这是2014年9月广西新闻网首发的一组网络新闻专题，主创人员为王庆、甘毅、黄大剑、杨东、吴家州、苏建同等。作品获得第25届中国新闻奖网络新闻专题二等奖。

一、紧贴国家战略，主题重大。

习近平主席提出中国愿同东盟国家共同建设“21世纪海上丝绸

之路”和“中国—东盟命运共同体”的战略构想后，广西区党委宣传部、广西区政府新闻办策划组织了“海上新丝路东盟万里行”大型外宣活动。中央驻桂和广西主要媒体组成采访团，历时4个月，行程5万多公里，走进东盟10国60多个城市乡村，200多个采访拍摄地点，积累了近6000多分钟的高清影像素材、15多万字文字素材、近2万多张活动纪实图片，通过全方位、多角度、宽领域的行进式采访报道，展现广西参与共建21世纪海上丝绸之路的合作成果、生动实践与发展前景。

广西新闻网联合广西日报、广西电视台、广西手机报、掌上广西客户端等围绕主题，策划《九万里风鹏正举——海上新丝路东盟万里行》大型全媒体策划报道专题，为推动广西打造21世纪海上丝绸之路的新门户和新枢纽提供强有力的舆论支持。

二、专题构思宏大，创意新颖。

专题采用航海版块式结构，打造一部波澜壮阔的“航海志”。包括“起帆·踏新丝路”“掌舵·伟大构想”“声号·微媒互动”“航迹·古路新颜”“瞭望·影动丝路”“回波·号角传响”“日志·本网专访”等多版块实施，构成了一部波澜壮阔的“航海志”。

在各部创意中，也精巧勾连，精益求精。如文字系列报道用“章回体”为系列特色，标题有《看丝绸经纬共交织　济沧海薪火永相传》《共命运润物细无声　结情缘中泰一家亲》《齐抱团桂商露头角“走出去”中资有担当》，等等。

三、多元联动互动，张大效应。

策划融媒体特色突出，形成传播联动互动效应。网络媒体与传统媒体携手，广西新闻网联合广西日报、广西电视台、广西网视、广西手机报、广西新闻客户端、红豆互动社区客户端、微信微博等多个媒体平台联合报道，用新技术、新平台，精心制作图文、音视频、HTML5等各种网友易阅读的新闻产品。专题还引来国外的媒体的转载报道，扩大了传播效应。

案例分析:《寻访甲午战争遗址·国耻十思》评析

这是2014年7月26日至8月5日期间《解放军报》首发的一组文字新闻系列报道,作者为刘兴安、魏兵、梁蓬飞、夏洪平、费士廷、严德勇、王天益等。作品获得第25届中国新闻奖文字新闻系列二等奖。

2014年7月25日,甲午战争爆发120周年。在举国上下全民性的反思潮涌中,如何将那段历史的镜鉴之义提升到一个新的高度？2014年4月,解放军报社组织6名编辑、记者分赴山东半岛、辽东半岛寻访甲午战争遗址,对照史料现地感受风物巨变,走访当地民众、驻军倾听战争记忆,采访历史学者借鉴最新研究成果。现地采访结束后,多次召开选题研讨会,沉淀思考、提炼主题,形成了10个带有现实思考的文章主题,历经3个多月的潜心撰写,七易其稿,最终成篇。从7月26日开始,在《解放军报》连续推出《寻访甲午战争遗址·国耻十思》系列报道。

这组报道从国殇、作风、海权、创新、忧患等多个角度,通过振聋发聩的追问,将历史与现实、思想与事例有机结合,对甲午战争进行了全景式、多层次、宽领域的深入梳理和总结,是对国家命运的追溯,更是对军人使命的追问,把对国殇的反思推向了一个新的高度。尤为可贵的是,报道没有停留在对历史的追忆上,而是紧扣现实、观照当下,剔肤见骨、借古喻今,振聋发聩、意味深长,整体是警世洪钟,篇篇如盛世狼烟。

中宣部组织专题新闻阅评,国内各大新闻网站、客户端均以专题形式转载,网上阅读量突破2000万、转发量达10498次。人民日报、新华社、大众日报、前卫报等媒体记者表示:今年全国媒体的甲午报道中,不限于回忆历史,注重与重大现实问题结合的只有解放军报一家。国外媒体评价指出:中国军方官方媒体刊发的甲午纪念文章,反映出中国军人对战争历史的情绪由感性回忆向理性反思转变,并与现实问题联系起来,呈现出更加清醒的危机意识。

案例分析:《红色娘子军精神·薪火相传》评析

这是2014年4月8日至21日期间《羊城晚报》首发的一组文字新

闻系列报道，作者为黄丽娜、张林、张璐瑶、丰西西、林洁、梁克毅、区健妍等。作品获得第25届中国新闻奖文字新闻系列报道二等奖。

红色娘子军的题材，羊城晚报多年来一直在持续关注，并与多位红色娘子军老战士和她们的身边人保持着联系。2014年初，得知最后一位红色娘子军老战士已在医院身处弥留之际时，报社感到有必要对他们的过往和对今天进行一次系统的梳理。以这个典型群体，来弘扬新时代的红色精神，教育和激励后人。

报社派出多人组成的报道小组，几次奔赴海南省琼海——红色娘子军的家乡，与红色娘子军的家人、朋友，史学家多方接触采访，掌握了大量一手资料，重磅推出了大型系列报道。

在报道刊发期间，最后一位老战士离世。羊城晚报记录并送别了老人，而这组报道也成为了对这支传奇队伍，和她们革命精神的最好纪念。

“红色娘子军精神薪火相传”系列，是羊城晚报2014年重磅推出的策划。策划从最后一个红色娘子军女战士病危为新闻由头，从个体切入群体，从当下切入历史，从英雄事迹切入到对精神层面的探讨和追问。

该系列报道见报后，引发了社会各界的强烈反响。刊登这组报道的报纸，在海南引发了购买狂潮，甚至一时洛阳纸贵。很多读者将这组报道作为珍藏。与此同时，艺术界、教育界等多个领域的人士也纷纷给予了这组报道高度评价，并持续自发地开展了各种纪念和宣传活动。总体来说，这组报道取得了非常好的社会效应，弘扬了红色精神，赋予了传统新的精神力量。

案例分析:《杭州7·5公交爆燃致30人受伤——烈火之下，凡人善举铸“杭州力量”》评析

这是2014年7月5日浙江在线首发的一期网络新闻新闻专题，属集体创作。作品获得第25届中国新闻奖网络新闻专题二等奖。

杭州7·5公交车纵火事件事发休息日下午，浙江在线采编人员坚持“大事不缺位”原则，网站领导、记者编辑第一时间全员赶回单位、赶赴现场。18 :04 :13,事发后一小时即发出报道《杭州西湖边 K7 路公交车爆燃 多人被送往医院》,短短 236 字,时间落点及时,信息传达准确,是省内官方媒体发出的第一篇权威报道。此后 10 天,浙江在线发出配图文字报道 60 余篇约 5 万字,视频 20 余组时长约 50 分钟。整组报道始终坚持不断跟进,不断扩展,纵向关注事件救援、调查进展、后续安排,横向关注伤员伤情、嫌犯动因、救人英雄、安全防范等方方面面,没有错过任何重点节点的报道。报道从表象描述深入本质思考,关注事件,关注事因,更关注事件中的人,走向对人性扬善、社会治理等问题的思索和追问。

事发后该网评论员几次亲历现场,推出《烈火之下,凡人善举铸“杭州力量”》等系列评论,抢到了第一时间落点。首推“杭州力量”,引导正能量。浙江在线还拓展了新闻事件的线下延伸,组织了“凡人善举铸杭州力量”主题座谈会。评论和座谈会首推“杭州力量”,引导正能量。

“凡人善举铸杭州力量”专题座谈会召开后,新浪微博、腾讯微博迅速推出了“线上参与”活动,座谈会迅速跻身当日微博十大热点话题,参与网民一度高达 60 万人次,点赞分享及评论转发超过 10 万次,参与话题的线上专家学者近百余名,形成了可观的社会影响力。

《烈火之下,凡人善举铸“杭州力量”》之后,《“杭州力量”让生活更有勇气》一文再次引发舆论阵地的热议。浙江在线首先先提出的“杭州力量”也作为一个专属名词成为新闻和舆论的“焦点”。浙江日报数采中心、钱江晚报、杭州日报、浙江手机报等纷纷引用“杭州力量”这一关键词,社会影响力急剧增加。

这就是(浙江在线)面对突发新闻事件中的“奇应”,新关键词“杭州力量”正能量足,传播范围广,社会效应深。

案例分析:《两岸健儿泳渡台湾海峡》评析

这是湖南广播电视台和台湾中天电视台共同策划的泳渡台湾海峡大型电视新闻直播,2014 年 8 月 22 日 10 点 00 分起在湖南卫视都市频道《都市大直播》、台湾中天电视台开始直播，主创人员为吕焕斌、张华立、罗迎春、胡志丹、余波、左钢、杨德开、庞钰等。作品获得第25届中国新闻奖电视新闻现场直播二等奖。

2014年8月18日中午，海基会会长林中森热情洋溢的讲话之后，北京体育大学教授张健带领两岸14名大学生，从台湾新竹看海公园下水启程，以接力的方式泳渡台湾海峡。泳渡团队五天日夜不停地劈波斩浪，历经大风大浪，最后于8月22日在福建平潭开发区海渔广场登陆，成功泳渡台湾海峡。这是有记载以来，人类第一次以游泳的方式渡过台湾海峡。这次泳渡直线距离100多公里，实际泳程300多公里，在距离上也创造了大海泳渡新纪录。

活动的策划和发起单位经过近10个月筹备，湖南广播电视台都市频道联合福建平潭开发区完成了大陆方面的报批工作，国台办、国家体育总局、交通运输部、总参海军局、湖南和福建省台办、福建平潭试验区等全力支持泳渡活动和直播。台湾很多部门也全力支持泳渡活动，中天电视台也完成了台湾方面的审批工作。

筹备中，为了找到一艘能通行两岸，能航行海上几天几夜，又能满足直播和后勤要求的直播母船，策划单位就花了半年时间，找遍了大陆沿海和台湾岛，最后才找到台湾排水量3000吨的合富轮。策划单位最后打造了由直播母船合富轮、三艘拍摄游艇和两艘拍摄小艇组成的直播船队。

湖南广播电视台都市频道联合台湾中天电视台，搭建了庞大的海上移动直播系统，出动了一百多人的直播团队，制作了全程电视直播公用信号。台湾中天电视台负责下水仪式和离岛两海里公用信号制作，湖南都市频道负责离岛两海里以后的全部直播公用信号制作。

这次直播的拍摄和传输技术都有重大突破，整个直播系统是移动的，所有的信号都要移动传输。这次直播也实现了海陆空立体拍摄，直升机航拍、水面拍摄和水下摄影都淋漓尽致地用上了。在跨度300多公里、条件恶劣的茫茫大海上，连续五天四夜不间断直播，世界上以前没有哪家电视台做过如此长时间的海上移动直播，这在电视直播历史上还是第一次。活动给直播单位积累了丰富的海上移动直播经验。

新华社、人民日报、央视、福建台、东方卫视、新浪、腾讯等上百家媒体进行了转播和报道。央视多个频道聚焦，央视新闻频道直播总时长180分钟，《新闻联播》播发了消息。《人民日报》写了几千字的内参，总结成功经验。在活动直播重要节点，国信办联络全国数十家网络媒体，重点推荐，实现了电视和新媒体的深度融合。台湾除了中天台全程直播，台湾网等60多家媒体，对泳渡进行了报道。BBC、CNN、路透社等境外媒体，也进行了转播、转载。

案例分析:《告别车窗抛物》评析

这是2012年10月15日至12月28日期间《楚天都市报》首发的一组文字新闻系列报道，属集体创作。作品获得第23届中国新闻奖文字新闻系列报道三等奖。

2012年10月8日，在得知武汉市一名环卫工因车窗抛物遭遇车祸及京广高速公路上发生一起因前车抛物，几致后车翻车的事故线索后，编辑部派出多路记者蹲守在武汉市车流量最大的地方，与环卫工一起作业，体验他们在车流中清扫垃圾的艰辛与危险。

10月15日，楚天都市报开始推出这组系列报道，其中，既有生动的记者体验，又有沉重的生命警醒，还有现实的监管缺憾，多维报道，多点挖掘，产生强烈冲击效应。随后，在关注多方回应及事情进展的同时，积极组织系列评论引导市民把车窗抛物行为上升到损害城市文明的高度上认识，深化“美丽中国从我做起”的主题。

报道抓住汽车时代在城市街头、高速公路上常见的车窗抛物这一见多不怪的城市不文明细节，深入采访，深度挖掘，深刻剖析，体现出强烈的时代性、针对性、互动性、引导性，有力地传递了推进城市文明建设的正能量，以小见大做成建设“美丽中国”大文章。

报道有效促进政府部门迅速出台相关管理措施，并激发广大读者的强烈自律与参与意识，主动加入到劝阻车窗抛物的行动中。经央视等中央媒体多次聚焦后，告别车窗抛物一时间成为全国关注热点。

10月19日，武汉市城管局回应本报报道出台相关管理措施。楚天都市报及时跟进关注，并趁热发起万人签名承诺活动，逾10万江城市民参与，在江城掀起文明热潮。

至12月23日，这一系列报道推出30个版，刊发消息、通讯、图片共计近百条（幅）。

报道在全国产生广泛社会影响，新华社、中央电视台、新浪、腾讯等数十家中央媒体、网站纷纷跟进报道或转发该系列报道内容，网友跟贴数十万条。中央电视台《新闻联播》《焦点访谈》《新闻直播间》《24小时》等栏目5次聚焦"告别车窗抛物"，其中最长的一次达12分钟。本报报样多次出现在画面中，央视记者走进本报编辑部采访报道策划过程及参与报道的记者。示范效应之下，上海、吉林、湖南等15个省市跟进行动整治车窗抛物行为，并出台管理措施。

第六章 “正”眼

有一种情况，一个事实，时间、地点、人物、事件俱全，甚至也相当“奇”了，但还不一定能成为新闻。

还有一种情况，有时媒体受众会问：怎么我看你们媒体的新闻，并没有什么“新奇”的地方啊，你们不是说新闻要“新奇”吗？

这就要说到新闻的一个重要的元素，就是这个事实，还要是人们“应知”或“欲知”的，还要有人们“应知”或“欲知”的成分，这样人们才觉得它值得去认知，才有去认知它的动力。这样，它也才能成为新闻，成为有新闻价值的新闻。在“奇正”这个框架里，相对来说，“奇”对应着“欲知”的成分多一点，“正”对应着“应知”的成分多一点。

一个资深笑话说，(西方)有一个人热衷于给报社写稿，但很久都没得到刊登。他着急了，终于有一天亲自跑到报社去询问。报社的编辑跟他解释说，您写的稿子很好，问题在于版面上都没地方放上您的作品了。编辑拿出一叠报纸指给他看。他细细地看了一遍，恍然大悟说：“真是没地方了！”这个笑话固然是笑那人被编辑忽悠，但也透出一个道理，就是那人不觉得有哪个版面是多余的，至少他觉得其他内容都比自己的作品应该上报。这笑话从侧面说明了“要报读者‘应知’的内容”的道理，对应媒体来说就是“要报‘应报’的内容”的道理。

西方新闻价值理论中，对一些社会心理因素的表述，有“重要性”“显著性”“接近性”的说法。“重要性”往往是说，对社会，对一个地方影响大的，就是重要的。“显著性”就是知名度高、影响大的。“接近性”就是新闻发生地与新闻发布目标地的距离越近越有影响力，或事件与目标受众的心理相关、感受越近越有影响力。具体到一件新闻，有时几项元素是有重合范围的。即往往“显著性”里就有“重要性”,“重要性”是因为“显著性”;因为有“接近性”,所以有“重要性”,等等。其实,以心理判断的依据而论,受众往往感觉的是媒体对新闻事实的选择“对不对”、“准不准”,而没刻意去判断“重要不重要”“显著不显著”“接近不接近”。比如财经类的媒体,在股市暴跌、有的地方发生跳楼事件时,如果这媒体这时不去反映这些有关的事件事态,而是去报道“XX 地方受灾,重挫地方经济”之类的消息,这些消息虽然也很重要,但受众也会觉得你的媒体准头不够,甚至会怀疑你在转移视线,也就是说,觉得你的选择是不准的、不“正”的。

“正”,我们还可以将它分为“正实”“正度”“正效”三个方面来看。

第一节·正　实

新闻还可以有一种元素,我们分析新闻也还可以有一种视角——“正实”。

真实是新闻的生命,也是新闻价值存在的基础,没有了真实,“逐奇”的“新闻”就失去了生命。没有新闻真实的皮做基础,新闻价值的毛将无处所附。新闻价值规律要求新闻必须坚持真实性原则,这是大家都认同的。

新闻“应当”真实。新闻的真实,一是具体真实,二是实质真实,再加上信源确实,在此我们统称它为“正实”。

“正实”有几种形态和要求:1. 具体真实。2. 实质真实。3. 信源确实。

1. 具体真实。

具体真实,就是新闻所反映的内容,要是真实存在、已经发生了的,而且要是新闻的采集者亲身看到、听到、触到的现实世界的现象和变化。具体真实,表现在新闻作品中,还要体现三点,一是本质的选择,二是反映的客观,三是表现的准确。

一个事实之中,往往又包含着许多小的事实,一个变化过程,往往又是由几个小的变化形成的。新闻不可能把一个事物的所有事实、所有变化都全部记录下来。“新闻是选择的结果”,一则新闻往往只是选择了一个事实中的一些部分,同时也就舍弃了另一些部分。在每一个事实层面上,新闻都要进行一次选择,也就是都要进行一次舍弃,不断精简。一则新闻,就是不断选择的结果。这样,新闻往往只能记录最能反映实质,或最关键、最典型、最有代表性的一部分。人们看了这样的新闻,也会觉得这是事实。而不会说:“你这记录没记很多细节,不是全部记录,因此是不真实、不够真实的。”因为这新闻记录了事实最实质的东西。比如,一则新闻记录一个人登上了天安门城楼，一般不需要记录他用了多少时间、是左脚还是右脚先踏上去的，等等。因为人们只需要知道他登上了天安门城楼这个事实就行了，那些不重要不关键不实质性的小的事实和变化是不必要知道的。不止如此，那些不重要不关键不实质性的事实和变化，不仅不需要记录进去，相反还要剔除出去。因为它们的存在会对新闻要表达的主要事实和变化造成干扰，甚至会影响主要事实和变化的真实的准确表现程度。相关的道理我们在下一节的《正度》中也可以体会到。

但是，如果一个小的事实和变化代表或反映了那个大一点的事实和变化的实质，有一定的代表性或典型性，或者促成了那个大一点的事实和变化的，就要记录进去，也应该记录进去。比如一则新闻记录一个人登上了天安门城楼，而这个人的一条腿上是安装了义肢的，那么他用了多少时间、是左脚还是右脚先踏上去的，就可能是人们要知道的，是新闻所要表达的意义之一，那就需要记录下来。反之，如果没记录下来，这则新闻的记录就有遗憾，新闻的真实准确、新闻的效果就打了折扣。

2. 实质真实。

真实有多个层次，新闻有种种选择，这就需要对新闻真实有个深入的研判。

与上一点同样的道理，反过来看，如果我们以一个大的视角去看我们所面对的环境、时代和事物，就会知道，我们所看到的一些小一点的事实和变化，都是在这个大一点的环境、时代和事物中发生的，都是这个大一点的环境、时代和事物的一个组成部分。我们在记录这个具体的小的事实和变化的时候，就要有意识地去发现这个具体的小的事实和变化有没有表现这个大一点的环境、时代和事物的实质，有没有表现出这个大一点的环境、时代和事物的发展趋势。如果答案是肯定的，我们要怎么处理；如果答案是否定的，我们又要怎么应对。这就是新闻真实的实质性要求，就是要“实质真实”。

“实质真实”,也有说是“大真实”“时代真实”“社会真实”“历史真实”等等,意思差不多,可以互相参照体会。

新闻要把握“正实”性,还要把握“实质真实”。新闻人不能无意地“一叶障目,不见泰山”,更不能有意地“选择性失明”“选择性失聪”“选择性失语”,甚至“冒充”外行,刻意强调“非主流”的“真实”,把自己等同于行外人的认识。这也是一个新闻人应具备的职业素质。

“实质真实”实质上是对“具体真实”的一个升华,是对客观形势发展、客观规律的真实的把握。当今中国新闻,不仅讲一个事实和变化的具体的真实,还要讲“实质真实”,这是我们这个社会发展的必然规律和要求。

有一种事物,包含了这个世上的许多同类事物的特性,它所包含的这类的特性特别足,特别有代表性,又更有自己的个性,也就是说它对于同类的它们是有其代表性的,在中国也说它是有典型性的。典型,就是集中了一类事物的特性,相对于这类事物,它特别有代表性,因此也就特别的“真实”。典型,也是实质真实的一种。当今中国新闻实践中,有一类长于挖掘现实中的典型事物的新闻,人们称其为“典型新闻”,这也是具有中国特色的一类新闻类型。这其中的认知和实践,也有同样的道理。

3. 信源确实。

各种文种有着各自的真实性要求和考量角度,有说生活真实,还有艺术真实。新闻的“正实”的分析评价中,除了具体真实和实质真实,还有一个重要的考量方面,就是要求信息来源要是确实的,在某种情况和范围内的可追溯、再现、证实的,这就是信源确实。

新闻要求所报道之事要有、要交代信息来源,不能“自说自话”“空口说白话”,信息来源要明确、切实。信源确实是新闻区别于其他文种的一个重要特点。

新闻的信源,有记者的亲历、摄录,有采访受访者的讲述,有引自其他文告资料的篇章数据等,都要交代清楚,尽量交代具体。

近几年获得全国新闻奖的新闻作品中，有的以“正实”见长，为提升新闻价值打下坚实的基础，是对“真实性是新闻的生命”理念的坚守融之于心、持之于行的纯粹的新闻崇道者。

案例分析：《余姚看守所遭遇洪水安防失灵　在押人员安全大转移》评析

这是2013年10月12日中国日报网中国在线首发的一组新闻摄影作品，作者陈斌荣。作品获得第24届中国新闻奖国际传播（新闻摄影）三等奖。

2013年10月，罕见超强台风“菲特”重创我国东南沿海，浙江小城余姚因此遭受了百年一遇的特大洪灾，当地看守所在险情出现之后，为保障在押人员安全，全所在洪水中艰难转移。这组图片报道于2013年10月12日在中国日报网“中国在线”上线。

10月10日，在押人员转移，现场武警荷枪实弹，气氛紧张。灾情面前，基层司法人员不忘保障在押人员的生存权益。中国日报通讯员陈斌荣辗转进入监区，克服诸多限制完成拍摄。这是特殊时期下发生的敏感事件，题材独特，现场感强，极具视觉冲击力和情绪感染力。其中警察背着体弱在押人员蹚水转移的画面更是彰显出危机之下的人文关怀。照片在中国日报网刊发后，被多家主流门户网转载。此外，中国日报编辑还借助路透社全球发稿平台进行海外推介，被雅虎新闻网等境外主流媒体转载。该组图片获得2013年度中国地市报新闻奖军事法制类年度图片奖。

特殊的事件，有一定的突发性，也有可预见性，但都不能“摆拍”，因而有较强的具体真实性，因而被众多媒体转载。

案例分析：《汉族大学生村官李浩　全票当选回族村支书》评析

这是2013年10月31日《宁夏日报》1版首发的一篇报纸新闻消息，

作者为李东梅、李云华、朱立杨。作品获得第24届中国新闻奖文字新闻消息三等奖。

宁夏固原市原州区丰泽村位于苦甲天下的西海固,是个有着207户村民的回族移民新村,大学生村官李浩是村里唯一一个汉族,到村仅仅两年时间,凭借自身的努力,赢得了所有村民的尊重和认可。作者在固原市下乡采访群众路线教育实践活动期间,正巧赶上丰泽村“两委”班子换届刚刚结束,村民们纷纷向记者反映李浩在村换届选举中,以全票当选村党支部书记,演绎了207∶1的传奇。

作者利用一个下午的时间采访李浩及部分村民,生动记录了李浩的爱民、为民、亲民的点滴小事,完成了一篇短小精悍,令人回味的报道。

作品见报后,人民网、新华网等多家媒体转载。腾讯微博特地邀请李浩做客微访谈,在网络上接受全国大学生村官和网友的提问,成为全国大学生村官的榜样。

案例分析:《超强农民:1=190》评析

这是2013年2月8日黑龙江电视台《新闻联播》首发的一篇电视新闻消息,作者为杨国栋、李永和、李鑫。作品获得第24届中国新闻奖电视新闻消息一等奖。

春节临近,黑龙江省运行最成功的现代农机合作社——克山县仁发现代农机合作社分红了,摆满一桌子的现金是发给社员的最好年货。长期关注仁发合作社的杨国栋等记者,抓住了这一鲜活的新闻事件,进行了深入的报道,并于2013年2月8日黑龙江电视台《新闻联播》栏目中播发该报道。

克山县仁发现代农机合作社,以令人艳羡的高效益说明:中国现代农业必须走合作发展之路。这条消息用醒目的“超强农民:1=190”为题,抓住合作社年终分红的新闻事件,以生动的电视语言,展示了仁发农机合作社在土地转、规模经营、规范运行等方面取得的成功经验。这看似只是一个合作社的小事,却成为全国农业舆论阵地上的一件大事,造成的影响和分红的金额不相上下，不仅接了地气，还给各地农业部门启示。

这条新闻播出后，在全省农村和农业战线引起了良好反响。一些农机合作社到仁发合作社取经，学习他们的先进经验。中央电视台《新闻联播》中采用了这条消息。

——典型的影响，榜样的力量。

案例分析:《寒酸的县委办　不寒酸的民生》评析

这是2014年12月31日18时30分江西卫视频道《江西新闻联播》首发的一篇电视新闻消息，主创人员为曾佳、程鹏、肖瀚、王志奇、张龙。作品获得第25届中国新闻奖电视新闻消息一等奖。

这是一个记者偶然发现的典型新闻素材，经记者半个月的调查挖掘，于2014年12月31日18时30分在江西卫视频道《江西新闻联播》播出。作品获得第25届中国新闻奖电视长消息一等奖。

莲花县地处江西西部山区，是国家级贫困县。记者在走基层进行其他采访时发现，这里十分重视民生建设，在投入上大手笔频出。但是，县委县政府机关办公楼却老旧寒酸，成了最“古老”的建筑。记者觉得这一素材很有典型意义，通过半个月的调查采访，层层挖掘出背后的故事。

报道从县委办公楼的修葺入手，以莲花县多次停建办公楼，反建楼资金改投民生工程为典型事例，通过新与旧的对比，抠门与大手笔的对比，干部心声与百姓评价的对照等，充分体现出这个县几十年来艰苦奋斗、心系百姓的执政理念。作品事例典型，采访精炼，与质朴的素材相对应，没有特意通过人物之口说出或自己归纳出什么“豪言壮语”。

新华网、人同网、中国网络电视台、新浪、搜狐、凤凰等众多新闻网站转载了该报道。报道在网民中反响强烈，很多网友对莲花县的做法点赞，并以此为对照，抨击了一些地方投巨资建设楼堂馆所的现象，引发热烈讨论。

作品事例典型,采访精炼,与质朴的素材相对应,作品没有特意通过人物之口说出或自己归纳出什么“高大上”的语言,完全以事实说话,具有很强的可信度和感染力,是一件优点众多的优秀作品。

案例分析:《小雪,我要让你站起来》评析

这是2014年12月25日10时05分新疆人民广播电台738汉语综合广播FM89.5《寻医问药帮帮忙》栏目首发的一期广播新闻专题,主创人员为佟慧娟、何琳。作品获得第25届中国新闻奖广播新闻专题二等奖。

这是一则反映一个来自湖南贫困家庭的大学生,坚持帮助新疆残疾女孩追求新生的故事。

故事的主人公范尉,是湖南农村贫困家庭的大学生,一直在帮助新疆等地的贫困学生。一次偶然的机会,他了解到塔城有一位残疾女孩小雪,因家庭贫困无法医治小时候落下的腿疾,就要终身残疾。范尉得知小雪的情况后,发出了“小雪,我要让你站起来”的心愿。他放弃了湖南、湖北多家医院的邀请,选择到偏远的塔城地区人民医院工作。他3年坚持不懈的努力和善心大爱终于帮助塔城残疾女孩小雪站了起来。期间,他还资助95名塔城地区各民族贫困学生,把湖南“小火柴”公益组织,深深地扎根在边疆的土地上。

作品有很多优秀之处,树立起一个有责任、有抱负、有担当的坚韧、大爱的当代青年典型形象就是一点。

从2014年3月到12月,记者跟着范尉多次深入医院和塔城地区采访,记录“小雪的第一次手术”“第二次手术”“小雪站起来的瞬间”等关键场景,并与范尉一起走访贫困学生、为小雪募集善款等,掌握了大量第一手鲜活的素材,用真实细节表达人物内在的品格,终于将这一有责任、有抱负、有担当的坚韧、大爱的当代青年典型形象呈现在公众面前。

节目播出后受到社会的普遍赞誉和高度认同。2015年2月,范尉荣获2014感动中国之湖南人物称号。

案例分析:《千万富翁送四个儿子上维稳一线》评析

这是2014年8月26日21点06分阿克苏地区电视台综合频道《阿克苏新闻》首发的一篇电视新闻消息,主创人员为陈国庆、王拓、宋冬梅、曹慧。作品获得第25届中国新闻奖电视新闻消息二等奖。

这是2014年新疆阿克苏地区暴力恐怖案件频发时发生的一件有典型意义的事。

阿瓦提县当地有名的企业家阿得力·依明,20多年来依靠党的政策走上了致富之路,3个儿子和1个养子一直跟着他做生意,一年净赚上百万,家庭财产上千万。但接连发生的暴恐案件也使阿得力深受其害。经过考虑和沟通,他毅然把四个儿子送到当地公安局当协警,送到维稳一线。阿得力·依明用自己的实际行动有力地作出了回击,这在当地是“爆炸性新闻”(在全疆也具有唯一性)。记者得知线索后,立即赴阿瓦提县对此事进行了采访报道。通过精心准备的提问和深入交流,挖掘出了这位民族企业家内心深处的爱国情怀和公民责任意识。

消息在阿克苏地区电视台《阿克苏新闻》节目播出后,在当地引起了强烈的反响。人们从中看到了民心所向,看到了群众的力量,也看到了希望和正能量。这个消息极大地鼓舞了士气,激发了当地各族群众自发团结起来与暴恐分子斗争的勇气。收到了凝聚人心、同仇敌忾的社会效果。

在“暴恐猖獗”的2014年,这条消息无论从国家安全的高度来考量,还是用新闻传播学的价值标准来判定,它都是新疆最值得传播的信息。作品中体现的国家意识、公民意识和为国为民情怀,正是新疆急需恶补的“第一课程”。在2014年度新疆广播电视节目评比中,该消息获得评审组评委一致好评,获得一等奖。

案例分析:《“时代楷模”高德荣》评析

这是2014年12月22日至24日云南广播电视台卫视频道《云南新闻联播》首发的一组电视新闻系列报道,主创人员为范宇航、朱朝辉、于瀛、臧庆星、陈睿、沈坚、张翔等。作品获得第25届中国新闻奖电视新闻系列报道二等奖。

这是报道获得“时代楷模”称号的“人民的好县长”高德荣事迹的电视系列报道。

2014年12月29日，中宣部正式向社会公开发布授予高德荣同志“时代楷模”荣誉称号。虽然对高德荣同志先进事迹的报道开始于2013年，但从中央到地方，各级媒体的集中发力报道却在2014年达到最高潮。由于云南广播电视台记者对高德荣同志的采访入手早、贴身紧、挖掘深，所以制作出的系列报道更加细腻、全面。从2013年8月到2014年12月，一年多的时间里，云南广播电视台记者先后六次进入独龙江乡，对“人民的好县长”高德荣进行贴身“跟踪式”采访。

作为“时代楷模”和全国优秀共产党员，老县长高德荣为人低调，只喜欢低头做事，不喜欢抬头宣传，甚至有一种“防记者”的心态。老县长的“怪脾气”不仅记者早有领教，就连云南省领导也深有感触。

面对老县长的“不配合”，记者采取的办法是成为老县长身边的空气，跟着走、跟着看，不关机、全纪录。记者跟着老县长过溜索，钻密林，斗毒虫，种草果，用脚步丈量独龙江乡的辽阔，用内心去感受老县长与群众的贴心温度，最终用真情感动了老县长，而记者也获得了第一手没有任何策划的真实素材，时长达4000多分钟。

在浩瀚的素材中，记者挑选出最精华的故事，通过老县长的“三条路”、老县长的笑容以及老县长的泪水，讲述了高德荣两出两进独龙江的人生追求和与民同喜为民忧的公仆情怀，从不同侧面、不同角度诠释了一位一心为民、一身清贫、一生忠诚的党的好干部。

全国各级媒体报道高德荣同志先进事迹的作品很多，由于云南广播电视台记者过硬的一手材料和对典型的准确把握，使作品不单在具体真实上，在实质真实和典型性上都优势鲜明。作品不单原汁原味展现出老县长“忠诚、干净、担当”的形象，连他为民忘己个性中的“怪脾气”也得到真实表现，真实、典型，终以优势胜出。

案例分析:《孝在三生》评析

这是2014年7月8日大众网首发的一期网络新闻访谈,主创人员为邢玉军、尹海洋、韦辉、赵洪栋、钮晶、王晓亮。作品获得第25届中国新闻奖网络新闻访谈二等奖。

山东济南的房泽秋是全国孝亲敬老之星,她的家庭也因两代人连续35年照顾没有血缘关系的邻居李玉柱而获得"全国最美家庭"称号。在房泽秋被媒体聚焦的时候,大众网另辟蹊径,选择对房泽秋之子于霄宁进行专访,并在房家进行了跟拍,呈现了一个80后青年继承家风家训、辞职在家照顾老爷爷,并将家风潜移默化影响自己小儿子的三代孝道传承故事。专访地点选在房家门前,自然感人。访谈进行了精细的后期制作,并以专题的形式呈现,内容丰富细致,传播力强。

于霄宁接力照顾老爷爷的故事,折射出年轻一代主动践行社会主义核心价值观的光芒,以及以齐鲁优秀传统文化为基础的厚道诚信家风的感召力,引发了广泛的社会关注,被部分中央新闻网站,商业网站以及省级重点新闻网站转载。

访谈主题紧扣社会主义核心价值观的思想精髓,又巧妙地将这一宏大主题落脚到家风的传承。通过讲述于霄宁一家三代35年接力赡养一个毫无血缘关系的老人的故事,小切口反映了当前时代背景下,80后这代人实践社会主义核心价值观,继承良好家风并进行道德传承的典型案例,具有现实的舆论引导和教化作用。

案例分析:《"只要用心调就有解"——重庆观音桥街道老马工作室的群众故事》评析

这是2014年11月24日华龙网首发的一期网络新闻访谈,集体创作。作品获得第25届中国新闻奖网络新闻访谈二等奖。

重庆市江北区观音桥街道"老马工作室"负责人马善祥,从事基层群众工作二十多年,他创造的"老马工作法",为加强和改进基层思想政治工作提供了有益经验。华龙网采访报道了老马的事迹,并邀请老马做客《华龙会客厅》。节目组与观音桥街道和老马多次沟通,了解老马事迹,从老马工作、生活点滴入手,挖掘亮点深化提炼,提前制定了细致的访谈方案,搜集准备了大量资料,并拍摄、制作了相关视频,让整场访谈内容更加饱满,对老马的人物形象及其事迹的呈现更加全面深入。

访谈现场,主持人深入挖掘老马在工作和生活中的酸甜苦辣,生动展现了基层思想政治工作者们对党忠诚、信念坚定的政治品格,扎根基层、服务群众的高尚情怀,恪尽职守、敬业奉献的务实作风。访谈还特别联系邀请到老马所在的观音桥街道书记和他一手带出来的徒弟"小马",从不同角度展现了老马过硬的党性修养和服务群众的真心和热情。访谈最后的环节,特别安排了现场调解环节,让老马现场帮助网友处理解决烦心事,增强了网友的参与互动性,使节目更接地气,更贴近网友生活。访谈推出的同时,还采用论坛、微博、客户端等多种方式与网友进行互动。

访谈节目播出后,社会评价积极,反响热烈,半年来观看人数累计185万左右,页面浏览量480万左右。马善祥的事迹吸引了人民日报、光明日报、央视等中央媒体和市级媒体的大量报道。网友们也纷纷点赞,有网友评论说:"长期坚持,一心一意,平凡见伟大。其实,在我们的社会中,像老马这样的平凡人还有很多,需要我们去发现。"还有网友表示:"从前没有发现,原来好干部就在我们身边。希望有更多的基层干部像老马这样,真心实意地为群众服务。"纵观网友们对马善祥的评价,大家说得最多的就是"老马,真棒!"并附上一个竖起大拇指的表情图片。中央宣传部授予马善祥同志"时代楷模"称号。

"对群众有感情是首要的。"作品展现的老马工作室、观音桥街道的党员干部很真实,很典型,这是真实的典型,是典型的真实。

案例分析:《孟津政府大院没"围墙"》评析

这是2014年5月29日《河南日报》首发的一篇报纸新闻消息,作者为胡心洁、刘晓波。作品获得第25届中国新闻奖文字新闻消息二等奖。

这则新闻是记者在“走转改”活动中深入基层抓到的一条“活鱼”。作品用精炼生动的语言，以小见大，通过孟津政府大院没“围墙”，进而写到领导干部与群众的联系没“围墙”，真正推行了联系服务群众的工作机制，是党的群众路线教育实践活动最真切的实践。

作品采用白描手法，通篇只有大妈跳广场舞和村民家停水两个场景，看似毫不相干，却能够通过“围墙”巧妙地结合起来，看似信手拈来，却能够以平实的语言将党的群众路线教育实践活动真实生动地展现出来，具有巨大的典型意义。

消息见报后，在读者中引起强烈反响。特别是微博微信等新媒体同步传播后，众多网友纷纷点赞：政府大院没“围墙”，领导干部手机号码“晒太阳”，才能和群众走得更近，贴得更紧！

——鲜活，真实，典型。

案例分析：《“李保国又来了！”——记一位扎根太行山的科技工作者》评析

这是2014年6月30日《经济日报》1版首发的一篇报纸新闻通讯，作者董碧娟。作品获得第25届中国新闻奖文字新闻特写二等奖。

2014年6月，为营造创新驱动发展氛围，宣传推动科技与经济结合的典型人物，记者赴河北省邢台市内丘县岗底村深入开展采访。烈日下，记者连续多天随采访对象走山路、进农田、访农户，挖掘到一系列真实感人的故事。采访中，记者不单与采访对象深入交流，还单独采访了近10位熟悉采访对象的群众，确保信息的真实和客观，全方位了解采访对象对当地发展的贡献。

作品用生动精炼的报道语言真实呈现了一位一线科技工作者的感人事迹，成功表现了服务经济社会发展的科技人员典型。作品十分注重运用真实的故事和细节，主题鲜明，为群众喜闻乐见。

稿件一经刊出，即被国家科技部在官网进行转载，同时被新浪网等多家门户网站转载。记者在采访过程中录制的微视频，也在新媒体平台得到广泛传播,取得了良好的社会效应。

作品表现了李保国这个服务经济社会发展的科技人员典型,也反映了岗底村这个因科技致富、与时代俱进的当代乡村典型。

——真实的典型。典型的真实。

案例分析:《68 年前南京人民曾大力援助拉贝一家》评析

这是 2014 年 8 月 19 日《金陵晚报》首发的一篇报纸新闻消息,作者许军、丁邦杰。作品获得第 25 届中国新闻奖文字新闻消息三等奖。

德国友人约翰·拉贝拯救 25 万南京难民的伟绩早已为全世界知晓传颂,但是,南京人民资助恩人拉贝一家这段历史却鲜为人知。《金陵晚报》记者受拉贝唯一存世后裔托马斯·拉贝以及南京档案馆馆长的邀请,全程见证了尘封 68 年的 5 卷有关南京人民全城动员自发募捐,资助拉贝一家的史料原件首次面世的全过程。“曾经拯救 25 万南京难民的约翰·拉贝,回到德国后遭遇逮捕、贫困、饥荒的巨大灾难。南京人民发起捐助,美元和食物源源不断流向柏林他的家中——这段已经尘封了 68 年的史料,南京档案馆昨天下午,向拉贝嫡孙展示,并通过本报现场独家专访向世人曝光……”

——确实的信源,增强了事实的感染力。

案例分析:《车轮上的幸福》评析

这是 2014 年 6 月 26 日《贵州日报》首发的一篇报纸新闻通讯,作者陈毓钊。作品获得第 25 届中国新闻奖文字新闻通讯二等奖。

一次下乡采访的途中,记者无意间听说吴成德家换车的故事,觉得这是一个很好的题材。几经周折,终于联系到吴成德。记者驱车跟随吴成德的摩托车一路山路颠簸感受山村面貌。在吴成德家,记者和他促膝长谈,聊车、聊路、聊产业、聊生活,深夜方回。

作品见报后,引起强烈反响。共产党员新闻网、凤凰网、多彩贵州网等网络媒体陆续转载。众多读者评价:记者以踏实的采访态度,深入基层，获取了真实生动、鲜活可信的新闻素材。文章带有浓浓的泥土气息，包含了深厚的社会关怀和人文气息，是接地气、有深度的好新闻。

作品选取改革开放后的三个时间节点，通过吴成德一家三次换车的故事，讲述大时代背景下普通人的生活变迁。折射出人民生活水平的提高、交通条件的改善、产业的更新发展，反映了时代的大变迁，具有强烈的时代感。

——这，就是实质真实的魅力。

第二节·正 度

新闻还可以有一种元素,我们分析新闻也还可以有一种视角——“度”。

新闻是通过主观操作产生的产品,必然存在主观影响,必然存在舆论导向,也就必然有主观传达的“度”的影响,所以新闻应当注意对“度”的把握和研究。由于新闻“应当”讲究“度”,我们把它放入“正”的体系里,称为“正度”。新闻和新闻价值,在很多层面上都受“正度”的影响。

“正度”一要到位,二要不越位。

1. 要到位。

“正度”,首先要“到位”。先要“有”,才可能“控”,先要有现实的基础,才可能有所“把握”。不要一听到说要把握“度”,就理解为是单向性的限制,以为就是要“不过度”,这不是辩证法。比如说,一个社会效应较小的新闻,处理时却不恰当地强化、突出,就容易失去“正度”,这就是“过度”,或说“越位”;而一个有一定社会效应的新闻,没有得到应有的重视和对应的强化,致使它的影响力没有达到应有的程度,也是一种不恰当的“度”,是一种“不得度”,这就是“不到位”。又如新闻的真实性中,对事实和变化的选择就要讲“度”,不能一味讲求表现全部的事实和变化,事无巨细都要一一记录进去,那样就是写实失度,写得越“实”就越失度,这种失度是“过度”;但是,如果什么都不写,或者只写最简化的框架式的叙述,如“一个人走上台,又走下台”,那也是一种写实失度,就是写实“不到位”。

2. 不越位。

不越位,就是不过度。“度”有很多,有详略的度,有轻重的度,有用情的度,有论理的度,有伦理道德的度,有良俗公序的度,有政策的度,有法律的度,等等。现实中有很多的方面,由于实际情况千变万化,千头万绪,有时难以有明确的规定,但更应该用心体会和把握。基本的精神,就是要符合我国的社会性质、国家安全、宪法精神等。其中,法律、纪律、政策、行业规定、职业规范、科学公理等都有明确的范畴界线,要注意坚守规范不越位。

近几年获得全国新闻奖的新闻作品中,很多就非常注意坚守"正度"之本,把握、用活了社会认知和公众认知尺度之巧,使作品新闻价值更增。

案例分析:《习近平同美国总统在中南海会晤》评析

这是 2014 年 11 月 12 日 19 时 00 分中央电视台综合频道、新闻频道《新闻联播》首发的一篇电视新闻消息,集体创作。作品获得第 25 届中国新闻奖电视新闻消息一等奖。

"晚上的中南海,水波荡漾,树影婆娑……"这些摄录静谧夜景的语句,不是在作文化休闲报道,而是在进行习近平同美国总统在中南海会晤的时政报道,时间是 2014 年 11 月 11 日晚上 18 时至 22 时左右。在消息中,与此相似的语句还有:"瀛台桥上,两国元首凭栏远眺,亭台楼阁,错落有致,华灯初上,熠熠生辉。""两国元首拾阶而上。""夜色渐沉,两国元首聊兴不减,信步来到迎薰亭茶叙……"这则后来获得第 25 届中国新闻奖一等奖的电视消息,在作品参评表上这样自我介绍:"业界认为该新闻的拍摄、编辑所营造的'串门式'氛围,摆脱了传统会晤的严肃气氛,给受众传达了两国元首推进中美新型大国关系的共同愿景。从会晤后的闲庭信步,到月下挥手告别,点点细节的铺陈,更加呈现了一个非传统的时政新闻。""本条新闻的成片对细节的展现、把控可谓精准,时刻紧扣新闻主题,使画面呈现的意蕴与文字所承载的内涵相辅相成。画面的表现及其唤起情绪的铺陈,也对成片连贯和情绪迭起起到了重要作用。加之纪实手法的使用,使时政新闻脱去了刻板的外衣,焕然一新,别有一番意蕴。”

作品在参评表上的自我介绍说的是手法和氛围的创新，我们却感觉到更精彩的是作品对创新、出奇的“度”的把控。一件有相当“融洽度”的新闻，没有得到应有的表现和强化，致使它的影响力没有达到应有的价值，是一种不恰当的“度”，就是不到位。反之，一件有一定“新鲜度”的作品，但处理时却不恰当地强化，也容易失却“正度”，容易越位。作者对新闻素材中所表现出来的新意敏锐地发现和捕捉，又恰当地用有新意的手法表现出不同寻常之处，正得其度，体现了很强的新闻敏感、高超的专业水准和自信的创新勇气。

案例分析：《天天3·15》评析

《天天3·15》是中央人民广播电台财经节目中心2010年12月16日创办的日播舆论监督性栏目，每周一至周五12:15-12:45播出，每周六、日12:00-13:00播出。作品获得第25届中国新闻奖新闻名专栏一等奖。

《天天3·15》栏目以“让消费者更有力量”为宗旨，紧盯经济领域、百姓消费生活中的“焦点、热点、难点”，注重普法，教会消费者理性维权的基本理念和方法，推动企业经营的合法有序和消费环境的和谐进程。既有对商业领域的监督，也有对社会热点的透视，更有对百姓在经济领域遭遇不公正待遇时的关怀。

如果用“正实”“正度”“正效”的视角来看，《天天3·15》栏目注重群众的关切，注重报道的真实、准确和有度，在“正实”“正度”“正效”等方面都很优秀。

“正实”方面，《天天3·15》栏目强调真实性，凝结了真实的力量。具体表现为：1. 记者以实事求是的态度调查求证；2. 调查过程完整，真实可靠有说服力；3. 事实的选择上高屋建瓴，具有普遍意义；4. 敢于碰硬，善于观察、发现并直面问题。如2014年第17期《专家听评简报》：7月18日，《天天3·15》报道长安福特蒙迪欧致胜汽车在保质期内频频发生发动机爆缸故障，车主们认为是产品缺陷，厂家却回应是中国的油品不匹配，引发车主强烈不满。8 月 17 日厂家给出新的书面答复。8 月 18 日《天天 3·15》以《车辆定损谁说了算》为题对此做追踪报道。使听众真实客观地了解到事件进展情况，也真切看到中央媒体在帮助消费者维护合法权益上做出的努力。

"正度"方面，从报道原则上来看，《天天 3·15》栏目注重把握尺度分寸，彰显出理性的力量。分寸的把握突出表现在角度的选择上。负面报道容易出现以偏盖全、挑动矛盾、渲染情绪等弊病，《天天 3·15》所做的报道，一直坚持"就事论事"，绝不凭"想当然"扩大批评范围，把矛头引向其他方向，指向党和政府，出发点积极、善意，将批评报道做出正面效应，使很多基层矛盾得到很好地化解。如 2014 年，《天天 3·15》把关注的目光投向更多民生领域，比如农民工讨薪、员工加班费如何保证等涉及劳动者合法权益保护方面的选题，以及非本地户籍孩子就学难等选题，既帮助弱势群体解决了问题，也指出当前在制度上还有很多亟待完善的方面，节目播出后收到较好效果。

"正效"方面，《天天 3·15》栏目以回应群众最大关切为自己的特色和责任，通过栏目组的联系沟通、监督促办，消费者的合法权益得到了保护，许多矛盾得以化解于无形、化解于起始阶段，也赢得了百姓喜爱与信任。来自全国各地的听众不远千里专程到京给栏目组送锦旗，评价《天天 3·15》栏目是"消费者知音""百姓之声""为民喉舌"。《天天 3·15》收听率最高达 0.73%，市场份额最高达 10.1%，不仅创造了经济之声的收听数据新高峰，而且在全中央台同时段节目中也数一数二。

案例分析：《幸存者证言》评析

这是 2014 年 11 月 17 日至 12 月 16 日江苏省广播电视总台江苏新闻广播《江苏新闻联播》首发的一组广播系列报道，主创人员为黄信、张建赓、郭莉莉、姚加炎、侯贞、王博男。作品获得第 25 届中国新闻奖广播新闻系列报道二等奖。

这是在中国首个国家公祭日即将到来之际开播的广播系列作品，30位南京大屠杀幸存者证言再现那段“城之殇、民之愤、国之痛”的历史片断。

作品在侵华日军南京大屠杀纪念馆有上百个幸存者证近百小时言音频资料中，精选30个几分钟，以独家资源，首开“口述历史”系列广播之先河。

作品优点很多，秉持“专业主义”，追求有效传播，就是一点。这其中，播音对情感表现度的把握，更显功夫。在该台对作品的介绍中，给人留下深刻印象的有：“播音员反复揣摩作品气质，播音深情不煽情。”以“有12分的情，用8分力”的播音基调奠定作品大气、正气、厚重的品质。很好地把握了作品态度、风格所要求的“度”。

案例分析：《巡航钓鱼岛亲历》评析

这是2014年9月26日18时27分中央人民广播电台中华之声《海峡军事漫谈》及中国之声《新闻和报纸摘要》《新闻纵横》等栏目首发的一期广播新闻专题，主创人员为何端端、李真、穆亮龙、李金鑫。作品获得第25届中国新闻奖广播新闻专题一等奖。

这是中央人民广播电台记者跟随中国海警编队赴钓鱼岛海域巡航执法的新闻广播专题报道。

2014年在《钓鱼岛是中国固有领土》白皮书发表两周年到来之际，在总政在关部门的组织下，经过繁复的审批程序，中央人民广播电台派记者何端端跟随中国海警编队赴钓鱼岛海域巡航执法20天，摄录了丰富的现场音响和图片，并在现场即时录下记者口播。因钓鱼岛海域的严峻形势及严格的宣传纪律和审稿要求不允许记者在现场发回报道，所以等记者在回编辑部后制作成广播节目和网络图文报道，进行多媒体刊播。现场音响还原了中国海警编队人员为维护祖国领海主权恪尽职守的真实情景和精神风貌。在电视报道没能进入现场的情况下，让人们感受到了特别新闻地点的现场化呈现。作品围绕主题从多个侧面生动反映中国海警编队人员热爱祖国,为维护领海主权恪尽职守的感人事迹和精神风貌。

节目具有较强的政治性、政策性、专业性,在敏感时间、敏感话题的交织中,对报道的实况、报道用词的尺度都做了很好的把握。在真实记录新闻现场的同时,揭示我国基本实现对钓鱼岛海域巡航常态化的艰难历程和突破性成果,取得了很好的效果。

《巡航钓鱼岛亲历》在对日舆论斗争的有利时机适时推出后,反响强烈,广受好评。海内外媒体争相转载,并引发广泛讨论及深入评析,发挥了主流媒体引导舆论的积极作用,有力地配合了我国维护领海主权的舆论斗争。

该报道主题重大意义深远。面对钓鱼岛问题的尖锐复杂,记者亲历巡航钓鱼岛维权斗争一线,深入宣传《钓鱼岛是中国固有领土》白皮书所阐明原则立场,具有重大现实意义。

报道讲究政策,策划到位。节目具有较强的政治性、政策性、专业性。能够很好地把握敏感话题的政策尺度,策划到位,在真实记录新闻现场的同时,揭示我国基本实现对钓鱼岛海域巡航常态化的艰难历程和突破性成果。

案例分析:《大海见证》评析

这是2014年8月28日《人民海军报》1版首发的一篇报纸新闻通讯,属集体创作。作品获得第25届中国新闻奖文字新闻通讯二等奖。

这是报道"甲午战争120周年海上祭奠仪式"的通讯。

甲午战争120周年海上祭奠仪式,万众瞩目。人民海军报社领导亲自挂帅,带领精干力量奔赴活动一线,争分夺秒搜集第一手素材,认真观察、全面采访、深入思考的基础上,扭住关键细节,迅速完成稿件。编辑部连夜发排,最终配以现场图片在一版重要位置刊发。

通讯有深远的意境、宏大的视角、诗意的文字和深刻的内涵,刊发后产生强烈反响。很多基层部队官兵、一线部队指挥员和媒体同行致电报社以及稿件作者，称赞此稿写出了回溯历史、镜鉴今朝的意义，写出了当代军人的强军担当，凝聚起了强国强军的正能量。

此稿经由当代海军官方微信推送后，各大门户网站、新闻客户端、微信公众号纷纷转载，收获了百万级的阅读点击量，获得了巨大的传播效应，被誉为此次祭奠活动的扛鼎之作。

“国殇、军耻、海军痛”的祭奠，当然会激励当下。通讯凭借极强的历史纵深感和现场画面感、富有意境和张力的语言、精心选择和刻画的细节，使强国强军、不忘国耻的主题表达充分、到位，但又不一味煽情煽仇，很好地把握了度，让人读来愈发痛快，同时更愈发清醒。

案例分析：《Return Of The Unknown Soldier（老兵归来）》评析

这是2014年12月23日《中国日报》首发的一篇报纸新闻通讯（英文），作者赵旭。作品获得第25届中国新闻奖文字新闻深度报道二等奖。

文章讲述了一个鲜为人知而又感人至深的故事。现年99岁的赵振英老人曾于1939年至1945年之间参加中国人民抗日战争，并于1944年至1945年期间赴中缅印战区抗击盘踞在那里的日军。1945年9月9日，日军在南京原中央军校（今南京军区历史档案馆）大礼堂正式向中国军队递交投降书。作为当日负责现场警戒的警卫营少校营长，赵振英亲历了整个受降过程。当时他也是现场唯一可以自由走动的人。今天，从已知的信息来看，他是那个历史性时刻的最后一位见证者。

由于历史的原因，在建国后的半个多世纪，赵振英的故事被湮没无闻。然而机缘巧合，当已故国民党抗日将领潘裕昆将军的外孙晏欢先生决定整理、搜寻资料，为其外祖父作传时，这段封尘已久的历史终于有了重见光明的可能。而其中又牵涉到一个至关重要的人物，一位醉心于保存其父亲在中缅印战场二战记忆的美国人 Neal Gardner（尼尔·葛顿南）。

一段历史，三个家庭，大陆、台湾、海外……当记忆交汇，一切重新变得清晰，变得生动。

文章采访写作以及前期查询资料历时三个月。记者采访了包括赵振英老人、晏欢和尼尔在内的所有事件相关者。大量而又碎片化的信息在历史的浓雾中若隐若现,给采写带来了很大的困难。为了能够更加准确详实地把整个故事呈现在读者面前,记者查阅了大量有关中缅印战场的历史资料,并和多位相关学者进行了广泛探讨。2014 年 7 月,记者更是亲赴当年的滇缅战场,实地感受 70 余年前包括中国军人在内的盟军将士们在自然条件极其恶劣的情况下抗击日军的决心和勇气。

文章刊发后在海内外引起了强烈反响。国民党抗日名将杜聿明将军之女杜致廉发来邮件表示自己“流着泪读完”,并表示希望能够亲自前往大陆看望赵振英老人。

援华抗日的美军四星上将史迪威将军(General Joseph Stilwell)的外孙约翰·伊斯布鲁克(John Easterbrook)通过邮件向中国日报表示,“文章让我印象深刻……是一份记忆的珍宝!”

难得的是,作品并没有因为讲述一个感人的故事就滥感煽情无度,而是用了近乎“白描”的写法,让历史自己表述,让受众自己体味和浸润其中。在平实的语言、准确的叙事中,故事和真相一步步铺展开来,恰到好处。

案例分析:《食品工厂的“黑洞”》评析

这是 2014 年 7 月 20 日 19 点 14 分上海广播电视台新闻综合频道《七分之一》首发的一期电视新闻专题,属集体创作。作品获得第 25 届中国新闻奖电视新闻专题报道一等奖。

这是后来被称为“福喜事件”的电视暗访报道,上海广播电视台新闻综合频道《七分之一》2014 年 7 月 20 日 19 时播出。作品获得第 25 届中国新闻奖电视专题类一等奖。

2014 年 4 月,记者接到爆料,反映上海福喜公司长期使用过期原料制作食品。由于该选题涉及公众利益,在其他途径无法获得一手证据的情况下,记者深入工厂进行隐蔽式采访。在历时 3 个多月的调查编制过程中,作者严守新闻真实准确客观的原则,真实地揭露出一个著名食品企业不为人知的一面,具有强烈的震撼力。一是严格遵守新闻界公认的隐蔽式采访规范,不做钓鱼式、诱导式的采访,不主动推进事实的进程,以严谨客观的态度,忠实记录下观察到的事物,调查报道证据确凿。二是报道叙述语言平实,客观公正。所列举新闻事实都有相关证据进行交叉验证,用事实说话,逻辑严谨,没有刻意渲染。三是在困难的拍摄条件下,依然做到了多角度、多机位的镜头呈现,画面生动,细节真实,充分发挥了电视新闻的特长。

节目播出后,引发了巨大的社会反响。上海食药监、公安等部门立即成立联合专案组,在全国范围内彻查有关问题食品的流向,上海市委领导批示,这样的食品安全“黑洞”令人触目惊心,这样的舆论监督是正能量,要向调查的记者表示慰问。“福喜事件”还成为全球媒体普遍关注的新闻事件,CNN、BBC、NHK 等国际知名媒体都对福喜事件进行了跟踪报道。

2015 年 4 月,新修订的《食品安全法》表决通过。全国人大法工委人士表示,福喜事件对《食品安全法》修订很有启发。对于节目关注的回收原料、过期食品等问题,新《食品安全法》有了更为明确的规定。

另外值得一提的是,该作品不单在“正度”方面具有很高的新闻价值,在“正应”(食品安全)、“天机”(独家报道)、“正实”等方面,也是很优秀。一件优秀的作品,往往有着多方位的优势。

案例分析:《民声》评析

《民声》是南京广播电视台于 2013 年 6 月 15 日开播的一档节目,每周播出一期。作品获得第 25 届中国新闻奖新闻名专栏一等奖。

《民声》每期邀请当地官员走进演播室,与现场民众面对面对话,致力于在公仆与公众之间搭建平等对话的桥梁,共同探讨社会管理难题的解决之道。

《民声》每期节目选题都围绕市委市政府中心工作,一方面策划设置热点民生话题,另一方面通过网络广泛征集群众热议的民生话题。围绕这一大家都很关注的话题，官员和市民代表能够在这一平台上进行真诚、平等的交流。而主持人在其中扮演的是穿针引线的角色，而不再作为提问的“主攻手”，更多的话语权让位于市民、网民。

为了实现这一目的，在舞台设置上，一改过去访谈节目领导在主嘉宾区，市民代表在台下的“割裂”状态，而是以圆桌访谈体现平等交流、多方沟通的理念。在这样一个舞台上，官员的身份既是领导，又是倾听者。有的市民代表提问比较尖锐，官员们也能冷静对待，耐心解答。

《民声》节目通过一些环节设置，努力实现官民良性互动，真正为推动问题的解决提供双方互信的讨论氛围。《民声》的环节设置包括两大块：“一问到底”和“换位思考”。

“一问到底”环节重在释疑解惑。问的都是老百姓想问的事，不解的事，有的问题恰恰是在经济社会发展过程中回避不了的矛盾。各方参与者的话题冲突、性格冲突形成了“情节冲突”和“剧情高潮”。“换位思考”环节，请一位民声代表担任“民意局长”，坐在政府官员的位子上接受各种“拷问”，真正的局长也可以在这一环节求教于民，吸纳民智。“换位思考”不仅促进了双方的理解，也增强了话题的均衡性，对讨论过程起到理性制衡作用，通过访谈、讨论，有关政府部门听到了百姓的呼声、心声，老百姓在了解到政府意图、作为的同时，也明白了某些工作的难处和矛盾，达到互相理解、共创共赢的效果。

通过这些环节的设置，使得节目不再是单向的一味地问政和监督。一方面市民代表提出问题，官员解答问题；更重要的是，节目引导百姓和官员一起，共同去探讨社会管理难题的解决之道，最终能达成共识，传递了正能量。通过这些环节和现场主持人的把握，可以有效地把握现场的“热度”，使对话富有成效。

《民声》通过独特环节的设置，通过将互联网思维引入节目生产，大力推进媒体融合，使得节目传播力更广，更容易被政务人员和市民、网民所接受。一些官员来做节目前都有压力，甚至有抵触情绪，但是在录制完节目之后，都表示不虚此行，很有收获，促进了他们的工作。正因为此，目前这些局级领导来录制节目,都是应栏目组的邀请而来,而非其他行政命令要求他们必须来。

通过节目组的不断努力,该栏目公信力、传播力和影响力在不断提升,已经成为南京市推进中心工作的宣传主阵地,成为南京弘扬主旋律的媒体典范。

案例分析:《左手法律,右手情义》评析

这是 2014 年 9 月 19 日 9 时 10 分无锡广播电视台无锡新闻频率《新闻非常道》首发的一篇广播新闻评论,主创人员为沈晓红、曹琦、邓雁京。作品获得第 25 届中国新闻奖广播新闻评论二等奖。

年轻的小两口车祸去世,生前留下四枚唯一承载血脉基因的冷冻胚胎。四位失独老人讨要这四枚唯一承载血脉基因的冷冻胚胎被拒,与医院对簿公堂。2014 年 9 月 17 日,中国首例已故夫妻冷冻胚胎权属纠纷案在江苏无锡市中级人民法院作出终审判决。我国现行法律对受精胚胎的法律属性没有明确规定,能不能让其成为继承的标的,给失独家庭存一份希望?没有前例可循。从不能继承到可以监管,法官们运用自己的智慧,从法律的角度,兼顾了情理,填补了这一法律空白。

此案获评“2014 年度人民法院十大民事案件”之一。

从 5 月 15 日的一审到 9 月 17 日的终审宣判,记者一直在跟踪报道。

评论条理清晰,把专业的法律条文解析得通俗易懂。

作品打破了一般新闻评论作者观点提领的做法,而是先让各方当事人的观点充分碰撞,从法律、情理和法理平衡点三方面解析,使观点有了更深的拓展性。作品观点层层递进,角度新颖,以理说法以情动人。

作品文笔克制而温婉,偶尔抒情却不煽情,还给国家可能的政策修订和政策指引提供建议,在法、理、情之间的把握了恰当得度。

案例分析:《PISA2012 引发的思考》评析

这是 2013 年 12 月 4 日至 6 日《文汇报》第 1 版《文汇深呼吸》首

发的一组文字新闻连续报道，作者为黄强、郑逸文、马美菱、樊丽萍、姜澎等。作品获得第24届中国新闻奖文字新闻系列报道三等奖。

2013年12月3日北京时间晚上6点，PISA2012测试成绩公布，上海学生第二次获得世界第一。消息惊动了全球的教育界乃至政界。因为国际上普遍认为，PISA测试的15岁少年的综合能力，体现着未来20年这个国家（地区）的国民素质，也是反映一个国家（地区）未来经济实力的窗口。

每三年，经济合作与发展组织（OECD）要组织一次包含数学、阅读、科学素养为主要内容的测试，对一个国家或地区15岁学生的综合能力作出评价，进而评估该国家（地区）的教育公平和均衡程度。这项测试的全称为“国际学生评估项目”，简称“PISA”。

在65个参与PISA测试的国家（地区）中，上海是中国大陆唯一的一个参与城市。3年前，首度参与PISA测试的上海，就获得了世界第一的佳绩。这让全世界感到震惊。从美国开始，各国纷纷研究上海教育的“秘密”，而质疑声也随之而来。有研究者甚至是上海的研究者认为，上海的成功是应试教育的成功，靠的是死记硬背，中国教育从根本上来说是失败的。

当全世界的媒体都把镜头对准上海的基础教育，在预判部分西方舆论可能对上海学生的表现做出负面、质疑性评价的复杂背景下，文汇报凭借在教育报道领域的丰富经验，赶在PISA测试成绩公布前就率先启动——精心策划部署，开展大范围的深度调查。在此基础上，记者凝练了层次丰富的报道主题，在新闻发生的第一时间，采写这组《PISA2012引发的思考》系列报道。

为了做好这组连续报道，文汇报记者事先做了大量功课，采访了包括PISA上海组负责人在内的多名专家、学者、官员，以及海内外参与PISA测试以及PISA科学性研究的诸多学者。难能可贵的是，报道还通过对国际间教育的比较和国内外学者的研究，援引了大量翔实的数据，使整组文章立意更高、更具有国际视野。

文章刊发后,迅速被多家国内媒体和门户网站转载,在社会各界取得强烈反响,收获了来自各方面的高度评价。

整组报道既不夸大上海教育的成绩,也不回避当下教育面临的瓶颈,分析专业,条理清晰,分寸得当,理性合度。

案例分析:《百年老街二道桥》评析

这是2012年11月5日8时40分中国国际广播电台华语环球广播《中国之窗》首发的一期广播新闻专题,主创人员为张淑敏、贺飞、热米拉艾力、哈米提阿布都热黑。作品获得第23届中国新闻奖国际传播(广播专题)三等奖。

新疆“7·5事件”后,乌鲁木齐二道桥是个敏感的地方。此稿通过采访乌鲁木齐二道桥这个最繁荣的商业区和新疆主要的少数民族聚居区的经济发展,反映了新疆民族团结、社会繁荣、人民生活幸福,文化也同样多元繁荣和发展,展现了乌鲁木齐二道桥的新貌和丰富的文化内涵。

乌鲁木齐二道桥在新疆是个有独特文化特质的地方,它的繁荣与萧条最能反映出时代的变迁与社会的发展。这里的国际大巴扎更是伊斯兰文化的典型代表。此稿抓住了这些文化特质,从百姓的嘴里,从游客的口中,从商贩的吆喝和叙述中,反映了二道桥的历史变迁和文化特质,让人有身临其境之感。

此稿音响生动丰富,叙事冷静。虽然是成就的反映,却没有大话、空话,是一篇用音响和事实冷静说话,把握了“适度”的效果。在国际台播出时,受到业内外和国外听众好评。

国际台华语“中文环球”汉语普通话海外节目面向17个国家,33个对象地区播出。这期节目采用普通话、英语、法语、波兰语、泰米尔语、捷克语、乌尔都语播出。法国听众“让”说:我以为新疆很穷,但是从百年老街二道桥的节目中,听到了新疆的发展,有机会希望能到新疆旅游。非洲网友“Ben”说:中国人很重感情,这个节目很有感染力。

第三节·正　效

新闻还可以有一种元素，我们分析新闻也还可以有一种视角——“效”。

新闻由现实产生，又对现实产生影响。新闻对现实的影响，就是新闻的“效”，也就是新闻的现实效应。

新闻的“效”，可以是对社会的效应，也可以是对社会某些群体的效应，还可以是对媒体自身的效应。对社会的效应，可称为社会效应；对社会某些群体的效应，可称为群体效应；对媒体自身的效应，可称为自身效应，不能称为媒体效应。

对较多的媒体产生的效应，可称为媒体效应，媒体效应是一种特殊的群体效应。媒体效应和群体效应，其实也都是一种特殊的社会效应。

新闻的“效”，往往有新闻发布者的主观期待在里面。相对于主观的期待，新闻的“效”可以是正面的，也可以是反面的。

新闻的正面效应，往往被称为效益。新闻的“效”，如果相对于社会主流期待是正面的，往往被称为社会效益。

如《公共辩论，求真比求胜更重要（时事评论）》，就有社会效益；《项目审批“长征”698 天　泰豪动漫变“动慢”（文字消息）》，群体效应就较突出；《佳友民情快车》，其中包含了媒体自身作用的效用。

西方传统新闻价值理论分析“重要性”“显著性”“接近性”等元素，其实最终就是在分析考量新闻中对现实对社会的影响；分析考量对现实对社会的影响，最终最重要的要归结到影响的结果是怎么样的，那就是最后的效果如何。

由于新闻常规是期待“效”的，我们就把它放入“正”的体系里，称它为“正效”。

“正效”，主要受三个方面影响：1. 正应性。2. 可用性。3. 公义性。

1. 正应性。

正应，就是正面、正准地应答现实。正应，就是此天、此地、此社会现实、此新闻海洋中，人们最“应知”的新闻信息，对于媒体来说，就是最“应报”的新闻信息，这点本节前面讲过。当然，超出了前面讲的“正度”的范围的除外。这种“应知”“应报”，相对于不同的受众群体来说，有不同的范围和层次。一般来说，有影响社会发展的重大事件，特别是重大异动，影响社会部分组分部分群体的政府决策，某些社会群体需要知道的事变，某些社会群体感兴趣的新鲜事情，等等。

西方新闻价值理论中，对一些社会心理因素的分析表述，有用“重要性”“显著性”“接近性”的说法。“重要性”，往往是说，对社会，对一个地方影响大的，就是重要的。“显著性”，就是知名度高、影响大的。“接近性”，就是新闻发生地与新闻发布目标地的距离越近越有影响力，或事件与目标受众的心理相关、感受越近越有影响力。一个新闻之中，要是有“重要性”或“显著性”“接近性”含量的，新闻价值就高。具体到一件新闻，有时几项元素的范畴是有重合的。即“显著性”里往往就有“重要性”，“重要性”是因为“显著性”；因为有“接近性”，所以有“显著性”“重要性”，等等。其实，以心理的判断出发点来说，受众往往感觉的是媒体对新闻事实的选择报道“对不对”“准不准”，而没刻意去判断“重要不重要”“显著不显著”“接近不接近”。比如财经类的媒体，在股市暴跌，许多地方发生跳楼事件时，但如果这媒体这时不去反映这些有关的事件事态，而是去报道“XX 地方受灾，重挫地方经济”之类的消息，这些消息虽然也很重要，但受众会觉得这还不是最应该报的，或者说还有更应该报的，你漏掉了，让受众难以了解到最应该知道的信息。受众会觉得你的媒体准头不够，甚至会怀疑你在转移视线，也就是说，觉得你的选择是不准的、不“正”的。这就是媒体对正应性把握不够。一些新闻著述中说的新闻的“必读性”，对媒体来说就对应为“必报性”，其中也有这个道理。

新近发生（发现）的一件事或一个事实素材有没有新闻价值，有多大的新闻价值，这是新闻工作者每天都要面对的专业作业；新闻的新闻价值拿什么来衡量，这是每个新闻工作者都想得到的有更明确的专业标准。有的新闻工作者从业多年，还是说不大清楚为什么要上（写）这条新闻，用的是什么标准，有什么样的道理。同时，有时又见有一些媒体指责自己的工作人员漏报（送）了新闻，或媒体自己被上级或上帝指责漏报了新闻，但是现实中却又很少见有什么明确的"白纸黑字"的有"硬杠杠"的依据。那么，到底漏了什么？漏掉的那个是什么？弄清楚这个不能被漏掉的元素，就知道了我们所要关注的东西了。

业界中常说："今天的新闻，明天的历史。"那么，是什么样的新闻，能构成、成为"明天的历史"呢？这里，让我们来看一下一种新闻实践中较常见的情况——漏报。

新闻媒体都是连续出版物、连续发布物，一份具体的媒体，它自己的连续的报道形成了一条历史的报道流。新闻是易碎品，往往第一时间没有报，可能往后就不能报了。在实践中，如果有一则新闻，一家媒体在第一报道时间（对日报来说往往就是第二天）没报，到了更后的更新时间（对于日报来说往往就是第三天或以后），因为时效已过等原因，不宜再"补"再报，于是在它的报道流上，就形成了历史的"缺位"，这就是"漏报"。如体育类的媒体，《我国 XXX 获得 XX 项目第一个世界冠军》这样的新闻没有报，后来又"补"不上，这就是"漏报"。以后有人要查这报道，不知情的人翻遍了那个时段的你这体育类报纸，都找不到这篇报道，开始可能会怀疑事实有误，或事实的时间有误，后来只会怀疑你的报纸的专业水准、坚守意识、责任精神有缺失，怀疑你的报纸是不是真正的合格的"新闻纸"。

知道了什么是"漏报"，我们就会相应地知道——原来，漏掉了的，是历史的正记；原来，"历史正确"的，才是"新闻正选""新闻正应"。具体到一家媒体来说，一期节目的头条和重要位置、时段的稿件，往往是有"正选"的，是有"唯一性"的，选对了的，就是"正应"，它是影响"正效"的一个重要因素。

2. 可用性。

可用性,就是新闻的内容对社会、对特定的受众群体有正面效用。这个意思,过去有著述称为“有用性”,“有用性”其实也可以说是“有益性”,在此我们一并称为“可用性”。对社会有正面效用的,如统一认知,团结民志,澄清谬误,等等;对特定的受众群体有效用的,如服务性,启智性,激励性,知识点,信息量,等等。虽然,有用并不一定被用,有用也不一定有效,有效也不一定是正面的效。但是,可用性强,新闻的正面的“效”就容易实现,就容易更大化。

3. 公义性。

公义,就是社会公义。新闻需要公众关注,需要公众认可,需要公众市场;新闻是社会公器,需要有与公众最大程度相似的公众认知立场;新闻、新闻媒体和新闻人都是生活于、运行于、存在于现实社会之中的,是与社会规则、社会秩序、社会需要相适应而得以存在的。基于以上原因,新闻就要彰显社会公义、社会公理,维护公道正义。也只有这样,新闻才能有“正效”。

另外值得一提的是,有时候,正应性、可用性和公义性是有重叠的。即,一则新闻在有正应性的同时,可能还有可用性,可能还有公义性,等等。

近几年获得全国新闻奖的新闻作品中,很多就非常注重把“正效”之要,扣住了社会认知和公众心理需求的脉动,使作品本身新闻价值更增。

案例分析:《五问县级公立医院改革——睢宁县改革试点的考察报告》评析

这是2013年8月21日《徐州日报》首发的一篇文字新闻调查性报道,作者为何桂香、曲美慧。作品获得第24届中国新闻奖文字新闻调查性报道一等奖。

医改是民生的大问题。本文通过对江苏省公立医院改革首批试点单位的调查，正面回应了老百姓关心的一些问题。报道以问题为导向，以数据为论据，让事实说话，让当事人说话，较好地履行了报道者的职责。同时，该报道也敢于直面试点中存在的问题，不回避，不护短，体现了实事求是的原则。作为调查性报道，该报道在反映主流意见的同时较好地掌握了平衡报道的原则。

记者深入睢宁县试点医院进行暗访，听取患者的真实感受，再对参加改革的医院一线医护人员、院方负责人、当地卫生局和徐州市卫生局负责人进行采访。在获得大量第一手采访素材后，提炼出问题，形成稿件。这种结论形成于调查研究之后的采访方法值得推崇。

作品通过“五问”布局，把睢宁县级公立医院改革情况层层切片，每个切片中又有事例、被采访者看法和事理剖析，把事态交代得清晰、立体。

报道推出当月，徐州市全面启动县级公立医院改革工作，“睢宁模式”成为全市县级公立医院改革的样板，受到各方关注。作品还被人民网等媒体转载，社会效应良好。

案例分析:《丰收稻谷堆成山　卖与不卖好着急》等系列报道评析

这是 2013 年 9 月 12 日至 30 日期间《四川日报》1 版首发的一组文字新闻系列报道，作者为许静、王成栋、梁现瑞、赵若言、方小虎、胡敏、李建英等。作品获得第 24 届中国新闻奖文字新闻系列报道一等奖。

2013 年 9 月 10 日，《四川日报》社接到种粮大户卢建文的求助电话，记者庚即到现场采访，两天后，《丰收稻谷堆成山　卖与不卖好着急》一文在一版头条见报。在第一时间及时反映了单家独户的小农生产逐渐过渡到种粮专业大户，粮食收割的规模与进度都与往夕不可同日而语，而粮食收购部门开仓放款却按部就班，由此形成各方都值得重视的新的“卖粮难”问题。

报道并没有止步于促进卢建文个人问题的解决，而是将调查视角放到种粮大省的全域。先吃透“上头”——向省粮食局、省农业厅了解全省粮食的市场行情;再摸清“下头”——在全省东南西北四个方向各自选择了几个种粮大户了解情况;继而了解“前头”——10多年来,粮食最低保护价的背景和原因;最后了解“后头”——下一步最低保护收购时间适时调整的可能性有多大。从田间地头,到国家发展改革委、国家粮食局以及中储粮总公司,长达18天的追踪,13篇报道一气呵成,有始有终。于2013年9月12日—9月30日四川日报一版连续刊登。

该报道建设性强,以客观报道的方式兼听各方面意见,坚持了舆论监督的平衡报道原则。以化解时弊促进发展为根本取向,引发四川省内外的极大关注。相关县乡、各部门迅速行动,从解决种粮大户最迫切的问题着手,提前帮助种粮大户收储;这组报道还被摆到省政府决策会的会桌上,省领导亲自开会研究解决之道。报道同时得到国家发展改革委和国家粮食局积极回应,并最终促成当年的中晚籼稻托市收购提前启动。既直接推动政府部门及时调整收储政策,还促进了政府部门举一反三加快相关行政管理的改进,这对促进粮食持续增产和粮农增收具有重要意义。

报道正应了地方社会乃至各地的迫切需求,促进了粮食收购的提前启动,推动政府部门及时调整收储政策,还促进了政府部门举一反三加快了政策的改革,有很好的社会效益。

案例分析:《一波三折,一桩医疗纠纷终于妥善解决》评析

这是2013年9月28日7时天津广播电视台滨海广播(FM87.8)《滨海第一线》首发的一期广播新闻专题报道,主创人员为张清淼。作品获得第24届中国新闻奖广播新闻专题报道一等奖。

报道通过解剖个案,反映出天津市在解决医疗纠纷、化解医患矛盾方面已经在全国率先形成了一套由独立第三方调解的有效机制。依靠这一机制,4年中成功调解1500多例医疗纠纷,从而把大量社会矛盾化解在基层。

医患关系是当前的社会热点问题,医疗纠纷是医患关系中的矛盾焦点。这篇报道通过跟踪一例医疗纠纷一波三折的解决过程，报道了面对棘手的案例、复杂的人性，医调委的工作人员在依法调解的前提下，"情、理、法"相结合地开展工作，最终使一桩走入僵局的纠纷峰回路转、妥善解决，彰显公平、正义。

记者用三个月的时间，全程跟踪、记录了一桩纠纷的解决过程。从患者家属、医院代表、医调委工作人员，到卫生行政、保险公司、公安等各个涉及到的部门，记者反复多次采访，积累了详实的素材。也正是在这样深入、细致的采访过程中，记者了解到更多的情况。在调解纠纷的背后，有一套"第三方组织独立工作、多部门协同配合"的有效机制来保证调解的公正和高成功率。并且天津市正在考虑将《天津市医疗纠纷处置办法》改为《天津市医疗纠纷处置条例》，使之提升为地方性法律法规，将为医疗纠纷人民调解机制的完善和发展提供法律依据。作品正应了社会关切，从而更易形成社会效应。

案例分析:《佳友民情快车》评析

《佳友民情快车》是《浙江日报》2011 年 7 月 13 日创办的一档报纸栏目，主创人员为俞佳友、聂伟霞、包敦远、童颖骏、蒋蕴、陈志农等，每周刊登两期以上。作品获得第 25 届中国新闻奖新闻名专栏一等奖。

这是《浙江日报》要闻版开设的一档旨在为老百姓办实事、解难事的民生栏目。

该栏目在介绍自己的《专栏简介》中，这样介绍他们的想法和做法：

"《佳友民情快车》专栏以党的十八大代表、全国新闻战线重大人物典型、全国优秀新闻工作者俞佳友的名字命名，由浙江日报地方新闻中心组织实施，以佳友民情工作站为核心报道团队，动员浙报各分社记者参与。该栏目组织记者深入基层一线发现问题，关注百姓冷暖，通过新闻报道和舆论监督推动问题解决，在贴近、帮忙、服务中弘扬新闻为民的新风尚，在媒体融合发展中坚守新闻 + 服务。"

“‘老百姓想什么，他们就干什么’。2011 年 7 月 13 日栏目开办以来，浙报集团佳友民情工作站从普通群众生产生活入手，开展访贫问苦大走访，专为老百姓办实事、解难事，刊发近 500 期鲜活报道，联合社会各界筹集款物近 8000 万元，为 90 多万群众‘雪中送炭’。”

“承担着浙报集团信访工作的佳友民情工作站，接待来访读者 2 万余人次，答复网民咨询 3 万多次，协调、推动政府职能部门重视民生问题，读者、网民反映强烈的饮水难等老大难问题得到有效解决。”

“佳友民情工作站在采编和接访工作中突出五个‘真’：‘下真功、求真知、动真情、讲真话、办真事’，通过掌握和运用群众的丰富语言，使报道展现出更强的亲和力、吸引力、感染力。”

“佳友民情工作站记者平均每年在基层采访达 200 天以上，采写的稿件可由集团所属媒体共享”。

正是这种广接民情、求真务实的理念和设计，使他们的产品作品采接地情，牵动民心，得以注入源源不断的充满活力的新闻价值。

2014 年，浙江省“五水共治”和“三改一拆”工作进入了深水区和攻坚期，要破解的难题更多，要啃的“骨头”更硬。有关记者长期蹲点一线查访，反映群众心声，回应百姓关切；特别设立“投诉平台”，对弄虚作假、隐瞒真相、侵害群众利益等行为，通过 80 多期的新闻舆论监督报道，还社会以公正，还百姓以公平。

2015 年初，栏目联合丽水市委、市政府主办“快乐村晚”活动，58 台乡村“村晚”，吸引了数百万群众参与，成为农村公共文化服务的有效载体。

2014 年 9 月起，栏目推出“为特殊儿童点亮一盏灯”系列报道，通过微信、微博发动爱心募捐，为 4000 多名特殊儿童捐赠了价值 400 多万元的新棉袄、新棉裤等。

丽水市遭遇 50 年一遇洪灾后，栏目利用有 30 多万粉丝的“佳友民情快车”微博、微信，发动客商在两天内帮受灾户卖掉 28 万公斤大米。

……

作为一档长期、大型、广受欢迎的民生服务型栏目,《佳友民情快车》优点很多。它每期的内容,都是群众的关切,它每期的内容,都是“正应”的方向。它可能不知道下期的焦点在哪里,但是它肯定知道一定是“正应”的焦点。“正效”就从“正应”中产生。

案例分析:《项目审批“长征”698 天　泰豪动漫变“动慢”》评析

这是 2014 年 3 月 19 日《江西日报》首发的一篇报纸新闻消息,作者为桂榕、何宝庆。作品获得第 25 届中国新闻奖文字新闻消息一等奖。

该报道是中国全面深化改革元年推出的一篇舆论监督作品。

2014 年 3 月的十二届全国人大二次会议上,李克强总理作政府工作报告时指出:“我们从政府自身改起,把加快转变职能、简政放权作为本届政府开门第一件大事。”会议期间,全国政协委员、泰豪集团董事局主席黄代放告诉记者:其一项目申报审批时间竟长达 698 天。记者从中敏锐觉察到企业对政府转变职能、简政放权的强烈期盼。由于新闻时间跨度长、涉及部门多,采访难度大,作者查阅大量资料、反复核实修改,从标题到行文字斟句酌,五易其稿,并在江西省政府职能转变和机构改革电视电话会议召开次日于江西日报头版刊发,引起社会广泛关注和强烈反响。

稿件见报后获得相关领导高度重视,江西省委书记、省长作出重要批示,在江西全省上下产生强烈反响并引发社会大讨论,有力地推动了全省各级政府加快转变职能、简政放权的步伐。江西日报随即策划推出《简政放权进行时》栏目,并与中国江西网联动,将社会大讨论引向纵深,为江西省全面深化改革营造了良好舆论氛围。

报道还通过中国江西网予以二次传播,新华网、人民网、网易、腾讯、凤凰网、新民网、中国日报网、和讯网等数十个知名网站予以转载。

在中国改革步入深水区的关键时刻,记者敏锐抓住典型事例“解剖麻雀”,直击阻碍发展的“审批难”“审批慢”怪相,反映来自企业家、基层干部、专家学者盼望破除发展机制体制障碍的急切呼声，凸显了政府“自我革命”的重要意义，紧扣形势，切中时弊，正面回应了社会关注，彰显了作品主题的正面社会效应。

案例分析：《公共辩论，求真比求胜更重要》评析

这是2014年7月28日《人民日报》首发的一篇报纸新闻评论，作者范正伟。作品获得第25届中国新闻奖文字新闻评论一等奖。

这篇评论从关注方舟子和崔永元互诉名誉侵权的新闻出发，探讨公共辩论的规则和价值，剖析“雄辩”与“事实”的关系，并由此呼吁：在公共辩论中，放下偏见，先从事实出发；避免站队，共同探寻真知。

近些年来，公共话语空间的勃兴，折射出时代的进步。但与此同时，一些公共辩论的走偏，令人心生遗憾：同一话题的分歧，成了互揭隐私的竞赛；网络争吵的激化，导致赤膊上阵的“约架”。类似现象，不仅拉低了公共辩论的价值，许多时候也冲破了法律道德的底线。围绕这一现象，不断有各种评论，但往往引来一番更大的争论。从马航客机失事，到海南棉被捐赠，再到转基因论争，公共辩论往往剑走偏锋：预设立场左右事实选择，站队逻辑取代是非判断，意气之争消解话题本身。

而这篇评论发表后，其观点同时在两个舆论场被广为接受，不仅得到了近百家报纸和网站的转载引用，引发了围绕“公共辩论”的广泛讨论，更重要的是，文章倡导的“在公共辩论中，放下偏见，先从事实出发；避免站队，共同探寻真知”，得到了热烈响应。许多媒体和论坛还就此跟进发表了文章。此文也入选了由清华大学、中国人民大学、复旦大学等八大名校新闻学院院长评选的“2014年影响中国的十大评论”，认为“评论之妙，在于拨开公共辩论的喧嚣，直面本质与目的”。

评论体现了主流媒体的定力和担当，既旗帜鲜明、敢于亮剑，又努力弥合分歧、凝聚共识。评论从选题到观点到表达，都切中社会结点，其观点同时在两个舆论场被广为接受，彰显了强大的正面的社会效用。

案例分析:《从追赶到领跑　中国高铁亮出中国创造新名片》评析

这是2014年6月7日17时35分青岛广播电视台新闻广播《新闻晚高峰》首发的一篇广播新闻消息,主创人员为袁丹、崔咏梅。作品获得第25届中国新闻奖广播新闻消息二等奖。

这是一则反映中国高铁重大项目通过国家验收的消息。

历经六年协同创新,2014年6月7日,“十一五”国家科技支撑计划——“中国高速列车关键技术研究及装备研制”重大项目在青岛通过了国家验收。从追赶到领跑,以CRH380A型高速动车为核心的中国高铁,短时间跻身世界先进水平,成为中国创造新名片。

对于本次重大新闻事件,记者凭借职业新闻敏感,全程采访报道,并独家专访中国科学院院士杨卫、中国工程院院士钱清泉等重量级科学家,第一时间制作完成,并于验收会当天播出。

作品紧扣热点,主题突出,将本次中国重大科技跨越的历史背景、研制历程、世界影响娓娓道来,并立足中国“高铁外交”的现实,为“新常态”下中国制造转型升级探寻创新路径。

一张中国创造新名片的报道,是正应,也是历史的正记。

案例分析:《中国首次以国之名公祭南京大屠杀遇难者》评析

这是2014年12月13日新华社对外中文专线首发的一篇文字新闻消息,属集体创作。作品获得第25届中国新闻奖文字新闻消息二等奖。

这是一篇关于南京大屠杀死难者国家公祭日的消息。

作品描写了当时现场的气氛和过程,叙述了纪念的内容,包括国家领导人的讲话、南京大屠杀的史实、死难者后人的回忆、有关方面的评述等,通过准确的观察、凝练的表达、有效的取材、巧妙的背景,在短短的文字里,全面精准地传达了公祭的重要意义,具有很强的现实针对性。

作品明确针对日本右翼为历史翻案、试图推翻二战国际秩序动作频仍,表明在中国人民抗日战争暨世界反法西斯战争胜利70周年来临之前,中国重申维护世界和平的决心,以及中国凝聚力量、走向民族复兴的进程。作品表明,中国纪念死难者,不是为了延续仇恨,而是要唤起每一个善良之人对和平的向往和坚守。回应了外界的关切。

这是当天最受世人关注的焦点事件。作品传达了国家领导人的郑重宣示,强调了中国共产党、政府和人民不忘历史、复兴民族的坚定意志,重申了维护世界和平的坚强决心,回应了外界的关切,有着震撼人心的效果。

案例分析:《让暴恐分子无处藏身无路可逃》评析

这是2014年6月13日《新疆日报》1版首发的一篇报纸新闻通讯,作者隋云雁。作品获得第25届中国新闻奖文字新闻通讯二等奖。

2014年5月23日,以新疆为主战场的严打暴恐活动专项行动启动。当时暴恐案频发,社会上存在一定恐慌心理。严打行动启动伊始,就取得了一定的战果。各族群众勇敢与暴恐分子做正面斗争,并积极检举揭发,送家人去自首。记者在这一特定阶段,对此进行了独家、翔实的采访,形成此稿,并配发评论员文章。

这篇稿件第一次披露全民反恐细节,以扎实事实说话,主题鲜明,在疆内、全国范围乃至国际上引起强烈反响。此后越来越多的群众参与反恐,与正面舆论引导的作用密不可分。

此稿和相关评论员文章以通稿形式在全疆各地媒体同时发布,成为微信朋友圈转发热帖,并在凤凰、新华、人民、新浪、网易等媒体网站和门户网站广泛转载,获得网友大量评论。网友在评论中高度赞扬和大力支持各族群众的反恐信念和积极行动,对反恐大业充满信心。稿件的刊发在一定程度上扭转了当时暴恐案频发给疆内外受众造成恐慌及误解的局面,唱响了反恐人民战争必胜的主旋律,取得了良好的舆论引导效果。

案例分析:《协和医院:一台手术竟让患者开两次刀》评析

这是2013年7月5日18点20分北京人民广播电台北京新闻广播AM828《新闻2013》首发的一篇广播新闻消息,主创人员为高翔、谢先进。

作品获得第24届中国新闻奖广播新闻消息三等奖。

一位患者在协和手术之后,向电台新闻热线反映她的困惑和不满。记者采访还原患者手术过程并且和医院核实了事件的真实性。协和医院通过私人及组织资源传达意愿,希望报道不予播出。记者及时完稿,台里顶住压力,完成播发。消息是独家新闻。

消息报道协和医院内科大夫出于绩效考核等原因,诱导患者一台手术开两次刀的事件。以全国知名医院的一台手术着眼,该消息紧扣医患纠纷这一当下社会热点,平衡报道当事多方的诉求与困境,追问事故的深层原因。

报道引起协和关注,医院道歉,承诺给患者退款并改进管理机制。

事件暴露出的问题并非个案,报道揭示出,医院管理体制和医生绩效考核机制的完善是整个医疗行业需要直面的问题。尊重患者的生命健康和医生的劳动付出,加强卫生管理制度,才能避免此类事件,减少医患纠纷。

报道秉持新闻专业精神,于反常处选题,深刻处立意,直面医疗机制痼疾,既剖析问题,又不一味追求个案的批判,而是着眼长远的体制调适,对和谐医患矛盾,监督医疗管理运行和制度改革,具有实在的推动作用。

案例分析:《24072隆林停尸堵路事件调查》评析

这是2013年10月9日18时广西电视台综艺频道《法治最前线》首发的一期电视新闻专题,主创人员为匡伟、褚耀华、李天茂、韩娇、赵爱云。作品获得第24届中国新闻奖电视新闻专题二等奖。

这是发生在广西山区的一个现实题材,记者通过深入采访和调查,分析这一典型现象频繁发生的原因,以事说理,以理论法,具有深刻的警示意义。

2013年9月1日,因为几天前的一起交通肇事逃逸事故,近百名群众在广西壮族自治区百色市隆林各族自治县公路停尸堵路。这起事件产生了较大的社会影响，立即引起当时自治区派驻隆林担任社会主义新农村建设指导员的记者的关注。

记者深入采访发现，近3年来，隆林因交通事故死亡导致的停尸堵路事件多达20余起。记者历时一个月走访调查20多名事件当事人和目击群众，采访十余名办案民警和交警，并参照相关案例，结合律师对事件的法律解读，探究频频发生停尸堵路群体性事件的原因，探讨如何预防和制止类似停尸堵路事件的发生。

节目主题鲜明，以点到面，现场生动真实，客观反映部分基层民众法律意识淡薄的普遍情况，并提供了解决类似事件的有效方法。

节目播出后，在政法部门和法律界引起强烈反响。大家认为，节目题材来自新闻记者“走转改”，通过报道有效提高了基层群众的法律意识，对解决类似事件提供了一个好的范例。

隆林当地电视台和公共场合多次播放该节目，各族群众口口相传，全民法治理念得到了增强，更可喜的是，当地再也没有发生过停尸堵路的类似现象。

结　语

今天的新闻,明天的历史。一卷近年中国新闻优秀作品选,记录下当今中国发展前行的行行步履,也催生着中国当代新闻的树树繁花,当中散发出的中国特色的缕缕幽香,为中国特色社会主义的实践增添了熠熠光辉。我们在百花丛中阅赏,每每深受鼓舞,深有感触。只觉自己的看法仍很肤浅,观点也失偏颇,唯望此不成熟的感受能作引玉之砖,即使是引起争议也会迎来进步。祈望同行前辈高学不吝赐教,祈望同仁们共同探索,为当代中国新闻实践的灼灼百花,升华为中国特色新闻理论智慧之果而努力。